Climax

Du même auteur

La Montée des eaux, Seuil, 2003.

Le Ciel pour mémoire, Seuil, 2005.

Les Derniers Feux, Seuil, 2008.

Le Lycée de nos rêves (avec Cyril Delhay), Hachette Littératures, 2008.

Collection irraisonnée de préfaces à des livres fétiches (collectif, direction avec Martin Page), Intervalles, 2009.

L'Envers du monde, Seuil, 2008.

Les Évaporés, Flammarion, 2013 (Grand Prix Thyde Monnier de la SGDL et prix Joseph Kessel) ; J'ai lu, 2015.

Il était une ville, Flammarion, 2015 (prix des Libraires) ; J'ai lu, 2016.

Jardin des colonies (avec Sylvain Venayre), Flammarion, 2016 ; J'ai lu, 2018.

L'Hiver du mécontentement, Flammarion, 2018 (prix Interallié) ; J'ai lu, 2019.

Thomas B. Reverdy

Climax

roman

Flammarion

ISBN : 978-2-0802-5042-1

Pour Marine, Camille et Louis

« Vous êtes la peur
Vous êtes l'épouvante
De tous les animaux de la terre
De tout ce qui vole dans le ciel
Et de tout être animé sur le sol
De tous les poissons de la mer

Tout est entre vos mains
La moindre petite bête vivante
Comme le vert végétal
Vous appartient pour vous nourrir
Je vous donne tout. »

Genèse 9, 2-3

1

« Our time is a time deprived of silence and secrets ;
in their absence no legends can grow. »

WALTER LJUNGQUIST, *Källan*, 1961,
cité en anglais par Anna von Hausswolff
en marge de son album, *The Miraculous.*

« Notre temps est privé de silence et de secret ;
En leur absence, aucune légende ne peut émerger. »

1

9 septembre

Ce n'est pas vraiment une ville, plutôt une sorte de village de pêcheurs aux maisons d'un étage, en bois peint de couleurs vives, nichées au creux d'un bras de mer qui s'enfonce comme une langue, comme si c'était l'embouchure d'un fleuve, mais il n'y a pas de fleuve, juste des montagnes encerclant cette langue de rivière salée qui plonge dans les terres en se ramifiant selon des méandres complexes, juste les montagnes et le glacier, au fond de la vallée, qui tombe dans ce faux estuaire. Un de ces fjords qui se remplissent de brume en hiver, au nord de Tromsø et du cercle polaire, où la nuit dure presque trois mois. C'est une sorte de village portuaire qui a fini par s'étendre ces dernières années parce que son chenal avait du fond et qu'on a construit sur l'autre rive tout un port de commerce moderne, avec des immeubles et des docks, des digues d'appontement et d'immenses réservoirs de béton, un des premiers ports de l'arcoil, le pétrole de l'Arctique, après ceux des Russes en Sibérie, suivant l'exemple de Myrkenes à la frontière, depuis que le passage du Nord-Est promet de s'ouvrir durablement l'été avec la fonte de la glace de mer.

Entre la banquise côtière et celle-ci, le pack de bourguignons et de glaces dérivantes qui emprisonnait autrefois les grands navires des expéditions, transformant peu à peu l'océan Arctique, au fil de l'hiver, en un glacier flottant et terrible, parcouru de crevasses, de congères, d'icebergs et de crêtes de compression soulevées comme des montagnes, ce dédale de glaces qui ne laissait autrefois que l'espoir d'un répit d'eau libre, l'été venu, ce monstre qui a englouti tant de héros ne gèle aujourd'hui plus que quelques mois par an, au-dessus de la Sibérie, plus à l'est. La découverte d'un champ pétrolifère offshore, au large des îles qu'on aperçoit par temps clair à l'horizon, a encore accéléré les choses.

Le village s'est agrandi. La rive moderne s'est agrandie. C'est là que l'hélicoptère jaune et rouge du secours en mer a déposé tout à l'heure un jeune ouvrier russe de la plateforme, sanglé sur un brancard, à l'abri d'une couverture de survie remontée jusqu'au nez, et deux autres corps dans de grands sacs noirs zippés jusqu'en haut, comme du matériel de camping ou de pêche, mais sur des brancards aussi : on ne transporte pas les cadavres à bout de bras, même si l'un des deux sacs, il faut bien le dire, n'est rempli que de morceaux de corps pour être exact, et pas vraiment de quoi le reconstruire en entier façon créature de Frankenstein, car à vrai dire on n'avait retrouvé, dans les décombres de la passerelle presque totalement détruite, que le torse de l'homme dont les jambes, le bassin ainsi qu'un bras avaient été arrachés dans la chute de l'arbre de forage à travers la structure, si bien que ne restaient, dans le sac, que le tronc et la tête en somme, l'abdomen sectionné comme celui d'un ver, tout mou et vidé en dessous des côtes, les vertèbres arrachées du bassin dépassant comme une queue d'os et d'esquilles maculés de sang.

Avant de sombrer dans l'inconscience, le jeune homme demandait encore, dans l'hélicoptère, des nouvelles de ses camarades, et personne n'avait le cœur de lui répondre. Il y avait eu ce qu'on appelle, dans le langage du pétrole, un « kick ». Un à-coup de pression. Une remontée des gaz dans la colonne de forage faite de tubes d'acier assemblés, sertis les uns aux autres, qui perçaient la croûte terrestre et s'enfonçaient dans ses profondeurs comme un long rostre d'abeille pour en sucer le miel de pétrole. Les victimes étaient les gars qui, trois mille mètres plus haut, sous le derrick, assemblaient le train de tiges au fur et à mesure que la foreuse continuait de s'enfoncer. Les tensions qui s'exerçaient là-haut, au bout de cette longue paille d'acier, étaient inouïes. Au moment du kick, ça leur avait littéralement explosé entre les mains. Vous avez eu de la chance, Youri, se contentait-on de lui dire. Il paraît qu'il s'appelle Youri, c'est marqué là, en russe, sur sa carte professionnelle, il y a son groupe sanguin, son âge aussi : 24 ans. Son grade : aucun. Ouvrier. Chair à travail. Esclave de l'arcoil. Partout ailleurs, même en Afrique, au large de l'Angola ou du Nigeria, les compagnies européennes ou américaines appliquent les normes de sécurité draconiennes que les syndicats réclamaient, mais ici les Russes, qui dominent la partie, sont revenus aux conditions d'exploitation minière auxquelles ils étaient accoutumés à l'est de l'Oural. Autant dire : *Germinal.*

Il est dans un sale état, le gosse. La clavicule droite broyée et l'omoplate fendue, la mâchoire fracturée qui lui déforme tout le visage, méconnaissable le gamin, son humérus s'est brisé en plusieurs morceaux et des côtes sont enfoncées, cassées, c'est le plus inquiétant car il a craché du sang, les poumons peut-être touchés, peut-être perforés ou en partie déchirés par un os transformé en harpon. Il sort de l'hélicoptère, sur la plateforme dégagée devant l'hôpital, sur son brancard, déjà sous oxygène, et tout le monde crie autour de lui, le médecin urgentiste est déjà en train de transmettre à son relais toutes les données vitales qu'il a pu enregistrer et qui seront précieuses, dans quelques minutes, au bloc.

Les médecins parlent vite, lancent des mots comme traumatisme, hématome sous-dural, échangent des histoires de pression sanguine dans la boîte crânienne et de risques hémorragiques au poumon, discutent la question d'ouvrir d'abord ici ou plutôt là pour parer au plus pressé, essayer de sauver son œil, et pour le reste… Pour tout le reste, on verra, l'épaule, le bras, le fémur ou la hanche, on verra, on fera les radios au bloc, une fois qu'il sera sauf, on prendra le temps qu'il faudra, ce sera comme un dimanche si on le sauve, les clous, les vis, les plaques de renfort et les tiges, comme un dimanche au rayon bricolage, mais d'abord il faut se faire très vite une idée de tous les endroits par lesquels il est en train de mourir, et les colmater dans l'ordre de l'urgence la plus absolue, car sauf miracle, Youri devrait mourir ce matin, ne jamais voir ses 25 ans. Les médecins le savent. Tout le monde le sait. Il suffit de voir ce mélange de précipitation et de méticulosité qui entoure le brancard pour comprendre qu'il va mourir.

Déjà le bruit court en ville. Tout le monde a entendu la sirène, vu l'hélicoptère jaune et rouge du secours en mer aller et venir. Tout le monde sait qu'il y a eu un accident, qu'il y a eu des morts et au moins un blessé grave. Dans un état critique, dit-on. Cette nuit, certains racontent qu'ils ont été réveillés, qu'ils ont senti comme une secousse, ou ce n'était peut-être qu'un pressentiment. Au fond du fjord, sur les hauteurs des montagnes, le glacier a connu une sorte de glissement de terrain ou de tremblement de terre. Tout le monde sait déjà que la journée sera longue. Et ce n'est que la première.

Il en faut peu parfois, il suffit d'un accident, d'un grain de sable dans l'équilibre fragile des jours, pour que tout s'écroule sans prévenir. Il suffit d'un rien. Le temps coule depuis si longtemps. Les secondes s'ajoutent aux secondes. On n'y pense pas. Et puis soudain, c'est comme s'il y en avait une de trop. Elle n'est la cause de rien, cette seconde-là n'est pourtant pas différente des autres, elle n'est qu'un grain de sable de plus, mais soudain, comme dans un sablier, c'est tout le tas qui glisse et qui s'effrite et qui s'effondre sous elle.

Et c'est la fin du monde.

2

10 septembre

Il y avait pour ainsi dire plusieurs villes en une. La ville originelle n'était pas plus grande qu'un gros bourg, constituée d'un port de pêche avec ses appontements de bois, ses entrepôts colorés sur pilotis, ses rangées de cordes à sécher la morue et le hareng, et d'un cœur historique, prolongé de deux ou trois rues composées d'habitations, d'un temple, d'une école primaire et de l'ancien hôtel de ville reconverti en salle des fêtes et en maison des associations chauffée pour les séances de gym et de danses de salon des longs mois d'hiver.

Les supermarchés, l'hôpital, les immeubles de trois étages aux logos de compagnies du monde entier – open spaces et coworking, antennes satellites, engins de chantier jaunes aux gyrophares assortis –, les bars à boulettes de renne et les bars sportifs, les magasins d'aquavit de l'État, les magasins d'import, les magasins d'électronique, le lycée public et sa filière professionnelle d'excellence en géologie du pétrole, toute la ville moderne était de l'autre côté du fjord.

On la contemplait sans vraiment y croire, on la regardait s'agrandir à vue d'œil, la ville moderne. C'était une chance pour le commerce, une chance pour les enfants qui allaient faire des études, une chance et une malédiction à la fois qui allait les emporter, les jeunes. Désormais plus personne ne ferait le métier de ses parents, plus personne n'habiterait le village de son enfance. C'était comme ça partout, paraît-il. On regardait sur la mer noire les tankers et les grands cargos rouges et bleus, de jour comme de nuit, de plus en plus nombreux, à la jumelle on pouvait distinguer le long de leurs coques les séries de caractères cyrilliques ou chinois qui épelaient des noms que personne ici ne savait lire. C'était comme une espèce d'invasion venue d'une autre planète. Un changement de monde. Les porte-containers Maersk, barges chargées comme des immeubles allongés à la ligne de flottaison basse, promenaient en permanence leurs briques de Lego multicolores sur le fil de l'horizon blanchi.

Anå les regardait glisser par la fenêtre. On s'y était habitué, ici, c'était comme un nouveau genre de houle ou de brume, cela faisait à présent partie du paysage. D'ailleurs, ce n'était pas une invasion, se disait-elle, cela ne faisait que passer, comme les techniciens et les ingénieurs du port, qu'ils soient anglais, norvégiens, hollandais ou français. Ils fréquentaient les bars en fin de semaine, et pendant quelques années leurs enfants allaient à l'école. Ils se mettaient à manger des gaufres à la cannelle et du poisson séché, et même fermenté pour les plus audacieux. Ils skiaient sur le glacier en hiver, et randonnaient dans la montagne en été, tous les dimanches. Mais ils ne faisaient que passer. Comme les ados qui rêvaient de partir à Oslo et plus loin, à Stockholm, à Hambourg, à Londres comme aux temps de la Ligue hanséatique, quand ce n'était pas à Moscou, à Shanghai, à Singapour. Mercenaires du pétrole, du commerce ou de la finance, c'est la même chose. Elle pense à ses deux fils, évidemment.

Ils sont jeunes encore. Jørn a 12 ans et Noah 17. Ce sont des adolescents en train de pousser, là, dans ce nouveau monde, et qui devront se débrouiller avec. La petite Suédoise Greta Thunberg a remué ciel et terre il y a deux ans, vu les chefs d'État, les a interpellés à la tribune de l'ONU, avec ses yeux en forme de bille un peu resserrés et son air obtus, elle leur a tenu tête – à quoi bon ? Pourtant elle avait raison. C'est nous qui leur laissons ce monde malade où ils devront se battre, nous leur laissons même la facture avec, la dette qui a servi à le fabriquer et qu'ils devront payer, pour être bien sûr qu'ils ne puissent pas le liquider sans y laisser des plumes. Elle pense à ses enfants, Anå. Qu'est-ce que tu peux souhaiter à tes enfants ? se dit-elle. Le meilleur, c'est quoi ? La réussite, c'est quoi ?

La jeune Suédoise avait passé l'année à donner des conférences, et en 2019 la banquise d'été n'avait jamais autant reculé de toute son histoire de banquise. Au mois de janvier suivant, le champ pétrolifère Johan Sverdrup, plus au sud, inaugurait sa nouvelle plateforme : Ragnarök. Dans la mythologie nordique médiévale et dans l'inconscient national, il s'agit de la fin du monde. Celle qui est au large de la ville ne vaut guère mieux, d'ailleurs : Sigurd. Mais qu'est-ce qu'il leur a pris ?

Vu d'où elle est, Anå sait bien qu'elle n'est pourtant pas un modèle. Elle n'est jamais partie. Elle a même cru que rester là lui permettrait de contrôler un peu mieux sa vie, et puis ce sont les choses qui se sont mises à glisser. Son mariage ne s'est pas contenté d'être un échec : le divorce qui a suivi a été pire encore. Des mois, des années à se battre contre Franck qui, aujourd'hui encore, lui met des bâtons dans les roues chaque fois qu'il en a l'occasion, et dont elle ne s'était pas assez méfiée quand elle avait 20 ans. Elle était enceinte, elle s'était mariée comme ça, parce que dans sa famille, une fille-mère ça n'existait pas. Franck avait au moins eu ce mérite, il avait été là, mais elle n'avait jamais été vraiment heureuse avec lui. Ne pas quitter le port n'avait pas suffi à éviter le naufrage. Sa vie n'était pas un modèle.

Cela se voyait aux rides qui avaient commencé à apparaître aux confins extérieurs de ses yeux et qui tombaient comme une pluie sur ses joues lorsqu'elle souriait, ça se voyait à ses lèvres dont la pulpe craquait aux abords de la peau comme une glace qui se fendille au dégel, avant de céder. Ça se voyait comme ses paupières, plus lourdes qu'autrefois, qui donnaient à ses yeux l'air de se casser la gueule.

Anå était la dernière d'une lignée où les femmes avaient tenu le premier rôle. Elle ne ressemblait pas tant à sa mère qu'à son arrière-grand-mère, enfin c'est ce qu'on lui avait toujours dit, une grande femme mince, un peu sèche peut-être, toujours raide, toujours assise à l'avant du fauteuil, sans laisser reposer son dos contre le dossier, très droite, ce qui lui donnait une mine un peu sévère, qu'elle avait transmise à sa fille, la grand-mère d'Anå, que cette dernière avait bien connue et qui était à son égard d'une indulgence que souvent sa propre fille, la mère d'Anå, lui reprochait de n'avoir pas eue avec elle lorsqu'elle était enfant. C'est qu'elle était raide et d'une autre époque, la grand-mère, d'un temps où il y avait des loups et où le Nord était encore un pays de nomades. Sa mère qui l'avait élevée et dont elle racontait souvent l'histoire à Anå était née à peu près à l'époque où Fridtjof Nansen avait lancé sa première expédition autour du Groenland, c'était en 1888, à la fin du XIXe siècle, qu'elle avait donc connu d'une certaine façon et qu'Anå, pour cette raison, continuait d'appeler le siècle dernier. Elle avait les cheveux blancs bien sûr, la grand-mère Ellen, la mère de la mère d'Anå, toute petite bonne femme qu'elle revoyait marchant, été comme hiver, courbée sur elle-même, les bras enroulés dans les pans de son chandail, la tête relevée bien droite, les yeux plissés derrière ses lunettes et le menton en galoche, son long nez piquant tel un étendard, c'est ce qu'on disait à propos d'elle, commentant sa démarche, son nez fendant la tempête, c'est à cela qu'on la reconnaissait, au village.

Les hommes de la famille, des pêcheurs qui étaient devenus des patrons, avaient des bateaux à leur nom, les Olsen, et quelques-uns des entrepôts sur pilotis, dans le port, qui servaient à sécher le poisson ou à le fumer et le conditionner pour l'envoyer dans des restaurants d'Oslo et des plateformes de distribution pour l'épicerie de luxe norvégienne qui vendaient dans toute l'Europe, en France et en Pologne surtout. Les hommes de la famille, on en parlait peu. Ils n'étaient pas là, ils faisaient leur métier, c'est tout. Magnus, le grand frère d'Anå, n'avait pas échappé à la règle. Après des études de commerce en ville, il était revenu diriger l'entreprise familiale. Anå avait des parts dans la société bien sûr, elle était en charge des restaurants et des épiceries fines, lui de la pêche et des entrepôts, ça avait été décidé comme ça par leur père et cela leur convenait à tous les deux. C'était lui le patron, mais on ne le voyait pas beaucoup plus que ses marins. Leur mère était morte jeune et Anå s'était beaucoup occupée de lui, comme plus tard elle s'était occupée de leur père dans ses vieux jours, et de leur grand-mère maternelle. Elle n'était jamais partie, et il était trop tard maintenant, et pour quoi faire d'ailleurs. À présent, il ne restait plus qu'elle comme femme. La dernière de la lignée, avec ses deux ados de fils en train de grandir et de nourrir des rêves d'envol et de pays lointains. Ses fils qui se moquent gentiment d'elle lorsqu'elle raconte les traditions du village et des gens d'ici qui sont comme les ours de la banquise, en voie d'extinction, ils sourient et lui passent la main dans les cheveux, le petit surtout qui est encore assez bébé pour être câlin, et ils lui disent : Tu es décidément du siècle dernier, maman. Et c'est vrai.

C'était au siècle dernier qu'elle était jeune, Anå. Au siècle dernier, qu'elle était sans mentir la plus belle femme de la région.

Lorsque Magnus est venu sonner à la porte, ce matin, il avait l'air embarrassé lui aussi. Anå n'était pas encore partie travailler et les enfants venaient juste de prendre le car scolaire qui les emmenait au lycée, de l'autre côté du fjord. Il faisait beau et cela allait durer jusqu'à 5 heures de l'après-midi, après quoi le soleil se coucherait en enflammant l'horizon. Les pêcheurs reviendraient dans deux ou trois semaines de leur avant-dernière campagne, les cales remplies de morues de l'Atlantique, il y en avait de plus en plus depuis quelques années, il paraît que c'est à cause du réchauffement climatique.

Ils ont pris un café. Anå l'a interrogé du regard. Il aurait pu attendre de la croiser un peu plus tard dans la journée.

« Noah est revenu. Ou peut-être qu'il n'arrivera que cet après-midi, le temps de venir de Dieu sait où, en tout cas c'est lui que la compagnie a envoyé. Il y a eu un accident hier matin tôt, ou pendant la nuit de dimanche, et c'est Noah qui débarque pour fixer le problème. Tu savais ?

— Non. »

Anå a laissé quelques instants les yeux au fond de son bol de café, comme si elle cherchait à y lire le programme des prochaines heures, des prochaines semaines. Elle ne voulait pas laisser paraître sa surprise, ou son émotion. Était-elle émue, d'ailleurs ? Elle n'aurait su le dire elle-même.

Au fond de sa tasse, il n'y avait que des souvenirs.

Une bande d'ados du Nord, dans les années 1990, qui avaient monté un club subventionné par le lycée, pour se réunir et se raconter, en attendant le dégel et l'âge des responsabilités, des histoires de dragons et des vieilles légendes du coin. C'était au siècle dernier. Il y avait encore des légendes, et assez de silence pour se les raconter. Ils formaient comme une sorte de confrérie secrète dont Noah, le « maître du jeu », était le chef incontesté. C'était lui qui avait trouvé le manuel des règles, en anglais, dans une boutique à Oslo où il avait passé ses vacances. C'est lui qui avait lancé cette histoire de jeux de rôle et qui avait convaincu Magnus, puis Anå, et leurs copains Anders et Knut. Au fond de sa tasse il y a Noah, il y a sa jeunesse et bien d'autres choses encore, mais qui ne sont plus que des souvenirs à présent.

3

8 septembre

Ce n'est pas sûr qu'Anders repense souvent à ses années de lycée. Il les avait passées, ainsi qu'une partie de ses études, dans l'ombre de Noah. En ce temps-là, il était le meilleur ami de Noah. Son ami inséparable. Indéfectible. On ne voyait jamais Noah se pointer aux soirées, aux clubs du lycée, aux sorties organisées, sans son pote rouquin, à côté de lui ou jamais bien loin derrière, ni lors des expéditions sur le glacier ni pendant les week-ends en montagne l'été, à la saison de la grimpe, chaque fois qu'il y avait une bêtise à inventer ou un nouveau truc à essayer, jamais l'un sans l'autre, à tel point que c'était devenu une blague, en référence à la signification germanique de son prénom, Anders était devenu simplement « l'autre ». Cela ne le gênait pas. Il admirait Noah. Tout le monde admirait Noah.

Ils avaient passé tous les deux leur bac au début des années 1990 et entamé des études à l'Institut de géophysique d'Oslo, pendant que Kurt Cobain réglait son désespoir d'un coup de .45 magnum. Ils avaient participé aux mêmes fêtes. Avaient dragué les mêmes filles invariablement amoureuses de Noah. Avaient escaladé les mêmes sommets des Alpes scandinaves. Partagé pas mal de joints sur les mêmes musiques, dans des chalets sans cloisons avec un amoncellement de matelas entassés sur la mezzanine en guise de dortoir. Anders était là bien sûr quand Noah avait rencontré Anå, et puis quand il avait décidé qu'elle serait son grand amour. En ce temps-là leur jeunesse paraissait immortelle. Puis leurs chemins et leurs vies avaient bifurqué. C'était après l'accident.

Noah avait choisi la mention « énergie », et Anders avait poursuivi dans la recherche en entamant un troisième cycle sur les mouvements des glaciers arctiques. Puis Noah avait voyagé en Écosse, en Angleterre, et plus loin, au large du Mozambique, de l'Angola, du Nigeria et dans le golfe du Mexique. Il était devenu peu à peu spécialiste de l'offshore pétrolier et des forages en eaux profondes. Anders n'avait jamais quitté le nord, le Spitzberg et la banquise. L'hiver. Le froid.

L'accident avait tout changé, tout cassé. Une chute dans une crevasse avait coûté à Noah, à l'âge le plus insouciant de la sortie de l'adolescence, de longues semaines d'hôpital et une bonne année de rééducation. Il n'avait plus jamais remis les pieds en montagne, après ça. Avait prétendu avoir le vertige, ce qui était peut-être vrai. N'avait plus beaucoup vu Anders, seulement lorsqu'ils se croisaient par hasard, chez des amis communs. Personne ne savait trop ce qui s'était passé là-haut et Anders n'aimait pas non plus en parler. Ça les avait changés, tous les deux. En fait, personne n'en parlait jamais. Pas sûr qu'il y repense souvent, Anders, à ses années de lycée ou d'étudiant.

Il ne sait pas encore que Noah est sur le point de revenir. Il ignore tout de son nouveau poste, de son rôle dans la compagnie. Il ne sait pas encore que là-bas, sur la plateforme, un accident s'apprête à avoir lieu. Cela fait trois jours qu'il est parti de son camp de base, au pied du glacier. Dans le traîneau léger qu'il tire derrière lui, son sac étanche contient de quoi se changer et monter une tente légère, un sarcophage qui résisterait à des températures hivernales sur la banquise, et son matériel d'escalade et de descente, cordes, harnais, crampons, mousquetons et piolets, ainsi que le nécessaire à la survie, des petites cartouches de réchaud à alcool solide, de quoi faire bouillir un litre de neige pour y cuisiner les portions lyophilisées de ragoût de renne ou de soupe de poisson qu'il a emportées pour une semaine, deux en se rationnant. Dans le traîneau aussi, les skis et leurs peaux de phoque, pour avancer un peu plus vite sur la neige glacée. La pelle. La balise GPS et la radio, la fusée de détresse. La carabine, chargée au cas où. Il n'a jamais été attaqué par les loups, et il n'y a sans doute jamais eu d'ours aussi bas, même du temps où la banquise descendait jusqu'à la côte, mais c'est une habitude qu'il a prise dans l'archipel et dont il ne s'est jamais départi depuis qu'elle lui a sauvé la vie, une fois, face à un ours blanc, un mâle qui ne lui aurait laissé aucune chance. Il a son carnet aussi, qui ne le quitte pas.

Il est à présent au cœur du glacier. Si celui-ci n'est pas aussi sportif que ceux qu'on trouve en France ou en Suisse, dans des montagnes plus hautes et plus jeunes, il n'en est pas moins dangereux, comme tous ses semblables. Anders le connaît bien pour y avoir passé, été comme hiver, un nombre incalculable de journées et de nuits de marche. C'est la nuit qu'il le préfère, c'est là que le glacier appartient aux alpinistes, c'est là qu'il est le plus impressionnant, presque vivant, presque surnaturel, comme s'il rayonnait de l'intérieur depuis ses profondeurs bleutées jusqu'à sa surface parsemée d'éclats de miroir et d'argent. Il a toujours été là. En tombant vers le fjord il libère ses torrents souterrains, gronde, se transforme en cascades magiques au cœur des vallées vertigineuses de sapins, craque aussi parfois et fait exploser sur les rochers de la montagne qui le canalisent des pans entiers de glace qui se pulvérisent en chutant, comme si un morceau de falaise s'était soudain volatilisé et changé en nuage scintillant, en poussière de givre, en diamants.

C'est son univers : la banquise des îles, la montagne, le glacier. La dernière nature inviolée, malgré le tourisme qui se développe depuis quelques années. La dernière nature, et c'est un désert. De la glace.

C'est là qu'il se sent bien, dans le silence de la nature ponctué des craquements du glacier et des cris stridents des chouettes et des rapaces, des croassements des corbeaux aventureux qui quittent leurs forêts, dans la solitude des sommets entourés de nuages roulants, c'est là, baigné dans l'évidence de la beauté du monde sous les étoiles, qu'il se sent chez lui, tout à fait dans son corps, rendu à ses sensations de fatigue et de froid, son silence intérieur qui hésite sur les mots. C'est là qu'il noircit son carnet, le remplit de notes, d'études, de réflexions. C'est là qu'il écrit, pour se taire.

Il ne s'épanche pas, ne raconte pas sa vie, ne fouille pas ses sentiments, ses manques ni ses envies. Il écrit sur l'Arctique, simplement. Il écrit sur les animaux qu'il connaît, les paysages qu'il arpente et les rapports qu'il lit, il écrit sur son monde en train de disparaître.

De la glace à perte de vue, trouée de sommets noirs déchiquetés, de lignes de crête hérissées de pierres, de blocs sombres d'arêtes et, plus bas, lorsqu'on monte sur un promontoire d'où le regard plonge vers les vallées ou la mer, à travers les forêts que l'automne embrasera bientôt, des versants de pins encore verts et, descendant vers l'eau, des bouquets de bouleaux déjà jaunes et d'érables rouges, des frênes en train de blondir comme des blés, et des pans entiers de montagne qui semblent flamber dans le crépuscule, alors que leur ombre s'allonge sur le fjord aux eaux noires.

Anders vient de relever ses derniers appareils de mesure afin d'étudier les mouvements de la glace de fond. Ses glissements, l'écoulement du courant des profondeurs, ses variations de température et de pression, et les secousses microscopiques qui accompagnent l'effondrement des tunnels et des grottes de glace dans lesquels l'eau court vers les cascades, creusant le glacier d'un réseau de galeries qui menace certaines parties d'un effondrement total et catastrophique. À l'œil nu, il peut mesurer certains changements. Il vient ici une fois par trimestre pour le compte du Norsk Polarinstitutt, passe une semaine sur le glacier, trois ou quatre jours à faire le tour des boîtiers et des antennes qu'il faut déneiger et remettre en état, et les jours restants à grimper un sommet, abriter ses affaires sous la tente légère et dormir, isolé de la glace par une peau de phoque, dans le sarcophage de duvet qui lui permet de garder les yeux ouverts toute la nuit, fixés sur l'incroyable ciel du Nord, loin de tout, sur le glacier doucement bleuté, luisant de la seule lumière des étoiles. Trois jours pour randonner, escalader, respirer, pour vivre et s'arrêter de temps en temps, prendre des notes.

Il avait commencé à grimper ici avec Noah bien sûr, quand ils étaient adolescents. Ils suivaient la crête : il y avait un chemin dépierré presque continu qui serpentait de sommet en sommet comme une route noire, bien visible, suivant les courbes douces de la montagne comme l'épine dorsale d'un dragon assoupi. Quelques névés qu'il fallait passer, accumulés tels de petites collines qui chapeautaient le mur de crête, et des passages un peu plus techniques, où l'on devait escalader dix ou quinze mètres de gros rochers bien durs, très noirs et pleins d'aspérités tranchantes et de pans lisses, gelés, brillant avec une sorte de méchanceté, prêts à vous faire glisser et culbuter dans la pente, à vous précipiter vingt ou trente mètres plus bas sur les blocs énormes de granite que le glacier roule entre la montagne et lui comme une rivière.

Ils grimpaient avant l'aube, l'un derrière l'autre, guidés par les reflets de la lune sur la neige et la glace. S'étendaient au sommet quand le soleil, avec une rapidité étonnante, embrasait le paysage depuis la mer, progressant à vue d'œil, glissant sur les flancs des massifs, découpant brutalement des vallées d'ombre et des arêtes taillées dans la lumière crue. À l'époque, il s'en souvient, le glacier remontait jusqu'en lisière des sommets et du chemin de crête en hiver. Ils n'avaient que peu à descendre pour chausser leurs skis et regagner les premiers refuges en fin de matinée.

Anå, Magnus et les autres les rejoignaient là, dans le chalet à la lisière de la forêt, sous le glacier, sous la montagne et les cols enneigés, et la route des trolls, et l'escalier des géants, et la cascade de la fée. La montagne était leur domaine. Leur terrain de jeu.

Et pendant des jours qui duraient tout l'été, eux qui n'étaient plus tout à fait des enfants se racontaient les légendes anciennes de la mort des mondes et du crépuscule des dieux.

4

Mirkwood

Lorsqu'on aperçoit le ciel, à travers les silhouettes d'ombre des sapins géants, il est blanc comme un deuil. Sa lumière se diffuse, étale, enveloppante, sans qu'on en voie la source. Cela fait des jours maintenant que vous êtes partis vers le nord, si tant est qu'on puisse encore compter les jours qui ne durent que quelques heures, si tant est qu'on puisse seulement être sûr de savoir encore où est le nord, dans tout ce blanc qui mange le paysage et empêche parfois d'y voir à quelques mètres. La neige a fini par détremper le cuir de vos bottes. Elles sont de plus en plus lentes à sécher pendant les courtes haltes que vous vous accordez. Au moins, dans la forêt, il y a toujours du bois mort pour faire un feu de camp. Vos faces sont rougies par le froid mordant et, quand elles se réchauffent, c'est presque pire. Régulièrement, vos pieds vous font souffrir, parcourus par des crampes aussi soudaines que douloureuses, qui vous tordent la plante comme si on vous l'ouvrait avec une lame de rasoir. Vos doigts s'engourdissent et vous les entourez de bandes de tissu. Même à l'intérieur des moufles en lapin blanc, vos doigts sont rouges et gourds, et vous avez sans cesse besoin de les frapper, de les frotter, de serrer le poing. Il fait de plus en plus froid, parce qu'il fait de plus en plus nuit.

Il arrive que vous perdiez espoir.

Les averses de pluie gelée des premiers jours du voyage et leurs fleurs de grésil qui rebondissaient sur la mousse et le tapis d'aiguilles ont laissé place à la neige qui recouvre et dissimule les racines. Elle tombe tout le jour, mollement, inlassablement. Elle brouille la vue, étouffe les bruits de la forêt. Elle rend le ciel indistinct, la terre incertaine, les arbres fantomatiques. Parfois, vos propres silhouettes vous semblent des spectres cherchant à disparaître.

Vous parlez de moins en moins entre vous pendant les longues heures de marche où votre file indienne est de plus en plus distendue. Le crissement des pas, répétitif et obsédant, est le seul son qui vous accompagne désormais, avec le cri des corbeaux des montagnes qui viennent ici chasser les rongeurs. À la tombée du jour il y a aussi les longs cris d'appel des loups que votre feu a pour l'instant toujours tenus à l'écart. Ils ne sont pas loin pourtant et vous avez déjà croisé des traces, nombreuses, de leur passage. Vous ne savez pas au juste où ils se cachent tout le jour, traînant leur queue basse, la démarche sautillante, le flair au ras du sol, le dos bossu, puissant, mais eux savent sans doute exactement où vous êtes. Vous laissent vous épuiser encore un peu. Vous croyez en avoir aperçu un, un soir, à la frontière entre la brume et le grand dehors blanc, entre les troncs esquissés, grisâtres, un loup apparaissant et disparaissant presque aussitôt, un mâle peut-être solitaire – ce serait votre chance –, plus grand qu'un molosse, le pelage brun ou gris – comment savoir. Vous avez installé votre campement, ramassé du bois mort avant la nuit, vous éloignant le moins possible, vous avez pris vos tours de garde près du feu, mais personne n'a vraiment réussi à dormir ce soir-là.

Vous savez que vous approchez du but, et cela seul vous donne encore le courage de poursuivre à travers les sombres bois de Mirkwood. Bientôt cette taïga épaisse laissera place aux paysages désolés des monts de Baldr. Il n'y aura plus que des arbres épars, des bosquets de bouleaux, des frênes nains, quelques buissons encore et puis plus rien, la toundra, ses marécages et ses mousses accrochées aux rochers balayés par les vents. Vous vous êtes portés volontaires. Vous êtes le dernier espoir du Nord.

Autour de vous, les troncs à l'écorce charbonneuse, de plus en plus clairsemés à mesure que vous vous élevez sur les contreforts de la montagne, sont à présent noirs et décharnés comme après un incendie. Ce sont des squelettes d'arbres dont les branches basses, cassées, ressemblent à des flèches plantées dans le tronc. Plus haut leur ramage recouvert de neige se réduit à quelques lignes sinueuses qui se croisent et dessinent des toiles d'araignée géantes dans la brume des jours pâles. Le gibier se fait rare et il faut se contenter le plus souvent d'un morceau de viande séchée que vous assouplissez en le trempant dans la soupe de neige bouillie et de racines qui constitue l'ordinaire.

Lorsque vous atteignez enfin la montagne, au-dessus de la limite des grands arbres, il vous faut redoubler de prudence car la neige a effacé toutes les marques du moindre sentier de crête. Vous ne pouvez vous repérer qu'aux blocs de pierre sombres qui dessinent les bordures des précipices ou des passes entre les rochers. On distingue à peine, derrière le rideau de flocons que le vent agite, les sommets plus lointains qui émergent du glacier.

Devant vous, à quelques centaines de mètres, une vieille bergerie dresse sa silhouette sombre de bateau renversé sur cette mer de neige, comme si quelque tempête venait de la retourner et de la faire échouer là. Ses planches calfatées du bordage à franc-bord, parfois disjointes et réparées de toile goudronnée, sont noires comme la nuit. Les ouvertures de la porte et des deux fenêtres minuscules découpent dans l'ombre de la baraque des puits de ténèbres solides, soulignées par le givre qui brille sur leurs bords. L'ensemble dégage une impression sinistre.

Ce n'est pas seulement l'abandon des lieux, la solitude de cette cabane perdue depuis la nuit des temps. Ce n'est pas seulement la tempête qui se lève au loin sur la mer de glace, ni les tourbillons de la neige qui vous aveugle et vous fouette le visage. Ce n'est pas seulement la fatigue, ni la douleur dans les jambes à force de marcher, la douleur sur les épaules et dans le cou à force de porter votre paquetage trempé depuis des jours, ce ne sont pas seulement les crevasses rouges et sèches au bout des doigts sous les ongles, au bord des lèvres où votre souffle givre.

Il y a quelque chose de plus. Quelque chose de malsain se cache ici depuis le fond des âges. Un corbeau vient de se poser sur le faîtage du toit. Il vous regarde. Son cri déchirant vous glace les os. Il semble qu'il vous parle du haut de son perchoir, qu'il vous hèle de sa voix sinistre et pleine de mépris pour tout ce qui meurt, qu'il vous enjoigne d'entrer et de rencontrer votre destin, car c'est bien ici, vous dit-il, sur le bord du monde, que réside celle que vous cherchez depuis des jours et qui doit répondre à vos questions.

La femme aux cheveux gris de sagesse. La voyante. La Völva.

Que faites-vous ?

Pour le savoir, allez au chapitre 7.

5

Ursus maritimus

Ils avaient tous des souvenirs de balades, de randonnées en raquettes ou en peaux de phoque, des hivers entiers à skis, à dévaler en luge les pentes de la petite colline derrière l'école. En Norvège, au-dessus de Trondheim, le pays n'est plus qu'une langue étroite de montagnes qui s'étire vers le nord, découpée comme une dentelle par des fjords de falaises et de forêts rampantes. Au-dessus de 1 000 mètres, les neiges sont éternelles sur les sommets qui serpentent en chaînes sinueuses. Leur village est le dernier enserré de forêts. Si l'on monte encore vers le nord, il n'y a plus que des arbustes ras, des steppes, de la toundra semblable à un marais gelé, des mousses, des rochers. Les hautes plaines désertes ne sont parcourues que par les troupeaux de rênes des Samis nomades.

Enfant, Anders était un garçon solitaire qui s'intéressait déjà à la nature. Il avait collectionné tout un tas d'insectes et de petits animaux dans des vivariums plus ou moins bricolés. Des lemmings dans une cage de mousse et de brindilles, de feuilles mortes et de cailloux recouverts de lichens. Anders avait commis l'imprudence de choisir un couple qui s'était rapidement multiplié au-delà de toute possibilité de contrôle. Il avait été obligé de les relâcher dans le jardin, derrière la maison. Avait opté ensuite pour des fourmis, élevées dans un bocal rempli de terre dont elles avaient malheureusement bien vite débordé, traçant dans sa chambre des routes aux courbes mystérieuses se perdant sous les plinthes ou les lattes mal jointées du parquet, colonisant en douce l'ampli de sa chaîne hi-fi, grande boîte vide doucement chauffée par des lampes, sûrement une sorte de palais pour des fourmis, jusqu'à ce qu'évidemment il cesse de fonctionner. La mère d'Anders avait piqué une colère mémorable à cette occasion, et il fallut trouver encore autre chose.

Un lapin mangea toute la partie inférieure d'un accoudoir du sofa, dans le salon où Anders le libérait pour qu'il coure un peu lorsque sa mère n'était pas là. Le lapin prit l'habitude de s'installer à l'intérieur du canapé et entreprit de le ronger méthodiquement en commençant par le fond, si bien que son travail de sapeur resta longtemps insoupçonné. Le lapin mourut écrasé lorsque le cadre du canapé finit par céder, un soir, devant la télévision.

Puis il y eut, on devait être au milieu des années 1980, la mode éphémère des phasmes australiens qui ressemblaient à de longs sarments immobiles. On les retrouvait un peu partout, soustraits aux regards par leur fixité surnaturelle, ne s'agitant que lorsqu'on les attrapait par mégarde, mimes étonnés de leur propre audace, provoquant les cris de surprise effrayée de la mère d'Anders ou de ses rares amis, comme Noah qui ne pouvait s'empêcher de trouver cela plus dégoûtant que réellement amusant.

Quand il arrêta de les héberger, Anders se mit à collectionner les animaux dans des carnets, comme s'il était perpétuellement en train de préparer une sorte d'exposé sur la nature qui l'entourait. Il achetait des cahiers à l'épicerie du quartier, toujours les mêmes, avec des pages assez épaisses pour y coller des fleurs à faire sécher, et une couverture cartonnée qui résistait aux intempéries et aux transports au fond de son sac. Il ne s'en séparait pas, les emportait partout. C'est ainsi qu'il avait commencé, alors qu'il n'était encore qu'un collégien, à les remplir de notes, de dessins, d'articles et de photos découpés dans des revues et collés sur les pages de couleur crème. Il y consignait la moindre de ses rencontres dans la montagne ou dans les livres. Inventait aussi, parfois, ce qu'il ne savait pas.

Adulte et devenu géologue, glaciologue plus exactement, il reprit cette pratique abandonnée un temps avec la ville et les études. Au fil de ses voyages au Svalbard et dans l'île aux Ours, au Groenland et sur la banquise du pôle, au fil de ses nuits bleues sur le glacier, il se remit à tenir ses carnets. Ils devinrent avec le temps son petit musée de l'Arctique. Un bestiaire. Tout ce qui disparaissait sur la banquise se retrouvait entre ses pages. C'était, pour lui qui n'était pas un artiste, la seule façon qu'il pouvait imaginer d'écrire : il s'agissait de faire l'inventaire, de garder la trace, de consigner à la manière d'un témoin, au ras des alpages, ce qu'il savait ou qu'il avait sous les yeux et qu'il voyait disparaître. Il n'entendait pas être exhaustif, d'ailleurs. Il choisissait des animaux qu'il connaissait, qu'il avait déjà rencontrés ou qui lui paraissaient emblématiques. Il avait commencé avec l'ours blanc bien sûr.

On l'a appelé aussi *Ursus maritimus marinus* ou encore *Thalarctos maritimus* et, dans des récits fantaisistes de voyageurs polaires, *Ursus borealis*.

Son cousin *Ursus arctos*, malgré son nom, n'était que l'ours brun d'Europe présent dans les Alpes et chassé à courre dans les Pyrénées jusqu'au milieu du XIXe siècle, puis disparu, puis réintroduit et devenu, au début du siècle suivant, un symbole et une ligne de front entre éleveurs et écologistes. C'était le plus répandu, l'ours brun. Dans les grands parcs du nord des États-Unis et du Canada, on croisait aussi son cousin le grizzli, encore plus grand, encore plus massif et plus dangereux. Trop grand pour avoir peur, on disait qu'il était agressif.

L'ours blanc, c'était pire. *Ursus maritimus*.

C'était le plus gros prédateur terrestre, tout simplement. 800 kilos de muscles et de fourrure impénétrable, 42 dents rangées en ordre le long d'un museau pointu, les premières pour tuer en s'enfonçant dans le cou de sa proie comme des rasoirs déchirant les chairs, ouvrant les veines et les artères dans un bain de sang irrémédiable, et celles du fond, les dernières, s'élargissant dans sa drôle de tête en triangle pour broyer tout ce qui peut l'être, une vraie déchiqueteuse, et avec ça des griffes comme des poignards, une puissance à creuser la banquise, à parcourir des kilomètres, des muscles capables d'immobiliser un morse, de lutter contre un béluga, et des tendons si forts pour les tenir ensemble que les Inuits s'en servaient de cordes dans l'assemblage de leurs huttes et de leurs traîneaux. Une machine à tuer. Un monstre.

Il se nourrissait presque exclusivement de phoques, qu'il chassait à l'affût lorsqu'ils remontaient par les trous qu'ils pratiquaient dans la glace pour venir respirer, et parfois notre ours les poursuivait dans l'eau car il y nageait aussi bien qu'un poisson, bloquant ses deux pattes postérieures et nageant des antérieures, un cas unique d'évolution, une sorte de chaînon manquant fabuleux entre le monstre marin et le terrestre. *Ursus maritimus*, l'ours des mers, ours marin.

Un des seuls prédateurs qui n'avait pas peur de l'homme, avec les crocodiles, les grands requins blancs et quelques tigres tueurs.

Il vivait sur la banquise, sur la glace de mer, se déplaçait à sa limite, là où le pack ne cesse de se fracturer avec des bruits de tonnerre sous-marin, libérant soudain des voies d'eau libre et sombre qui lui permettaient de traquer ses proies et de les poursuivre sous la glace.

Il hibernait, évidemment. N'avait que peu de temps pour refaire son stock de graisse.

Ces derniers temps, la banquise fondait plus vite, plus loin. En septembre 2019, elle avait atteint son repli le plus important depuis qu'on la mesure.

On avait vu des ours blancs obligés de se rabattre sur les terres où la chasse est moins bonne et moins grasse. Ils erraient dans des forêts de bouleaux, amaigris et hagards, mangeaient des racines et des écorces et des cadavres d'oiseaux, affaiblis, ivres de faim et de rage, déboussolés et impuissants comme des fantômes de soldats sans ennemis, surpris par l'hiver dans le désordre de la retraite. Ils approchaient des villes, des campements et des missions scientifiques, en Sibérie, au Canada, au Spitzberg, ils fouillaient les poubelles et se barbouillaient le museau de détritus gelés dont l'odeur leur était pourtant parvenue telle un mirage de festin.

En février 2019, la Russie avait décrété l'état d'urgence dans l'archipel sibérien de Nouvelle-Zemble entre les mers de Kara et de Barents, envahie par des dizaines d'ours affamés.

Un an plus tard, sur le continent, dans la péninsule de Yamal et dans le golfe de l'Ob, les observateurs scientifiques russes ont constaté qu'*Ursus maritimus* était contraint par la fonte de la banquise et l'appauvrissement de son territoire de chasse à des comportements cannibales.

C'étaient les jeunes, moins puissants, qui se faisaient bouffer par leurs propres parents.

Il avait été le plus grand prédateur terrestre pendant des milliers d'années. Depuis 2006, *Ursus maritimus* figurait sur la liste rouge des espèces menacées d'extinction.

6

10 septembre

Assis à côté du pilote, dans l'hélicoptère qui l'amène à la plateforme de forage et survole pour l'instant l'immensité étale et noire de l'océan Arctique, Noah repasse pour la centième fois sur l'écran de son téléphone portable la vidéo de l'accident qu'on lui avait envoyée ce matin, alors qu'il venait tout juste d'atterrir à Oslo, afin qu'il se fît une idée de la situation. C'est une vidéo de caméra de surveillance, placée en hauteur, sur la structure du derrick lui-même, sur une de ses poutres d'acier qui s'entrecroisent et s'amenuisent en montant, comme une tour d'allumettes, à peu près au centre de la plateforme.

On y voit en contrebas le pont de montage du train de tiges, fait de tubes assemblés qui conduisaient le forage vers ses profondeurs sous-marines. Quatre hommes s'y affairent au bord du vide, trente ou quarante mètres au-dessus de l'océan, sur une sorte de terrasse de métal un peu sale, maculée de boue et de cambouis, avec leurs salopettes jaunes de marin-pêcheur, leurs chaussures et leurs casques de chantier, leurs gants de cuir huilé par la graisse noire et collante des machines, ils dansent sur un monstre d'acier dont la tige s'enfonce comme une aiguille inimaginable, de plusieurs milliers de mètres de long, à travers l'océan noir et froid jusqu'à en crever le fond, percer la croûte du monde comme une peau d'orange, à la recherche d'une vérité enfouie là il y a des millions d'années. La vidéo manque de contraste et de définition. L'image est saccadée, les couleurs éteintes. Le bruit assourdissant. Il n'y a pas assez d'images par seconde sur la vidéo de surveillance du poste de forage, sous le derrick, pas assez d'images pour comprendre exactement ce qui arrive. Tout éclate. On voit le tube d'acier qui se tord légèrement, qui se coince, comme si le film avait sauté une image, et l'instant d'après la passerelle entière vole en éclats. Un crochet de grue en fonte de plusieurs tonnes, jaune vif, traverse le plancher à l'endroit où l'un des ouvriers se tenait. Des escaliers de tôle s'affaissent, sur le bord de l'image. On voit un homme qui court, un autre qui tombe. Des poutres d'acier, en forme de I d'imprimerie, s'arrachent et se tordent dans un fracas infernal.

Noah range le téléphone dans la poche intérieure de son blouson de cuir usé et rechausse ses lunettes de soleil. Là où il va, il n'y aura pas de réseau de toute façon. À côté de lui, le pilote demande l'autorisation d'approcher l'héliport de la plateforme qui se balance gentiment, à quelques centaines de mètres, sur la houle d'été.

Il présente Noah comme le Company Man.

Il sourit. Après tout, qu'est-il d'autre ? Un enfant du pays, aussi, mais cela fait si longtemps.

Une fois posé le pied à terre pour ainsi dire, sur le grand disque rouge et blanc de l'héliport en tôle d'acier marin, bordé de garde-corps jusqu'à la passerelle et à l'escalier, une fois posée la main sur la rambarde et le pied bien campé sur la première marche descendante, gaufrée de chevrons, il baisse les yeux plus bas encore que le front qu'il gardait penché vers le sol, la tête rentrée dans les épaules, les coudes collés aux côtés, dans une attitude ramassée qui dit assez son vertige et les efforts démesurés qu'il va lui falloir accomplir pour se rendre au pont inférieur, parcourir un labyrinthe de passerelles à flanc de falaise d'acier, reprendre d'autres escaliers d'Escher, qui descendent, qui montent, changer de niveau, de couleur, de module, de bloc de Lego, c'est ainsi que sont construites les plateformes, jusqu'au poste de commandement, et un peu plus tard jusqu'au site de l'accident, et tout ça sans compter, malgré la masse énorme du bâtiment, le roulis quand même perceptible et l'impression de déséquilibre permanent, l'horizon qui s'incline et les vagues qui montent, tout cela sans compter, malgré l'énormité de chaque bloc semblable à un petit pâté de maisons, l'impression que toute cette tôle rivetée et boulonnée n'est qu'un assemblage précaire et fragile. Noah n'a pas le mal de mer. Seulement le vertige depuis son accident, un vertige qui tient plus du malaise permanent que de la peur du vide. C'est bien suffisant pour faire de chaque plateforme où il met les pieds un enfer.

On est en septembre, il fait encore doux. Dans trois mois, il suffira de poser la main sur n'importe laquelle de ces tôles, de ces rambardes, de ces tubes et de ces machines, en ayant oublié ses gants, pour y laisser la moitié de la paume et de la peau des doigts en quelques secondes.

Il fera nuit en permanence.

Il n'y aura plus aucun secours au fait d'être seul et loin de tout, entouré seulement de glace flottante, craquante et hurlante à perte de vue.

La plateforme Sigurd est la première de ce type, destinée à passer l'hiver dans une mer possiblement recouverte de banquise. Bien sûr, on compte sur le fait que la glace sera de moins en moins épaisse. L'hiver dernier les forages n'ont été interrompus que pendant trois mois, à cause des courants de dérive, puis un brise-glace russe et des remorqueurs ont permis à la plateforme de retrouver sa place. Elle a été conçue pour les pires conditions climatiques du monde et cela fait de Sigurd une sorte de monstre aussi inquiétant qu'admirable. Noah est fasciné. Quelque chose en lui lui crie de repartir aussitôt, et en même temps l'ingénieur qu'il est ne peut s'empêcher d'admirer tout le génie humain qu'il a fallu déployer pour venir à bout de l'ouvrage.

D'habitude, il embarque plutôt pour les bonnes nouvelles. C'est lui qui est venu, il y a deux ans et l'an dernier, superviser les campagnes de forages wildcats, quand on cherchait pendant l'été de nouveaux réservoirs d'hydrocarbures piégés dans la roche. Mais là c'est autre chose. Il est plutôt rare que l'expert géologue responsable du forage se déplace lui-même, mais la compagnie le lui a présenté comme une mission de confiance. Ce n'est pas la première fois qu'il y a des problèmes et la plateforme est un trop gros investissement pour qu'on laisse filer. Des rumeurs font état d'irrégularités et d'un comportement contestable du commandant, un Russe.

Il se présente à la passerelle.

Il faut comprendre ce qui s'est passé. Bien sûr, le commandant supervisera l'enquête. Il a déjà ordonné à son ingénieur technique et à son chef de quart machine d'examiner l'arbre et son moteur, et de lancer les réparations dès que ce sera possible. Peut-être dans quelques jours, il a bon espoir, parce que les machines n'ont pas été trop endommagées d'après les premiers examens, seulement le plateau technique et la colonne elle-même évidemment, il faudra remonter une centaine de mètres de tubes pour être sûr que la structure ne s'est pas voilée, plus bas, peut-être explorer l'arbre de Noël au fond en y faisant descendre des robots, mais tout devrait rapidement rentrer dans l'ordre, lance-t-il à Noah comme une promesse, dans un anglais qui dissimule mal son accent, c'est ce que souhaite la compagnie, n'est-ce pas ?

Il a planté ses yeux dans ceux de Noah qui a enlevé ses verres miroirs en arrivant sur la passerelle. Ils brillent sous la visière de sa casquette, au fond d'un visage tanné par le Nord, dont les rides profondes et droites soulignent la géométrie martiale. Le commandant ne plaisante pas. Ce type a sans doute passé une bonne partie de sa carrière et de sa vie dans la marine militaire où il a fini enseigne ou lieutenant de vaisseau, avant de rejoindre la marchande. Le boom du pétrole en mer de Kara, et maintenant en mer de Barents, aux confins de la Norvège et de la Russie sibérienne, ainsi que quelques appuis parmi les gradés reconvertis dans les compagnies d'État, lui ont donné l'occasion d'une promotion inespérée.

Il y a quand même eu trois morts. Deux et demi, pour l'instant. D'après le commandant, ce n'est pas un tribut inacceptable dans la course à l'or noir, et d'ailleurs la compagnie qui emploie Noah doit penser à peu près la même chose. Bien qu'elle ait signé des chartes internationales sur la sécurité dans les entreprises du pétrole et du gaz, depuis une dizaine d'années, elle l'a surtout fait pour ne pas s'aliéner l'opinion publique norvégienne, singulièrement schizophrène sur le sujet. Les sous-traitants assument les risques, les Russes sont assez doués pour ça. Mais la compagnie voit plus loin, c'est ce qu'explique Noah pour justifier sa présence dans l'enquête. Elle veut aussi s'assurer que les raisons de l'accident n'ont rien à voir avec ce qui se passe en sous-sol et ne remettent pas en cause le forage, qui pourra reprendre le plus vite possible sans risque de s'interrompre de nouveau. Il faut une fois de plus expertiser le plancher océanique et ses couches géologiques.

Il n'y a que Noah pour ça.

Le regard bleu de glace du commandant russe glisse du visage de l'ingénieur à son blouson de cuir usé, ouvert sur un pull-over épais à torsades, en laine écossaise, à son blue-jean délavé par le soleil, à ses baskets de couleurs vives, bariolées de bleu et de jaune. Il n'a pas besoin de mettre le moindre mépris dans son regard pour laisser paraître tout ce qu'il pense de cet accoutrement décontracté de citadin en visite, et de la perte de temps que représente à ses yeux la mission de l'ingénieur. Il demande à deux de ses marins présents sur la passerelle, en russe, d'accompagner le Company Man dans les quartiers des visiteurs et de lui fournir une tenue appropriée.

Ces derniers mots sont prononcés en anglais pour Noah, parti la veille d'Édimbourg en urgence par le premier vol pour Oslo, et sautant depuis lors d'un taxi à un avion à quatre places et moteur à hélices, puis à l'hélicoptère qui l'a amené jusqu'ici.

Il remercie plusieurs fois le commandant qui ne l'écoute déjà plus, et quitte la passerelle. Il se promet de rédiger le plus tôt possible le rapport qui les délivrera tous. Le commandant de lui, et lui de toute cette plateforme de malheur. Rechaussant ses lunettes en sortant à l'air libre, il avise le soleil oblique dont les derniers rayons sont en train de disparaître dans une mer de feu. Plus que tout, il déteste l'idée d'être de retour au pays qu'il avait tant cherché à fuir, au long de toutes ces années de voyage. Et pourtant, lorsque le soleil disparaît, plongeant sous l'eau dans un silence étonnant, il sourit malgré lui.

7

La Völva

La vieille qui vous fait face pourrait aussi bien être une elfe sans âge, une de ces divines immortelles, gardiennes de la nature. Elle vous a fait asseoir sans bruit après vous avoir invités à laisser devant la cheminée, sur une grille en fer, vos manteaux et vos bottes de fourrure détrempées par votre long voyage. Un ragoût dans une sorte de chaudron, posé sur des briques de terre cuite noires, mitonne lentement au coin de l'âtre. Son fumet évoque la forêt d'automne, un mélange de bois pourri, de racines, de champignons, de feuilles chaudes, une odeur de terre et de feu. N'est-elle que la protectrice du bosquet que vous avez traversé en gravissant la pente, ou celle du domaine de glace qui semble s'étendre au-delà du col ? Une sorte de gardienne ? Skogsrået, le mot vous revient en mémoire, c'est ainsi qu'on nomme ces créatures qui peuvent, dit-on, changer d'apparence et qui sont vouées pour l'éternité à être les gardiennes d'un lieu ou d'un passage.

Elle est vieille, courbée, et c'est la première chose que vous avez pensé d'elle, mais ses gestes sont vifs.

À présent que vous l'observez mieux, elle paraît s'être redressée et vous voyez, sortant des manches de la tunique qu'elle a relevées, ses avant-bras secs et noueux, glabres et très pâles où les muscles, fins et nerveux, s'agitent au moindre geste. Son visage, à bien y regarder, son visage maigre et blanc où brillent de grands yeux noirs n'a pas d'âge. Si quelques rides profondes autour des lèvres en soulignent la sévérité, sa peau est lisse et soyeuse, elle est souple, comme poudrée au kaolin mat, et son cou ne laisse voir aucun de ces plis parcheminés de tortue qu'arborent les vieilles femmes. Ses cheveux seuls sont argentés, striés d'un mélange de gris et de blanc cassé, dorés par endroits, épais et en désordre comme la fourrure d'un loup. C'est une sorcière. C'est pourquoi elle vit à l'écart du monde, dans le silence des montagnes. C'est une Huldra, d'une race oubliée de géants et de magiciennes.

Elle connaît le passé du monde et le destin des dieux eux-mêmes.

C'est ici, dans la solitude et le silence de sa retraite, que naissent les légendes.

Elle vous sert dans des bols en bois creusé, doux et chauds comme de la peau, poncés par le temps et les mains qui s'en sont saisi, ce ragoût de forêt et d'automne qui fumait depuis des heures, peut-être depuis des jours ou des années. Elle n'a encore prononcé aucune parole, ne vous a pas questionnés sur votre voyage, votre quête. C'est comme si elle savait déjà. Comme si elle vous attendait.

Vous vous êtes défaits de vos manteaux, de vos cuirasses, de vos épaisseurs de peaux et de laines. Vous êtes là, assis en chemises et culottes de chanvre, pieds nus, et vos doigts et vos orteils vous brûlent, cela vous fait un mal de chien, le fourmillement du sang qui reprend sous les engelures, le tison de la vie qui brûle. À côté du ragoût, au milieu de la table, elle pose une carafe en terre que vous vous passez et que vous buvez au goulot, une gorgée seulement qui vous met la bouche, le palais, l'œsophage en feu. Vous n'avez jamais bu alcool si brûlant. On dirait qu'on l'a chauffé, mais le broc que vous vous passez est froid.

Des sortilèges sont à l'œuvre.

La Völva commence à parler. Sa voix est basse, elle est douce comme une mélodie et il vous semble à chacun qu'elle sonne à l'intérieur de votre esprit, comme si c'était en vous-même que vous prononciez ses mots. Son visage paraît s'être approché du vôtre, et chacun d'entre vous a cette sensation. Elle s'est approchée afin de murmurer cette histoire où vous avez chacun votre place. Il y est question d'amour, de guerre, de trahison et de vengeance. La folie de l'or en est la cause.

« Des erreurs tragiques et d'anciens serments mèneront les dieux eux-mêmes à leur destin.

« Ce sera la fin du monde.

« Pour une fois, vous n'êtes peut-être pas là pour le sauver, mais pour le conduire à son crépuscule. Pas seulement pour y assister, mais pour en être l'acteur, car c'est une histoire dont vous êtes le héros. Toute la beauté de la chose est là.

« Il faudra faire des choix. Prouver votre valeur. Triompher de vous-même. Jouer votre rôle, non comme un simple pion mais en étant fier de participer à une histoire qui vous dépasse. Elle a commencé il y a si longtemps. »

Il vous semble que les murs tremblent et s'estompent, comme un voile de théâtre qu'on se met à éclairer de l'arrière et dont la toile peinte disparaît peu à peu au profit d'un autre décor, plus profond, qui entre à son tour dans la lumière. Et cette nouvelle illusion a l'air plus vraie parce qu'elle en remplace une qui vient de s'évanouir tel un songe.

Et vous voyez la montagne qui s'étend au-delà jusqu'aux pics noirs de rochers si escarpés que la neige elle-même ne parvient pas à s'y accrocher. Vous voyez les lignes de crête comme des sentiers courir de l'une à l'autre en une toile sinueuse balayée par les vents. Vous voyez la mer de glace qui s'étale entre les pics des Trois Sœurs, scintillante et bleu pâle, et légèrement creuse comme si elle cherchait à sortir de la vallée, creusant son lit et siphonnant la terre. Vous voyez la forêt qui dévale vers le fjord et les villages de pêcheurs et de commerçants. Ses couleurs sont en feu, caressées par un soleil encore chaud qui descend sur l'horizon. On est en automne. Vous n'avez pas froid. La Völva continue de murmurer dans votre tête et lorsque vous essayez de la trouver, vous ne croisez que son regard, comme si son visage n'était qu'à quelques centimètres du vôtre, sa peau lisse et soyeuse, blanchie par d'innombrables hivers, et ses yeux tels des puits, ses larges yeux noirs et profonds où brillent des lueurs lointaines comme des étoiles. Vous perdez pied. Exactement comme on glisse, bêtement, sans l'avoir prévu, étonné. Vous tombez dans ses yeux noirs, c'est l'impression que cela vous fait.

Vous ne savez pas si c'est le froid mordant ou le cri des bêtes qui vous réveille brutalement. En quelques secondes vous êtes tous debout. Vous remarquez à peine que la cabane de la sorcière a bel et bien disparu. Vous êtes à l'endroit où elle se tenait, au passage du col, entre les deux gros rochers qu'on appelle les Crocs du Dragon, Wyrmfangs, même si de mémoire d'homme on n'a plus vu de dragon depuis trop longtemps pour savoir à quoi cela ressemble. Vous n'êtes pas pieds nus, en chemise de chanvre. Vous avez vos cuirasses de peaux, vos bottes, vos manteaux. Dans votre main, une épée en acier de Damas dont le secret de forge s'est perdu. Sa garde est ornée de runes et sa lame, parcourue d'une nervure profonde, étincelle d'un éclat gris et froid. Elle porte un nom, comme toutes les armes de légende. Elle s'appelle Gramr.

Autour de vous, une meute de loups se rapproche, ils sont une dizaine, le pelage gonflé sur le dos, les babines retroussées sur leurs mâchoires, leurs dents pointues et brillantes hérissées dans leurs gueules écumantes de salive, rien qu'à sentir votre chair fraîche. Ils ont leur fourrure d'hiver, d'un blanc sale jauni par endroits, épaisse et qui les fait paraître plus grands encore qu'ils ne sont. Ils vous tournent autour pour vous enfermer, vous neutraliser, comme ils ont appris à le faire aux peuplades qui chassent les rênes pour en pratiquer l'élevage. Deux d'entre eux sont montés d'un bond sur les premiers rochers des Wyrmfangs. Tels de vieux généraux, ils observent leurs troupes.

Vous jetez un coup d'œil à vos compagnons. Formant presque un cercle, dos à dos, vous faites face à la meute qui se rapproche en grognant. À vos côtés, la femme, qui vient de rejeter en arrière sa cape de fourrure pour libérer son bras, tient à deux mains une lame large de plus d'un mètre, entièrement gravée de symboles et d'un entrelacs végétal qui semblent parcourus d'éclairs bleutés. Tirant en arrière son coude, elle l'amène, verticale, à la hauteur de son visage, armant un coup dévastateur. Ses cheveux rouges cinglent son visage et tourbillonnent autour d'elle comme des flammes. Elle vous sourit, d'un sourire plein de dents, sauvage comme elle, un sourire plein de désir et de sang, aussi large que la mort, aussi rouge que le sang de ces loups que vous vous apprêtez à répandre sur la neige.

Vous savez qu'elle s'appelle Brynhildr. Elle est une walkyrie que votre amour a réveillée et qui vous accompagne vers la fin du monde.

Vous êtes Sigurd. Descendant d'Odin. Sigurd, le destin des dieux.

Pour affronter les loups, rendez-vous au chapitre 15.

8

Anå

C'était elle, la guerrière, la walkyrie. La barbare aux cheveux rouges. Anå jette un coup d'œil dans le rétroviseur pour vérifier qu'elle ressemble à quelque chose. Pas à une couverture de *Conan* des années 1980 certes, mais pas non plus à une mère divorcée entre deux âges, habillée d'un blouson de laine bouillie à motifs écossais, façon bûcheronne décontractée, universelle et tellement normale qu'elle en deviendrait parfaitement et définitivement transparente. Elle se sourit dans le miroir dont le format panoramique donne toujours un peu l'impression d'une image de cinéma, et ses yeux en s'étrécissant prennent cet éclat de malice qui n'a pas changé depuis son adolescence, c'est déjà ça.

Elle sort du garage en marche arrière, dans l'énorme 4×4 dont le toit frôle la porte de tôle qui se soulève et coulisse sous le toit. Les pneus écrasent les pierres du chemin et les enfoncent dans la terre meuble depuis les averses de la veille. Anå débouche dans la rue et tourne sans ralentir, dans le même mouvement fluide qu'elle répète tous les jours, laissant sa voiture plantée en quinconce sur la route, le temps de refermer la porte du garage, avant de repartir dans une embardée nerveuse, arrachant au sol un crissement de gravillons écrasés. C'est à peine si elle a pris le temps de boucler sa ceinture. Au démarrage, la radio s'est remise à cracher son mélange de jazz lent et de voix scandinaves haut perchées, planantes, qu'elle a coupé d'un geste vif. Elle se concentre sur la conduite et accélère, mais cela ne suffit pas à chasser l'image de Noah qui hante son esprit depuis la visite de Magnus, ce matin.

Ce n'est pas son image qu'elle voit. Les souvenirs ne marchent pas ainsi et trop de temps a passé pour qu'elle puisse se remémorer les traits de Noah quand ils avaient – quoi ? – 16 ans au moment où ils se sont connus ? Il avait trois ans de plus qu'elle et elle va en avoir quarante-trois, d'ailleurs elle serait bien incapable de se rappeler son propre visage d'alors avec précision. Bien sûr on se reconnaît sur les photographies, et il y a toujours quelque chose, dans l'expression, dans la silhouette, qui ne trompe pas, quelque chose qui nous identifie, mais ce ne sont pas des images complètes, ni des traits fidèles à la réalité. Les images mentent comme les rôles de cinéma. Comme si des actrices et des acteurs avaient joué nos vies.

Ce n'est pas l'image de Noah qu'elle cherche à chasser de ses pensées, ce matin, mais une sorte de présence à la lisière de sa conscience, une présence étrangère, à la manière d'une silhouette ou d'une ombre chinoise, comme lorsque l'on perçoit un mouvement qu'on n'a pas encore identifié, à la périphérie de notre vision. C'est à leur façon de nous surprendre quand ils apparaissent qu'on reconnaît les gens. Elle s'était dit cela déjà lorsque son père était mort, et pendant un temps elle s'était trompée, elle croyait l'apercevoir parfois dans la foule et son cœur sortait de sa poitrine, mais ce n'était pas lui bien sûr, il lui fallait un moment, peut-être une seconde ou deux, pour se raisonner. Il était mort. Sa présence ne ferait plus irruption. Il ne la surprendrait plus.

Noah non plus, elle se l'était juré. Noah était parti.

Anå résiste à l'envie de tourner la tête, d'aller voir, de tourner le regard à l'intérieur vers cette image qui n'en est pas une et qui l'appelle depuis ce matin, qui la déconcentre, l'interrompt, se glisse en elle au bord de toutes ses pensées. Elle ne veut pas se souvenir.

Elle l'avait rencontré à la fin d'un été comme celui-ci, court mais plutôt chaud et sec, les montagnes qui encadraient le fjord se coloraient doucement de jaune, d'orangé, pas comme dans les pays du Sud où l'automne prend les couleurs de la rouille et des tuiles, mais d'une manière franche et plus éclatante, les bouleaux, les érables, les chênes et les châtaigniers faisant au milieu des sapins et des épinettes des taches de lumière brutales et qui ne cessaient d'étonner, comme des incendies sans flammes. Le changement de décor ne faisait que commencer. Les températures avaient déjà chuté, mais on n'avait pas encore vu les premières neiges, qui ne descendraient des montagnes de l'Est que dans un ou deux mois encore. On était dans les premières semaines de la rentrée scolaire. C'était pour les gamins et les adolescents déjà le moment de se retrouver après des vacances chez les grands-parents ou ailleurs, dans le Sud en général, c'était déjà le moment de reformer les petites bandes et c'était encore le moment d'en profiter parce que le lycée ne reprenait que doucement son rythme.

Noah avait passé l'été chez une tante à Oslo ou peut-être même en Suède, dans une vraie ville, un endroit chic. C'était le meilleur ami de son grand frère Magnus, ou alors d'un autre des copains qui traînaient toujours ensemble à cette époque-là, ils étaient dans la même classe. On était à la fin des années 1980 mais l'URSS ne s'était pas encore effondrée sur elle-même. Au contraire, on en était encore à attendre que la guerre froide, au lieu de dégeler gentiment et de disloquer ses empires comme une glace d'été, connaisse un réchauffement brutal et définitif, une troisième guerre mondiale, un Armageddon nucléaire. Quelque part chez les astronomes de la reine d'Angleterre, l'horloge de l'apocalypse n'était plus qu'à quelques minutes de la fin du monde. Anå était comme tous les ados de ces années-là, tellement habituée à l'attendre en mâchant du chewing-gum, la fin du monde, que ça ne lui faisait plus vraiment peur. On n'écoutait les chansons qu'en boucle et l'on passait l'été avec un seul album, en général le dernier disque d'A-ha ! ou d'Iron Maiden, de The Cure ou Depeche Mode pour les plus audacieux qui s'habillaient de corsets noirs, de fracs et de longs manteaux, tels des vampires de cinéma. On les appelait les corbeaux.

Noah était rentré d'Oslo, ou de Suède, à la fin de l'été, les cheveux mi-longs blanchis par le soleil et la peau du visage bronzée comme cela n'arrivait pas par ici, dans le Nord. Elle les revoit qui se pointent à la maison, la petite bande de copains de Magnus. Il doit y avoir Knut qu'elle ne voit plus depuis longtemps, pourtant il vit toujours ici, il est revenu s'installer après la mort de son oncle. Knut et Magnus donc, et sûrement Anders, parce que c'était lui, l'ami de Noah, ils étaient inséparables à cette époque. Anå, elle n'était que la petite sœur qui venait d'arriver au lycée l'année précédente, les cheveux teints et les yeux noirs. Aucun des garçons ne lui avait dit bonjour. Elle les revoit passer devant sa chambre dont elle avait laissé la porte ouverte exprès pour les voir arriver. Ils marchent dans le couloir l'un derrière l'autre, son frère suivi de ses copains, Knut, Anders, et c'est comme un cortège de fantômes dans son souvenir, parce qu'elle ne voit pas vraiment leurs têtes, comme si les traits étaient flous. C'est difficile de se rappeler précisément quelle tête ils avaient à l'époque. Si elle les revoyait maintenant devant elle, Knut par exemple, peut-être alors elle pourrait l'imaginer, retrouver des traits, dans le visage d'aujourd'hui, qui lui rappelleraient sa jeunesse, et aussi sa jeunesse à elle et le genre de détails qu'elle avait gardés de ce moment au fond de sa mémoire, comme d'un puits.

Et puis Noah. Il tourne la tête, lui sourit sans lui dire bonjour, mais il y a cet instant où il s'est arrêté, lui, parmi les fantômes du couloir, les copains de son frère, pour la regarder elle, et il lui a souri.

Elle ne se souvient que de ça. Ses yeux d'un bleu de glace et ses cheveux en bataille, presque blancs, et son sourire comme un éclat de lumière, sans savoir si c'est à cause du contraste avec sa peau bronzée ou la grisaille des jours. Elle s'est pétrifiée. Il était déjà passé, il avait rejoint les autres, quand elle a repensé à respirer. C'était la première fois peut-être, dans sa mémoire ça l'était, la première fois, pendant ce très court instant, qu'elle avait eu l'impression d'avoir été volée, subtilisée, distraite d'elle-même comme par une lumière qui passe dans un miroir, comme un éblouissement qui vous laisse douter de ce que vous avez vu.

Elle a écouté, machinale, le disque de cet été-là, compilation d'un groupe anglais à la voix suave, dont les guitares étaient plus sèches que le hard-rock mielleux des Suédois de Europe. Le titre lui revient comme une envie légère de le réécouter : *Louder Than Bombs*. C'est le bruit que son cœur a fait quand il s'est remis à battre, lorsque le visage de Noah s'est de nouveau encadré dans la porte de sa chambre.

« Tu veux te joindre à nous ? »

Il avait rapporté de ses vacances à Oslo ou en Suède un jeu en anglais, tout nouveau, un « jeu de rôle », c'est comme ça qu'il l'appelait, personne ne savait ce que c'était. Des bruits couraient, disant que ça rendait fou, ou que c'était pratiqué par des groupes satanistes. C'était aussi excitant que de la drogue ou de la musique d'Angleterre. Pourtant elle a failli dire non. Jouer la nana qui s'en fout, qui n'a pas remarqué les yeux bleus ni le sourire effronté. Elle a failli jouer les mini-vampires jusqu'au bout, peaufiner son teint pâle et sa solitude. Heureusement elle n'a pas réfléchi.

Elle a dit oui, et c'est comme ça que ça a commencé. Elle s'en souvient encore comme si c'était hier, et elle préférerait ne pas. Mais c'est ainsi. Au fond du puits de sa mémoire il y a des petits bruits d'eau et des éclats de lumières fugitives.

9

Knut

Knut venait d'un village situé plus loin sur le fjord et dans les terres, il vivait à présent un peu à l'écart de la ville. Il avait hérité ce terrain immense, deux cents hectares de forêt et de montagne, la ferme et la vieille église qui allait avec, d'un oncle sans enfant et s'y était installé, abandonnant en cours de route une carrière qu'il avait commencée dans l'armée. Laissant tomber la ferme en ruine, il avait retapé l'église pour y habiter. Avait construit lui-même des granges en rondins de bois dont les toits percés laissaient passer l'eau et pourrir la charpente. C'est là que vivent les chiens dont il fait l'élevage. Lui n'habite plus que dans le chœur de l'église, isolé de la nef par une cloison de bois. Il a aménagé là, autour de l'ancien autel, une chambre et une cuisine au sol déjointé, légèrement surélevé. Il se chauffe au bois grâce à un vieux poêle de fonte qui parvient à maintenir dans la chambre une température tout juste supportable en hiver, mais la nef, sa grande salle comme il disait, mon Dieu, il n'y a vraiment que lui qui peut y entrer en hiver. Les vitraux avaient été cassés il y a longtemps et des corbeaux ont élu domicile dans la charpente. L'air s'engouffre là-dedans par les ouvertures traversantes du transept et il neige parfois jusque dans la travée.

Pour la plupart des gens, des conditions de vie aussi extrêmes et une solitude aussi radicale ne seraient qu'une source d'angoisse. Et s'il m'arrivait je-ne-sais-quoi, et si je mourais sans personne d'autre que Dieu à qui confier mes dernières paroles, et si je tombais malade, et si j'étais trop vieux pour ramasser le bois de l'hiver, ou pour le fendre, et si… La plupart des gens seraient prêts à tout pour y échapper. Knut a choisi son sort. Avec le temps, il n'aime plus personne. Peut-être qu'il s'est retrouvé dans cette situation, tout seul avec ses chiens, parce qu'il n'aimait déjà pas beaucoup les gens à l'époque où il s'est installé ici, il y a une dizaine d'années, de retour d'un de ces théâtres d'opérations où il a laissé les meilleures années de sa vie, la peur et la rage enfouies sous des couches de traumas qui ne percent que la nuit, dans des cauchemars qui le réveillent encore, trempé de sueur froide. C'est sûr que les hivers rudes qu'il a vécus depuis ne l'ont pas arrangé.

Il est grand et sec comme un bois mort, une silhouette d'échassier, tout en bras qui lui échappent et en cou qui s'allonge, les jambes qui se jettent devant lui avant de frapper le sol de leurs bottes, d'un pas qui a toujours conservé une certaine raideur militaire. Il porte de vieilles parkas dont la couleur a fini, à force de soleil et de neige, par se délaver jusqu'à une sorte de gris indéfinissable qui serait la fin de toutes les couleurs. Il se coupe les cheveux lui-même. Fume en permanence dans une barbe d'une semaine, jaunie au coin des lèvres. Il fume tellement que, lorsqu'on passe un moment avec lui, ce qui n'arrive guère qu'à de rares occasions, assez vite on ne le voit même plus rouler ni allumer ses clopes fines et grises, il fume, il fume et l'on se dit : Quand diable l'a-t-il allumée, celle-là, ce ne peut être la même que tout à l'heure, mais on ne l'a pas vu le faire, on ne s'en souvient plus. Et c'est comme s'il fumait toujours la même cigarette.

Pourtant il a encore de l'allure, il pourrait en avoir. Il a au fond de l'œil une sorte de joie mauvaise, une méchanceté rieuse qui devrait encore pouvoir se transformer en charme. Il faudrait aimer les mauvais garçons. Et puis il faudrait que lui, en ait envie. Il faudrait se rencontrer, et Knut ne vient plus en ville que pour des achats de matériel indispensable et de viande pour ses chiens, quand il n'a pas chassé suffisamment de rennes, de lièvres ou de poules faisanes.

Il y a tout un tas de rumeurs qui courent à propos de lui. On dit qu'il aurait tué un homme, un de ses supérieurs, à l'armée, que c'est pour ça qu'il se serait retiré ici dans la ferme de son oncle. On dit qu'il a fait de l'espionnage pour les Américains, ou pour les Russes, les versions divergent, on dit qu'il continue à vendre des informations et que son élevage n'est qu'une couverture. On dit que les chiens qu'il dresse là sont des espèces de soldats, une arme secrète mise au point quelque part en Sibérie par des savants fous, et qui aurait servi pendant la guerre d'Afghanistan. Il y a un peu de vrai dans toutes ces légendes. On dit que c'est un homme dangereux et cela, c'est presque sûr. On l'appelle Biskopen, « l'Évêque », parce qu'il habite la vieille église en bois sur le chemin de la montagne. Le soir, au crépuscule, les aboiements de ses chiens résonnent dans toute la forêt et répondent parfois, quand l'hiver est rude et dure jusqu'en mars, avril, au hurlement des loups qui s'aventurent jusque-là.

Un matin, il y a une quinzaine de jours, les Russes sont encore venus. Ils arrivent toujours deux par deux, comme des saloperies de témoins de Jéhovah passant annoncer le Jugement dernier, ils viennent le voir une fois par mois comme ça depuis douze ans, depuis qu'il a hérité du terrain de l'oncle. Ils ne sont pas armés, pas menaçants, pas polis non plus, mais il est vrai que l'Évêque les reçoit toujours sur le pas de l'église, avec son fusil chargé.

Ils se garent dans la cour en terre recouverte de mousse, font claquer les portes de leur 4×4 invariablement noir, pour s'annoncer. Knut attrape son fusil suspendu à côté de la porte, un Mossberg à pompe équipé d'une lampe tactique sur le rail Picatinny du canon. Sur le râtelier sont alignés aussi la carabine Enfield à lunette et le fusil de chasse de son père. Knut saisit le Mossberg par la poignée rainurée de la pompe, qu'il fait jouer pour engager une cartouche dans la chambre, en secouant le fusil verticalement de sa seule main gauche, se servant du poids de l'arme pour faire fonctionner le mécanisme, puis il attrape la crosse de la main droite, amenant le canon de l'arme face à lui, à hauteur de hanche, dans un geste très naturel, lampe allumée, prêt à faire feu. Il ouvre la porte et balaye la cour du faisceau bleu pâle. Même en plein jour il allume la lampe. C'est un réflexe. Tout cela est de l'ordre du réflexe, et du rituel. Les types viennent le voir tous les mois. Si cela devait mal finir, un jour, ce serait un problème de réflexe, il se l'est déjà dit. Knut n'est pas spécialement en colère, ce matin.

Ils descendent de voiture. Le passager, qui fait d'abord le tour du véhicule en passant devant le capot, puis le conducteur lorsque l'autre est arrivé à la hauteur de sa porte. Il klaxonne une fois pour être sûr qu'on l'a entendu, puis il sort. Ils avancent. Ils ont les bras le long du corps, peu importe la saison et leur accoutrement. Ils marchent d'un même pas. Pourtant l'œil habitué de Knut voit bien qu'ils sont positionnés légèrement de biais, l'un derrière l'autre, à moins d'un mètre mais subtilement décalés, comme si le conducteur, en sortant de l'habitacle, avait posé sa main sur l'épaule de son acolyte, de manière à progresser toujours parfaitement de conserve en maintenant à la fois l'angle et l'écart entre eux, ce trapèze parfait qu'on enseigne dans les commandos et les compagnies de sécurité haut de gamme, et qui permet de se couvrir mutuellement avec un dégagement de vue optimal.

Les chiens aboient. Les Russes leur lancent des regards qui ne peuvent s'empêcher de trahir leur peur. Les chiens, c'est le seul truc vraiment imprévisible que l'Évêque maîtrise seul et qui pourrait venir à bout, sans doute, d'un groupe d'intervention entier, s'il est vrai qu'ils ont été spécialement dressés pour ça.

Il sort devant l'église par la petite porte taillée dans le portail double et massif, renforcé de fer, il sort avec une de ses chiennes qui trottine et vient s'asseoir à côté de lui sans qu'il ait besoin de lui adresser le moindre signe, les oreilles dressées, le museau dansant, déjà en train de retenir la signature des visiteurs. Il porte son fusil en travers de la poitrine, comme il porterait un enfant.

Chaque fois, c'est le même cirque.

Les Russes voudraient acheter le terrain, l'église, les bois surtout. La parcelle a un accès à la mer de l'autre côté de la montagne, elle empêche un projet de développement du port et des appontements grands comme des digues qui l'entourent déjà de toutes parts avec leurs réservoirs, cylindres de béton, pipelines d'acier et grues d'assemblage et de démontage. Ils proposent de l'argent, beaucoup d'argent. Des millions, dans des banques étrangères, dans des endroits du monde où la Norvège ignore qu'il y a même une île et des banques. Des arrangements, des participations, des pourcentages, des actions sur lesquelles personne ne réclamerait aucun impôt, dans des entreprises de papier, des boîtes aux lettres, poste restante, et des cabinets d'avocats. Mais l'Évêque ne vend pas.

S'il était intéressé par l'argent, ça se verrait.

Il les laisse parler, puis d'un geste lent il abaisse le canon de son fusil en dépliant le bras gauche, la main sous la pompe, la crosse toujours appuyée sur la hanche opposée. Les types remontent dans leur 4×4. Ils reculent en continuant à parler, pour ne pas lui tourner le dos. Puis ils disparaissent. Cela se passe toujours ainsi. Mais pas ce matin.

Ce matin, la chienne Baïkal a flairé quelque chose. Est-ce que c'était simplement un lièvre blanc qui passait derrière eux dans la clairière moussue ou les fougères des sous-bois ? Est-ce que c'était la peur des hommes ou seulement de l'un d'entre eux, est-ce que la chienne a perçu, une seconde, un infime instant avant que ces imbéciles le sachent eux-mêmes, une nervosité anormale, une décharge d'adrénaline, un mouvement nerveux des yeux, une main qui passe sous le manteau léger pour se gratter le gras du bide au lieu de rester sagement le long du corps ? Est-ce que ce matin, c'était le dernier avertissement, au bout de douze ans de simagrées, est-ce que c'était le moment où ils allaient enfin sortir un flingue ? Elle s'est retrouvée debout sur ses quatre pattes sans que personne l'ait vue bouger. Les babines franchement retroussées sur les crocs, en train de grogner, et tout le monde l'a regardée avec une sorte de peur venue du fond du cerveau reptilien, tout le monde l'a fixée en ne sachant pas trop de quoi c'était le signal tout à coup, mais avec la certitude que cela réclamait une réponse rapide et vitale. Des réflexes.

Baïkal a aboyé. L'Évêque a une confiance aveugle dans ses chiens. Il n'a pas hésité une seconde.

Une détonation.

Et alors que le deuxième gus s'empêtre dans sa poche de manteau, pour ne pas l'avoir boutonné en sortant de voiture, une deuxième.

L'Évêque faisait ses cartouches lui-même. Ils n'avaient aucune chance. Ils se sont tous les deux effondrés en arrière comme s'ils avaient reçu un uppercut sous le sternum qui leur aurait brutalement coupé le souffle.

Ils étaient encore à gigoter par terre sur le dos, incapables de se retourner pour se remettre debout, ni de faire aucun geste à part se tenir le ventre, les mains plongées dans un bouillon de sang chaud et visqueux. La bouche ouverte et les yeux écarquillés, comme des poissons échoués.

Quand ils ont été bien raides, l'Évêque les a traînés dans leur propre 4×4. Il a fait monter Baïkal avec lui, l'a installée dans le coffre, et a chargé les corps à l'avant, sur la place passager, ficelés par la ceinture. Ça ne convaincrait sans doute pas les Russes qui les avaient envoyés là, mais il fallait au moins écarter la police. Il mettrait une bonne partie de la journée à revenir. Là où il les emmenait, il n'y avait que des loups.

10

Canis lupus arctos

Anders avait écrit sur le loup, dans ses carnets, quelque chose d'un peu différent des autres textes qu'il collectait sur les animaux de l'Arctique, peut-être parce qu'il se sentait avec eux une certaine proximité. Les loups, ici comme ailleurs, étaient des familiers. En Norvège où ils avaient officiellement disparu depuis les années 1960, on avait vu récemment revenir dans les montagnes une dizaine de meutes. Ils faisaient partie des légendes depuis la nuit des temps. Anders en avait rencontré sur les îles du Nord et en Sibérie, de grands loups blanc et beige qui traînaient leur faim en trottinant dans la neige, les yeux plissés contre le vent et, lorsqu'il avait croisé des éleveurs samis suivant leurs troupeaux de rennes, un vieil homme qui devait faire office de chaman lui avait dit, au terme d'une soirée qu'ils avaient passée ensemble à boire de la vodka et d'autres alcools sans nom, que le loup était son totem, c'est-à-dire sa qualité en quelque sorte. Anders-loup. Un solitaire sans doute, avait-il souri. Un loup-scribe, dur à la tâche et un peu pessimiste. Voilà ce qu'il en conservait, dans son carnet de naturaliste amateur.

Peu d'animaux ont donné leur nom à autant d'expressions humaines. Il faut croire que le loup, dont on retrouve la trace de fossiles datant du Tertiaire partout où il est encore présent aujourd'hui, a longtemps été notre compagnon et notre rival. Un animal que l'on connaissait bien, que l'on redoutait aussi. Que l'on entendait régulièrement le soir, l'hiver, partout où il y avait des bois, des lieux solitaires, isolés, des ravins, des marécages. Dans toutes les steppes qu'il a sillonnées de long en large, infatigable, capable de courir pendant des nuits entières, de parcourir des milliers de kilomètres, de traverser les Carpates, les Alpes ou la Mongolie bien avant Hannibal ou Gengis. Tellement proche de nous, humains à la fois sociaux et solitaires qui chassons en meute, devenus bipèdes pour courir à notre tour sur de longues distances, arpenteurs de savanes, nomades, répandus à la surface de toute la terre, tellement proches du loup qu'on ne sait pas lequel est seulement le plus familier des animaux sauvages.

Toutes ces années à se côtoyer ont laissé des traces. C'est de lui qu'on a peu à peu tiré notre chien, *Canis lupus familiaris*, il y a environ 30 000 ans. Le loup est si proche de nous qu'il est ancré dans nos cerveaux comme la peur de la nuit qui tombe et la fascination du crépuscule. *Entre chien et loup*, ces soirs où l'on n'est pas sûr de ce que l'on voit, lorsque les branches et les fourrés devenus gris laissent imaginer des formes et qu'on ne saurait reconnaître, entre l'auxiliaire qui nous aide à garder le troupeau et le carnassier aux yeux luisants qui le convoite. Lorsque s'approche, *à pas de loup*, le danger qui nous guette, sans faire de bruit, l'hiver, alors que la neige étouffe les sons, que les oiseaux se sont tus. Quand il fait *un froid de loup*, un froid si vif qu'ils manquent de proies et se rapprochent des fermes les plus isolées. Là où des hommes frustes ont peur d'eux, parce qu'ils les comprennent, *dans des pays de loups*. On a peur. On est en danger. *On tient le loup par les oreilles*. On veut fuir et c'est encore pire. Son instinct de chasseur l'incite à la poursuite. *En fuyant le loup on rencontre la louve*, dit-on. On est piégé. On n'aurait pas dû y aller, c'est une question de territoire. Pour lui donner la chasse, il faut des relais, sinon aucun chien n'en viendrait à bout. Mais c'est trop tard, on s'est mis *dans la gueule du loup*. On l'a fait le plus souvent par naïveté, par la faute d'une trop grande assurance, parce qu'on ne se méfie plus. *On a donné la brebis à garder au loup*. C'est ce qui arrive parfois : le monstre est déjà là, il nous attend et, d'une certaine manière, nous l'attendions aussi. On s'en remet à lui, et il nous dévore. On avait *enfermé le loup dans la bergerie*. On le connaissait pourtant, au moins de réputation, au moins par ouï-dire, il était *connu comme le loup blanc*. Alors on demeure étonné, au moment qu'il se jette finalement sur nous, avec ses crocs de six ou sept centimètres et sa mâchoire à broyer des os comme des biscottes, on en reste bouche bée, stupéfait, comme un jeune puceau ou une jeune vierge qui n'en reviendrait pas, de sa première fois, voilà, c'est fait : *on a vu le loup*.

C'est fou le nombre d'expressions qui témoignent de la place qu'il tient parmi nous, autour de nous et dans nos têtes. *Canis lupus*. Notre premier ami, dont nous avons fait un chien, et notre plus grand rival. Plus que notre semblable. *Homo homini lupus*.

C'est fou le nombre de mots qui en témoignent. Le loup, son nom, son image, ont servi à toutes les métaphores. Pour désigner d'autres animaux, par exemple les phoques et le bar, tous les deux *loups de mer*, ou les poissons du genre *Anarhichas*, et aussi les vieux marins solitaires et bourrus.

Pour des plantes dont la forme y faisait penser : *vesse-de-loup*, *gueule-de-loup*, *herbe au loup*.

Un nombre délirant d'objets, d'outils en tous genres ont récupéré son nom, dans tous les domaines de l'activité humaine. Chez les Romains, le *loup* était aussi un mors dont on se servait pour le dressage des chevaux.

Associé à l'image des crocs, il s'est retrouvé changé en forte pince courbée, servant à arracher les clous, puis en instrument à ouvrir le coton en balle, en morceau d'ivoire dont on se sert pour polir, en orfèvrerie, aussi appelé *dent-de-loup*, que l'on retrouve dans la machine à carder la laine, sous la forme d'une griffe qui vient accrocher quelques fils et les tirer vers le peigne, et un peu plus tard bien sûr dans les moteurs, où la *dent-de-loup* devient une griffe de la manivelle de mise en marche, permettant l'emprise sur l'arbre ou l'engrenage mais, ce qui est essentiel au mécanisme, dans un seul sens de rotation.

Sous cette forme de crochet, et avec un joli jeu de mots, il est le verrou qui maintient le chien au cran d'arrêt dans une arme portative, comme un fusil ou un revolver.

En menuiserie, le *loup* est un défaut dans une pièce de bois. Dans la forge, il est une agglomération de matière mal fondue.

Chez les tailleurs, c'est une pièce ratée d'un habit.

Au théâtre, une faute des comédiens qui laissent le plateau vide.

En musique, la gamme pythagoricienne, conçue par le mathématicien grec comme une suite de douze quintes, s'achève par un comma qui marque l'impureté de la dernière quinte qu'on appelle, pour cette raison, la *quinte du loup*.

En imprimerie, c'est une lacune dans un manuscrit.

Principalement une arme, une menace en forme de dent, le loup est donc associé au mal, au défaut, à la faute. Les prostituées romaines, qui racolaient en poussant de petits cris dans les allées au pavé bombé de Pompéi, étaient appelées *louves* en argot, *Lupa*, comme la mère de Romulus et Remus. Le mal, c'est aussi le sexe.

Dans les ouvrages de lingerie, une découpure *à dents de loup* est une série d'angles aigus comme des griffes, au bord d'un feston ou d'une dentelle.

Sur le visage de la belle, sortie incognito pour un rendez-vous, il est un demi-masque de velours ou de satin noir qui fait peur aux enfants.

Tant de noms, tant d'outils, tant de métiers d'ouvriers, de femmes, tant d'expressions populaires, de proverbes. Il incarne le peuple contre les hautes sphères inaccessibles du pouvoir ou de la richesse : *la lune est à l'abri des loups*. Mais il incarne aussi les grands lorsqu'ils tombent : *quand le loup est pris, les chiens lui lardent les fesses*. Il sert à discriminer, à séparer, entre le sauvage et le civilisé, entre la force et la ruse, à traiter chacun selon son mérite ou sa position : *à chair de loup, sauce de chien*.

Dans les fables anciennes, il est le gueux et l'idiot affamé qui vit dans les bois, mais il est aussi, parfois, la noblesse et la liberté face à la veulerie confortable du chien. Il fait la morale : *le loup mourra dans sa peau*.

C'est lui qui précipite le crépuscule des dieux, une fois libéré de ses chaînes, Fenrir, fils de Loki, loup géant, frère du dragon et de Hel qui règne aux enfers, c'est le loup qui tuera Odin, père des dieux, au soir du Ragnarök.

À la fin des mondes.

Le sien et le nôtre, puisque c'est le même.

11

7 septembre

La nuit précédant l'accident sur la plateforme, Anders, qui avait établi un campement sur le glacier, commença l'ascension des Crocs vers 3 heures du matin. Les nuits sans lune, le ciel noir recouvert d'étoiles semblait scintiller, vibrant comme la fourrure d'un animal ou les ailes d'un corbeau, quand le noir brillant le dispute à toutes les nuances du gris, au-dessus du glacier laiteux luisant de son propre éclat légèrement bleuté, comme une eau éclairée de sous la surface, pâle et d'un bleu qui ne dit plus son nom, comme les yeux des grands-mères.

C'est un ciel à l'envers et le monde paraît s'être retourné. Au-dessus de la tête d'Anders, la voûte céleste et son poudroiement d'étoiles ont l'air plus solides, plus profondes dans leurs ténèbres que la neige opalescente dans laquelle il plante ses pieds pour ne pas glisser, se donnant l'impression de marcher sur un nuage, comme s'il partait à l'ascension du ciel lui-même, vers des vallées de vide et des sommets d'étoiles, suivant la

Voie lactée comme un chemin de crête de ce mont analogue où habitaient les dieux.

Il marche ainsi une partie de la nuit, quelques heures avant l'aube, sinuant sur la calotte de glace, attentif au moindre infléchissement que signale un gris soudain plus velouté, une possible crevasse prête à s'affaisser, voilée comme une toiture qui fatigue. Il marche en s'aidant de son piolet qu'il tient par la tête, enfonçant devant lui, à chaque pas, le manche à la pointe d'acier dans la croûte de neige gelée. Une fois arrivé sur la crête tourmentée, il prend la direction du sommet. Il n'a plus qu'à suivre la ligne, le partage de la lumière et de l'ombre. À 5 heures, l'aurore n'est pas encore prête à pâlir l'horizon. Au loin la mer ne se distingue pas du ciel. Il est parvenu en bas de la cheminée. C'est la dernière étape et le seul moment d'escalade.

De son sac à dos léger, il tire des gants plus appropriés et une corde de nylon qu'il pitonnera dans la paroi aux endroits où la roche affleure soudain, sombre et saillante, trop à pic ou trop balayée par les vents pour que la neige y niche. Il vérifie ses boucles et ses mousquetons, la sangle de son piolet léger, entre le marteau et le pic à glace, qui a remplacé dans sa main celui qui lui servait de canne. À mi-hauteur à peu près, à l'entrée du goulot de la cheminée proprement dite, il faudra remiser les crampons et sortir des chaussons plus souples. Il n'y aura plus que la roche, jusqu'au sommet.

Il connaît l'ascension par cœur. C'est le cas de tous les alpinistes. Ils peuvent passer des heures à se raconter comment ils ont pris une voie, à quel endroit ils ont rencontré une difficulté qui nécessitait de se déporter légèrement, de trouver plus loin, derrière cette pierre ou ce rocher, la prise qui manquait à son contournement, et chacun voit, comme en rêve, lorsqu'ils en parlent entre eux, la pierre dont il est question, la prise qu'il faut connaître et qui rend le passage aisé, gracieux. Car c'est de cela qu'il s'agit : la grâce, l'équilibre, le geste arrêté de l'envol.

Les gens qui n'ont jamais grimpé ne savent pas à quel point c'est facile. On imagine qu'il faut une force herculéenne pour se hisser à bout de bras, les mains crochées dans la paroi, les doigts tétanisés, et tout ce gros corps derrière qui tire vers le bas, mais c'est tout le contraire : ce n'est qu'une question d'équilibre entre les points d'appui, de placement du bassin. Hors le vertige, ce n'est presque qu'une posture de yoga, la même sensation de légèreté dans le mouvement, comme une araignée qui ne pèse plus sur sa toile, avançant de toutes ses pattes à la fois sans jamais pencher d'un côté, le corps soutenu, suspendu comme un ressort. L'alpiniste ne lutte pas contre la pesanteur, il s'en sert pour la défier.

Anders aime cette sensation.

Lorsque le passage s'étrécit et gagne son nom de cheminée, à son point le plus étroit on peut s'aider d'une paroi pour escalader l'autre, sans faire le grand écart entre les deux. Anders progresse rapidement. Il arrivera au sommet avec le soleil, comme il avait appris à le faire adolescent en suivant Noah dans ses courses sur le glacier.

C'était à l'occasion de l'une d'entre elles que les choses avaient mal tourné. Ils étaient au chalet pour le week-end. Il y avait Anå évidemment, à l'époque Anå était la petite amie de Noah. Ils avaient peut-être 20 ans. Il y avait son frère Magnus, et Knut aussi, sans doute, c'était tout le petit groupe des jeux de rôle que Noah avait réuni depuis plusieurs années autour de lui. Ils avaient joué toute la journée du samedi et une partie de la nuit. Ils étaient dingues de ces moments passés à se raconter des histoires de chevaliers, de barbares, de magiciennes et de dragons, ils pouvaient en reparler encore des heures la semaine qui suivait, énumérant les hauts faits de leurs personnages comme si c'était réellement arrivé, ou plutôt comme si c'étaient eux qui avaient vécu ces choses extraordinaires, s'étaient battus contre des trolls et des géants, des squelettes animés, des nécromants, ils en parlaient en disant « je », et dans un sens ce n'était pas faux, ils avaient réellement vécu ces aventures imaginaires, comme des acteurs, c'étaient vraiment eux qui avaient joué ces scènes, ces situations, ces sentiments, et ils l'avaient fait ensemble. C'était comme une vie en plus grand, à plusieurs.

C'était comme de lire ensemble le même roman.

Ils avaient passé, comme d'habitude, une partie du week-end à jouer. Certains s'étaient endormis. Åna sans doute, peut-être son frère. Ils avaient un peu bu en jouant. Ce sont des choses qui arrivent quand on a 20 ans. Noah avait lancé comme un défi cette idée d'ascension stupide, de course sur le glacier, pour surprendre l'aube, disait-il, pour la trouver nue. Anders avait suivi, comme il le faisait presque toujours, parce que c'était Noah, son ami, parce qu'il l'admirait, lui et son enthousiasme, son élan, sa joie de vivre et sa démesure, sa folie peut-être, et aussi parce qu'il voulait le protéger de lui-même, de son enthousiasme, de sa démesure, de sa folie, parce qu'il voulait être là, Anders, l'autre, l'ami, quand les choses devenaient, comme toujours avec Noah, à la fois excitantes et dangereuses. Il avait neigé pendant la semaine, une neige tardive, de cette neige légère qui recouvre les couches glacées de l'hiver et glisse sur leur croûte comme un voile. Dans la nuit, le ciel plein d'étoiles avait été avalé par des nuages gonflés de grains et d'orages des dernières tempêtes froides du Nord, qui venaient s'écraser sur la montagne. À peine sortis du chalet, les deux amis furent saisis par le vent glacial et tournant qui les enveloppa. Anders eut un pressentiment.

Combien de fois déjà, combien à lui dire n'y va pas, à tenter de le retenir, combien à avoir peur de le suivre, à se faufiler dans son ombre en tremblant, combien de fois, comme dans la fable du loup, l'avait-il prévenu d'un danger dont Noah avait finalement triomphé en riant ? Reste si tu veux. Et bien sûr, Anders avait suivi, Anders suivait toujours.

Mais cette nuit-là, à mi-chemin dans la passe, le vent qui cinglait leurs visages et faisait claquer leurs vêtements les aveuglait en faisant tourbillonner autour d'eux la neige. Aucune portion du ciel n'était plus visible et la brume qui était en train de descendre le long des flancs de la montagne allait bientôt les avaler et les perdre pour de bon.

N'importe qui aurait vu que c'était de la folie de continuer. Un débutant aurait eu peur de glisser sur la fine couche de neige récente et de se mettre à dévaler, peur de se perdre dans les nuages roulant le long de la pente. Même un alpiniste expérimenté aurait eu peur de l'orage qui se préparait, de son bourdonnement d'abeilles et de ses châtaignes électriques dans la bouche à cause des plombages, peur de devoir s'aplatir au sol en priant que la foudre qui tend sa peau et dresse tous les poils de son corps ne s'abatte pas sur lui comme une hache. N'importe qui aurait rebroussé chemin.

Rentre au chalet si tu veux. C'est tout ce qu'il a dit. Il souriait, comme à son habitude, de ce sourire fendu, en coin, qui était aussi un défi. Je serai là-haut avant que tu l'aies atteint. Je serai au-dessus de l'orage. Rentre avant qu'on soit pris dedans. Il faut passer avant l'orage, et tu me retarderais. Alors Anders est retourné sur ses pas déjà effacés par le vent.

Il se souvient de deux choses.

Le visage de Noah, son sourire. Et, lorsqu'il est arrivé au chalet, alors que la tempête se déchaînait au-dehors et sur les sommets déchirés d'éclairs sur le fond de la nuit, lorsqu'il a ouvert la porte et que la bourrasque s'est engouffrée à l'intérieur, qu'il l'a vite refermée derrière lui et s'est retourné : le visage d'Anå. Anå éberluée, les yeux grand ouverts de ne rien voir, incrédule, Anå bouche bée, le regard s'effrayant, murmurant : Où est-il ?

On a retrouvé Noah le mardi, la tempête passée, avec les chiens d'avalanche et l'hélicoptère du secours en mer qui sert aussi à la montagne. On l'a retrouvé sans connaissance mais vivant. Cassé de partout, sans hémorragie, les jambes en morceaux, un bras, l'épaule, tout, la mâchoire aussi, les orteils gelés, mais pas la tête, miraculeusement. Pas la colonne.

Aucun d'entre eux n'a excusé Anders. Ses parents, les adultes, si, bien sûr, mais personne de leur âge, de leur bande, aucun copain, personne qui ne se soit dit : Pour une fois qu'il n'était pas là. Personne ne lui a pardonné d'avoir laissé partir la star du lycée. Surtout pas lui-même.

L'aube est déjà claire quand il arrive au sommet, s'assoit pour la contempler. Comme s'il avait appuyé sur un interrupteur, le soleil émerge alors des eaux sombres, sur l'horizon lointain et bas. La plaine de la mer s'enflamme et les montagnes suivent.

12

10 septembre

C'est difficile de ne pas tomber dans le piège de cette lumière oblique. Noah l'a sentie tout de suite, sur sa peau, contre son visage, éblouissante dans ses yeux, étirant les ombres au sol autour de lui jusqu'aux dimensions du paysage, découpant les falaises du fjord en facettes d'ombres solides. La lumière, c'est aussi évident pour reconnaître son pays que la couleur du sol et les essences des arbres, la forme des montagnes, les odeurs des villes et l'arrière des maisons. La lumière du Nord.

Ce serait sans doute la même chose avec une autre mais celle-là est reconnaissable entre mille, Noah la reconnaîtrait entre mille. C'est la lumière des dimanches de son enfance, dans le jardin ou assis aux carreaux de la fenêtre de la cuisine, alors que sa mère était plongée dans un livre, son père toujours encore parti et lui en train de jouer à se raconter des histoires à l'aide des bonshommes en plastique tirés d'un film de science-fiction, ou noircissant des pages de carnets, les remplissant de plans de châteaux hantés, de cartes de régions imaginaires, de dessins de monstres et de récits de légendes. C'est la lumière et le silence d'un instant miraculeux, figé hors du temps, d'un paradis perdu.

Il faudrait des années de psychanalyse assidue pour savoir ce qui le prend aux tripes exactement dans la lumière du Nord et dans le souvenir de cet instant, chaque fois depuis, quand il la revoit, quel que soit l'état d'esprit, le moment, des années pour comprendre ce qui se passe en lui qui le saisit en un éclair, avant même qu'il ne s'en rende compte lui-même, qui le raidit de l'intérieur et lui fait rater une respiration. Il faudrait des années, non pour préciser le souvenir qui est assez net, quoique toujours changeant de lieu, de visage, d'expression, d'âge, mais il faudrait des années pour démêler, de ce souvenir, ce qui l'emporte, si c'est l'amour de sa mère et ce bonheur perdu, si c'est le gouffre de tristesse qui s'est ouvert en lui depuis qu'elle a disparu il y a longtemps déjà, et auquel il ne pense pourtant presque jamais tout à fait consciemment, si c'est elle qui réapparaît tel un spectre dans la lumière changeante de sa mémoire, ou si c'est lui, enfant, si c'est lui-même et si la stupéfaction qui l'étreint alors, c'est de se reconnaître et de plonger tout à coup dans ce passé comme si c'était hier et comme si c'était la mesure, en une seconde, de tout l'écart d'une vie, entre ce que pouvait promettre de pur bonheur l'innocence de ses jeux d'enfant, dans le silence et la solitude des dimanches baignés de lumière oblique et de l'amour évident de sa mère, et l'aujourd'hui plein de questions et de sombres regrets, il faudrait des années pour le savoir. Noah vit très bien sans se poser ce genre de question.

Mais ces moments-là, il ne peut les éviter. C'est comme si la glace venait de céder sous ses pieds alors qu'il marchait sans y penser, somnambule de sa propre vie, comme de se réveiller dans un rêve qui a l'air plus réel que la vie elle-même. Ces moments-là, quand il s'approche du Nord et que le soleil tout à coup l'envoie quarante ans en arrière, ces moments semblent les seuls où il est vraiment vivant, le même, comme s'il pouvait ressentir en même temps ses sentiments d'adulte et d'enfant, comme s'il était suspendu entre les deux temps, entre les deux corps, sans même faire l'effort de se souvenir, c'est comme si ces moments d'intensité spéciale existaient en même temps dans les deux temporalités, celle de l'enfance et celle d'aujourd'hui, et creusaient de drôles de tunnels dans la trame des jours. Ces moments-là le renvoient aux seuls instants de sa vie qui paraissent avoir vraiment compté, comme si le reste n'avait été qu'une illusion, une pièce de théâtre qu'il s'était jouée à lui-même. Pourtant il ne s'y passait rien.

Il a imaginé ce moment plusieurs fois, son retour. Il s'est demandé ce que les autres étaient devenus et s'il irait leur rendre visite. Si revoir Anå lui ferait du mal, ou du bien. C'était il y a si longtemps. Il fait de son mieux pour ne pas y réfléchir. Il n'a pas tellement envie de savoir ce qu'il en pense, dans le fond. Noah n'aime pas la nostalgie, il aurait voulu être un homme d'action.

Prendre des décisions, progresser. Se lancer des défis. Cela avait toujours été son truc, mais depuis l'accident d'escalade qui avait failli lui coûter la vie, Noah avait redoublé d'efforts, il n'a pas arrêté de se prouver sa propre valeur. À Édimbourg où il a commencé à travailler dans le pétrole, quelques années plus tard, il ne s'est pas seulement inscrit dans une salle de sport, il a aussi pris un abonnement à un coach virtuel, a tenu à passer des tests cardiologiques dans un laboratoire privé, et entamé un programme d'entraînement digne d'un athlète. Un an plus tard, il courait son premier marathon et s'inscrivait à une étape de la Milk Run en amateur, bouclait un ultra-trail de 95 miles dans les Western Highlands, se qualifiant ainsi pour celui du Mont-Blanc qu'il a effectué l'année suivante. Il a lu tous les prix internationaux de littérature et les best-sellers du *New York Times*, avec une préférence pour les romans policiers et la science-fiction, est abonné à une demi-douzaine de revues sur tablette et se force à lire le journal tous les jours, ce qui a fini par devenir une habitude plaisante. Il a mis son premier salaire dans une œuvre d'art et a épousé dans la foulée une Suédoise sophistiquée, fille d'une amie de sa tante chez qui il avait vécu après la mort de sa mère, pendant ses études. C'était quelque temps après Anå, qu'il avait quittée avec le village de son enfance, peu à peu, au fil des années, revenant de moins en moins après l'accident, un peu pour voir sa mère, et Anå, et elle l'attendait ou elle était toujours là, puis un jour, plus du tout, adieu, c'est la vie. Sa Suédoise n'a pas accepté de le suivre en Écosse, quand Noah, l'ingénieur forage, est devenu Noah, le responsable de secteur pour les missions en mer du Nord. Le divorce s'est bien passé. Heureusement, ils n'avaient pas eu le temps de faire d'enfant, disait-il, et il le pensait vraiment.

Il a poursuivi sa carrière, toujours plus haut, plus cher, plus vite, plus loin, toujours plus. C'était un enfant des années 1980 et de la croissance infinie. Ce n'était même pas un foutu premier de la classe. Aujourd'hui, les meilleurs lycées conduisent aux meilleures facs où il convient de prendre les meilleures options, puis les meilleurs jobs à la sortie et tout le monde, même les vrais petits génies, même les Einstein ou les Léonard de Vinci, se retrouve dans la banque à Londres ou à Singapour, ou chef de produit dans une des GAFA high-tech ou des super-industries, simplement par manque d'imagination. Noah a dû se battre pour y arriver. Se remettre debout après l'accident. Après la mort de sa mère. C'est un parcours du combattant, la carrière, dans ce genre de boîte, il faut être capable de lécher le cul des directeurs et de torpiller les concurrents, être joignable le soir et le dimanche, être capable de voyager, de changer de continent du jour au lendemain, de vivre partout sans jamais s'attacher, ni aux gens ni aux paysages, dans le même genre d'appartement moderne en location, meublé comme une chambre d'hôtel. Être capable de sortir entre collègues, en fin de semaine ou en fin de mission, et dépenser en une nuit, sur le toit d'un immeuble toujours semblable, six mois de salaire local en tournées de cocktails et en drogue. Être capable de baiser brutalement, comme si c'était l'aboutissement de tout le travail à la salle de sport, la tête farcie de fantasmes vus à la télé et démultipliés sur les réseaux porno, des filles qui n'aiment sans doute pas vraiment ça, les trucs qui font mal et l'humiliation, mais qui aiment tellement sortir avec des types comme lui.

Et il a été capable de tout. Sans sourciller. Il s'est forcé. Sans cynisme particulier, non plus. Il a adopté le comportement des vainqueurs pour en faire partie – malheur aux vaincus. Mais ce n'était pas lui. C'était une image qu'il s'était forgée de lui-même. Un truc pour tenir debout. Anti-Orphée, il disait. Ne pas se poser de questions et ne pas regarder en arrière. Il n'a jamais pu effacer, malgré tout, le souvenir de cette lumière oblique qui allonge la forme des ombres à la saison du crépuscule. Ni cette lumière, ni l'accident sur le glacier qui l'en a éloigné. Ni la mort de sa mère alors qu'il était déjà loin, déjà parti. Ni cette lumière, ni tous les moments de sa vie suspendus dans ses rayons. Des matins dans le jardin, la tête dans ses histoires, et des matins de confiture sous le sourire de sa mère. Des soirs d'étude, où son visage éclairé par le soleil apparaissait dans la fenêtre de sa chambre et se superposait au paysage connu par cœur, de la rue et de la maison du voisin, des soirs où il levait le nez de ses bouquins, se disait qu'un jour il partirait. Des matins quand il avait 20 ans et qu'il se réveillait à côté du corps nu d'Anå, et qu'il frôlait sa peau pendant de longues minutes, qu'il survolait tout son corps d'une caresse invisible, à quelques centimètres du grain de sa peau, pour ne pas la réveiller, apprenant et se récitant comme un cours d'érotisme et d'amour toutes les parties de son corps que cette lumière seule pouvait toucher sans la réveiller. Des soirs à Édimbourg, peut-être de plus en plus seul, à voir descendre la lumière couper des pans de poussière dans la pièce et dessiner sur son visage des ombres qui se creusent.

Lorsqu'il a été nommé, il y a deux ans, responsable du secteur Arctic-Barents, il est arrivé à une sorte de sommet. Le pétrole de l'Arctique, l'arcoil, est de loin le dossier le plus brûlant et le plus prometteur, et Noah est sans doute le consultant le mieux payé de la boîte. Il a repéré, analysé, évalué les premiers gisements, supervisé les forages wildcats pour trouver le meilleur endroit. On l'a même consulté pour le choix du nom de la plateforme, qui est sortie des usines et des eaux un an auparavant en Inde et qui venait d'arriver sur la zone, tirée par ses remorqueurs comme un Léviathan. Sigurd, a-t-il proposé, et c'est le nom qu'on a retenu. Il était entouré de gens juste assez cultivés pour savoir que c'était une légende nordique, et pas assez pour l'avoir lue jusqu'au bout. Il était au sommet.

Il pensait qu'il était prêt à revenir. Que cela ne lui ferait rien. Noah n'est pas superstitieux

13

Knut

Même après coup, il est toujours difficile de dire comment les choses ont commencé. Dans le cas présent, est-ce que l'accident survenu sur la plateforme avait mis la pression sur les Russes ? Est-ce que la disparition des deux porte-flingues les avait mis sur les dents ? Il a pourtant fallu un petit moment avant qu'ils ne s'en rendent compte. Ces deux-là exécutaient tellement de basses œuvres et de petits boulots de messagers sans aucun intérêt que leur disparition est d'abord passée complètement inaperçue. Une fois qu'elle est devenue manifeste, il leur a fallu encore du temps pour imaginer que c'était chez l'Évêque que les choses avaient dérapé. Les Russes n'ont pas fait eux-mêmes le lien. Retracer le parcours des deux abrutis n'a pas été une mince affaire, leur parcours et leurs coups de fil, les gens qui les avaient vus, ceux qui se mettaient à mentir à la police en prétendant qu'ils n'étaient jamais passés, et ceux qui se mettaient à mentir aux Russes en prétendant qu'ils étaient déjà passés et qu'ils avaient payé leur dû. Il avait fallu vérifier chez eux, et chez leurs petites amies, dans leur bar préféré et dans celui du coin. Avant même que personne ne s'émeuve de leur disparition, il s'était déjà écoulé trois ou quatre jours, et puis un randonneur a retrouvé leur voiture sur un chemin forestier, emplafonnée, la calandre plantée dans un grand chêne, à moitié versée sur le bas-côté du sentier, dans une pente, toute une partie de la bagnole comme sombrant dans une petite mare de branches cassées et de fougères.

Le coffre était ouvert, ainsi que les portières. Il y avait du sang séché, encore un peu poisseux, brun foncé, sur le siège passager, le tableau de bord et la vitre. La mise en scène ne parviendrait sans doute pas à convaincre les Russes, parce qu'ils n'avaient vraiment rien à faire là, mais la police qui ne les connaissait pas pouvait se raconter cette histoire. Ils avaient eu un accident, étaient quand même sortis de la voiture. Ils avaient dû marcher. Les téléphones n'avaient servi à rien, sur ce versant de la forêt qui plongeait vers la mer. On a organisé quelques rondes dans les bois jusqu'à la tombée du jour et le lendemain encore, mais ça n'a évidemment rien donné. Blessés, ils avaient dû s'imaginer gagner du temps en coupant à travers bois. S'égarer. Tomber sur une bête ou dans un ravin.

Comme ils n'avaient pas de famille sur place, personne n'avait signalé leur disparition aux autorités. On se retrouva avec un accident de voiture sans auteur, ni autre victime, ni témoin. La police locale classa l'affaire dès qu'on put sortir le 4×4 avec un treuil et le remorquer jusqu'en ville sans encombre. Knut ne fut entendu qu'en tant que propriétaire de la forêt où cela avait eu lieu. Même pas à titre de témoin, puisqu'il déclara n'avoir rien vu ni entendu.

Les Russes devaient pourtant se méfier de lui, et la simple apparition de son nom dans le dossier aurait dû leur mettre la puce à l'oreille, mais une dizaine de jours s'étaient alors déjà écoulés et il n'y avait que les flics, à cause du cadastre, qui s'étaient rendu compte que ce coin de forêt, de l'autre côté du col, redescendant vers la mer, était à lui et faisait justement partie de ces 200 hectares qu'on cherchait à lui racheter à tout prix.

Knut avait mis toutes les chances de son côté pour qu'on ne retrouve pas les cadavres. Il était allé aux limites du sentier carrossable dans le 4×4 des deux imbéciles que lui avait envoyés le Vory. Il les avait chargé à côté de lui, sur le siège passager, Baïkal dans le coffre. Il avait fait sortir la chienne et calé la voiture en haut de la côte, sorti les corps. Le frein à main desserré, il suffisait d'un coup de pouce pour que le lourd véhicule se mette à dévaler la pente. Pensant bien que les secours ou les recherches se concentreraient sur les chemins et l'aval, il les traîna dans la forêt, en restant en hauteur, à peu près sur la ligne de dénivelé, sous la crête. Il y avait un petit ravin, à 200 mètres à peine, une sorte de combe témoignant d'une époque où le glacier devait venir jusque-là, bordée d'un écoulement de pierres semblable à une rivière grise. C'était le seul passage délicat mais il fallait absolument le franchir pour se mettre à l'abri de toutes les recherches ultérieures éventuelles. Knut réajusta la couverture de peau dans laquelle il avait sanglé les deux corps tête-bêche l'un sur l'autre, et qu'il traînait avec peine depuis la voiture, puis il harnacha Baïkal comme pour le traîneau, en lui passant son harnais de cuir. La chienne jappait et dansait sur place, se figeait et levait une patte, comme en arrêt, en le regardant, attendant ses ordres, impatiente de participer au travail du jour. Knut accrocha le paquet lourd et difforme au harnais de la chienne au moyen d'une corde en nylon, et elle se mit aussitôt à s'arquer, abaissant son bassin et tirant de toute sa vigueur sur ses pattes antérieures, sans que le colis ne bouge de 10 centimètres. Alors que les aiguilles de pin avaient fait jusque-là un tapis roulant sous les deux corps, les pierres de la ravine offraient une résistance qui compliquait le travail.

La chienne aboya. Knut siffla entre ses dents. Lui montra le brin de corde qu'il tenait encore entre ses doigts, qu'il passa au-dessus de son épaule gauche et fit tourner autour de sa taille avant de le croiser et de le refaire sauter au-dessus de l'épaule droite, coinçant finalement le bout en le nouant devant lui. Baïkal l'observait en penchant la tête, puis jappa lorsqu'il se positionna à côté d'elle, légèrement devant comme un chef de meute, penché lui aussi, la corde tendue. Un nouveau sifflement en guise de compte à rebours, un autre d'encouragement. L'une après l'autre, il posa ses lourdes chaussures de marche sur les pierres, le plus à plat possible, et tirant de toutes ses forces en veillant à ne pas se déséquilibrer. La chienne était bien plus efficace que lui, mais c'était le fait d'aider son maître surtout qui lui donnait des ailes. Les chiens sont faits pour ça. Ils aiment ça. Face à un problème à résoudre, une trappe à ouvrir, un mécanisme à manipuler pour accéder à une récompense, la plupart des animaux s'entêtent et s'efforcent, certains avec beaucoup d'habileté. Le chien s'assoit sur son cul et regarde son maître.

Ils traînèrent les cadavres empaquetés sur la rivière de pierres roulantes et de blocs de granite fracturés, jusqu'à atteindre le bord du ravin. Knut remballa tout le matériel, les cordes, le harnais, dans la couverture de peau. Balança les corps. Il s'accroupit à côté de Baïkal, lui frotta la tête et les joues en lui parlant. Puis il se releva et jeta le paquetage sur son épaule, se remit en marche d'un pas sûr et lent, légèrement voûté, comme un montagnard, sa chienne à ses côtés. Le chemin pour rentrer, à travers bois, prendrait des heures. Une longue promenade avec sa chienne qui le devançait, se retournait régulièrement pour vérifier que tout se passait bien. Tout se passait bien.

La montagne était belle. Juste à la limite entre les odeurs de l'été et les couleurs de l'automne.

Une fois rentré, il s'occupa des chiens. Il fit un peu de rangement dans l'église. Au fil de la journée, pendant la marche à travers bois à flanc de montagne et plus tard, en nettoyant les chenils et en passant la serpillière dans l'édifice autrefois consacré qui lui servait de tanière, en lavant les seaux et les outils, la couverture de peau pleine de sang qu'il frotta longtemps au savon avant de l'étendre sur l'herbe, il se forgea deux certitudes.

La première, c'est que la police n'y verrait que du feu. Un accident. Deux traîne-savates notoires, sans famille pour les pleurer, et suspectés d'être de petits malfrats locaux. Rien à craindre de ce côté. Il s'écoulerait des jours avant qu'on trouve la voiture par hasard, et il était le seul à pouvoir s'aventurer jusqu'au ravin par la passe sur la rivière de pierres.

La deuxième certitude, c'est que les Russes se douteraient de quelque chose. Ils se sentiraient attaqués et, même s'ils ne faisaient pas vraiment le lien avec lui, ils ne le laisseraient pas tranquille pour autant. Ils se montreraient plus agressifs. Ils reviendraient un jour finir ce que les deux marioles avaient commencé. Réclamer son terrain, faire monter la pression. Ils se lasseraient de ses refus et arrêteraient de faire des propositions alléchantes. Ils en viendraient aux menaces. C'était peut-être ce qui s'était produit. Baïkal avait peut-être senti quelque chose. Il y a une superstition, en Russie, qui veut qu'on ne retourne pas sur ses pas quand on s'aperçoit en route qu'on a oublié quelque chose. Cela porte malheur. Il faut aller de l'avant. Il faut aller jusqu'au bout.

Alors l'Évêque a fait ce qu'il a toujours su faire, ce pourquoi il est entraîné, toujours prêt, depuis si longtemps qu'il n'y pense plus : il s'est préparé à la guerre.

14

Donjons & Dragons

Toutes les jeunesses sont éternelles. Après cela nous changeons, nous vieillissons. Nous faisons des choix, plus ou moins, la vie choisit aussi pas mal de choses à notre place, et peut-être qu'avec le temps toutes les bifurcations deviennent de plus en plus automatiques, jusqu'à ce que nous ne fassions plus de choix du tout, jusqu'à ce que nous soyons vieux c'est-à-dire immuables en quelque sorte, mais quand on se retourne, notre jeunesse, elle, est toujours là. Tout le temps de notre vie elle demeure, elle nous sert de repère, elle est là, qu'on ait aimé ou non la vivre, elle est toujours debout et on y fait toujours la même gueule, qu'elle soit chouette ou pas, la même gueule indécise, étonnée que quand on mourra, le sourire de travers. Notre jeunesse est éternelle.

Quand elle y repense, Anå a longtemps revu le soir où il était parti pour de bon, où il lui avait dit, C'est fini, je m'en vais, c'est comme ça, je n'y arriverai pas. Après le lycée, leur histoire avait traîné d'été en été pendant des années, à chaque fois qu'il revenait, même après l'accident, même quand il n'a plus voulu voir Anders ni Magnus, après la mort de sa mère quand il est revenu ranger la maison et déménager des affaires, et puis ensuite pour la vendre, à chaque fois ils se revoyaient. Elle avait des petits copains, des aventures et lui aussi sans doute, et elle savait bien que c'était imbécile de sa part, mais elle continuait de l'attendre d'une certaine manière. Elle avait continué d'espérer, sans savoir trop quoi. Que peut-être un jour il l'emmènerait avec lui. Peut-être qu'elle avait souhaité partir d'ici. Ce soir-là, quand il lui a dit qu'il ne reviendrait plus, qu'il ne l'aimait pas, ce soir-là quand il lui a dit ça sur un ton d'une froideur extrême, après qu'ils eurent fait l'amour pour la dernière fois, c'est surtout sa vie à elle qui a pris un tournant, un air plus définitif. Avec le temps, les bons souvenirs sont revenus aussi. Plus flous. Les souvenirs des années où ils s'étaient rencontrés. Il y avait ces jeux qui les avaient rendus dingues. Ils ne faisaient plus que ça. La première fois, c'était chez elle, enfin chez ses parents. C'est Magnus qui a gardé la maison.

Noah avait réuni tout le monde dans la chambre de Magnus, à l'étage. Il était revenu chercher Anå après avoir convaincu les garçons qu'une équipe plus nombreuse avait plus de chances de gagner dans ce genre de jeux. Il la fit asseoir à côté de lui par terre où ils étaient tous assis en tailleur, plus ou moins en rond. Ils pouvaient se toucher en tendant le bras et, de temps en temps, son bras à lui, dénudé parce qu'il avait remonté ses manches, touchait sa peau à elle. Ce n'était rien, presque rien, pourtant elle s'en étonna.

Plutôt, elle s'étonna de s'en rendre compte et même, par la suite, de chercher ce contact en laissant traîner son coude ou en se penchant légèrement, en remuant ses jambes à la recherche d'une assise plus confortable, se rapprochant de lui de quelques centimètres et même, à un moment, se figeant pour laisser son avant-bras au contact du sien, se répétant à toute allure dans sa tête que ce n'était pas possible, alors, de ne pas s'en apercevoir, qu'il avait bien dû s'en rendre compte et que s'il ne bougeait pas, lui non plus, c'était comme une sorte d'assentiment muet à son propre trouble auquel elle ne donnait pas encore le nom d'amour. Évidemment, ce n'était pas encore de l'amour. C'est venu bien plus tard. Presque un an plus tard et ça n'a duré que le temps du lycée, l'amour, avec des rechutes les années qui ont suivi. Chaque chose en son temps.

Pour l'heure, Anå essayait cet affolement naissant comme on essaye une jolie robe en se regardant dans la glace. Elle tirait sur les lacets de ses Dr. Martens pour en refaire les nœuds. Elle replaçait une mèche de ses cheveux rouges derrière son oreille. Elle ne le regardait pas. Lui non plus. Pour l'heure, il ne se souciait pas d'elle, ou ne laissait rien paraître. Elle n'était pas encore pour lui la jeune fille aux yeux noirs, comme dit la chanson, les yeux noirs de la passion, ravageurs et sublimes. Il n'était pas encore prêt. Les garçons ne s'aperçoivent de rien.

Le temps n'était pas venu non plus de la trahir et de la laisser tomber, de la rendre infiniment malheureuse, de lui faire connaître, avec son premier amour, son premier chagrin d'amour.

Pour l'heure, il s'agissait de découvrir ces nouveaux jeux qui s'étaient inventés dans le sillage des wargames, au milieu des années 1970, aux États-Unis. On avait fini par épuiser, dans des jeux de batailles et de figurines en plomb, toutes les solutions aux problèmes posés par Hannibal à la bataille de Cannes, par Brian Boru à Clontarf ou par le futur prince de Condé à Rocroi, sans parler d'Austerlitz ni de Wagram, ni des défaites illustres, de Waterloo, de Little Big Horn ou d'Isandlwana, ni des bourbiers sanglants de Gettysburg ou de Verdun. La passion de la reconstitution minutieuse, à l'identique, des terrains, des armées et des positions, des stratégies d'école de guerre et des retournements tactiques, était aux aristocrates à barbiche ce que les trains électriques étaient aux employés de bureau à moustache : un loisir d'adultes, sans surprise, où tout le beau vient justement de ce que chaque chose est à sa place, en ordre, et se déroule comme il se doit, sans dérailler ni dévier de son cours historique. Les gamins des années 1970 avaient trouvé cela d'un ennui mortel.

Ils avaient commencé par introduire des armées imaginaires. Ressuscité par Tolkien et renouvelé par Pratchett ou Moorcock, le folklore celtico-nordique déferlait sur la pop culture comme une invasion viking. Les wargames s'étoffaient d'armées d'elfes et de nains. Mais cela restait des batailles. Peindre les troupes, régiment après régiment, aux couleurs de chaque camp, était un ouvrage à peu près aussi fastidieux que la broderie au point de croix. On utilisa des pions. On ne représenta plus que les chefs d'unité par des figurines. Les généraux. Les héros. C'étaient eux que les gamins avaient envie de jouer. Et non seulement leurs batailles, mais leur geste entière, les épreuves qu'ils traversent, les voyages qu'ils entreprennent, les amours qu'ils abandonnent ou qu'ils rencontrent en chemin. En 1973, un certain Gary Gygax, courtier en assurances vivant dans la banlieue de Chicago, créa le premier jeu de rôle. Un système de combat tactique allégé permettait de faire vivre à des personnages inventés des aventures dignes de Frodon et de ses amis du *Seigneur des anneaux*.

Au milieu des années 1980, lorsque Noah passa l'été à Oslo ou en Suède, une version revue et corrigée de ce jeu, augmentée d'illustrations évocatrices, était en train de circuler dans une boîte cartonnée rouge, de boutique spécialisée en club de quartier, comme l'onde souterraine d'un séisme mondial qui allait bouleverser la jeunesse.

Dans la chambre de son grand frère, assis à côté d'elle, sa main touchant son bras ou effleurant son genou quand il parlait, Noah déballa le contenu de la boîte en carton qu'il avait sortie de son sac. Sur le couvercle, le titre du jeu, *Dungeons & Dragons*, annonçait en lettres grasses et travaillées le programme de leurs dernières après-midi de vacances. En couleurs, sur fond rouge vif, l'illustration montrait un guerrier à la Conan affrontant un dragon à la Smaug surgissant d'un tas d'or digne de celui de Fáfnir. Le dragon, sans ailes apparentes, était recouvert d'écailles rouges luisantes, telles des braises. C'était un lézard gigantesque aux yeux fous, jaunes comme ceux d'un loup, fendus comme ceux d'un chat. Il exhibait, gueule grande ouverte, des crocs bien dessinés et distincts, une gueule de canines pointues comme autant d'épées acérées. Ses pattes arrière plongeaient dans l'or, puissantes et repliées sur elles-mêmes, comme s'il était en train d'avancer à grandes enjambées rampantes d'insecte malfaisant, et ses antérieures, déployées comme des bras ouverts devant lui, sortaient du cadre de l'image comme s'il cherchait à s'extraire de la boîte. Le décor partait en morceaux : colonnes effondrées, pavés descellés. Le guerrier face à lui, de dos, botté de peau et cuirassé de fourrure, coiffé de cornes, vêtu comme une sorte de barbare imaginaire, entre le Viking et le Hun, qui aurait troqué la hache ou la lance contre une épée bâtarde et un bouclier rond, semblait vouloir attaquer le ver, comme s'il avait la moindre chance de l'emporter, comme s'il suffisait d'être héroïque, pour se rendre capable des exploits d'un héros. C'était l'esprit du jeu.

Les joueurs incarneront des personnages dans un univers de fantasy, les personnages qu'ils voudront, des héros capables de prouesses extraordinaires, dotés de pouvoirs ou de capacités hors du commun, des guerriers barbares sculptés comme des culturistes, des voleurs rusés, encapuchonnés et drapés dans des capes qui les rendent presque invisibles, des sorciers dont les mains crépitent d'énergie magique, mais aussi des nains protégés par d'antiques armures de mithral, des archers elfes capables de mettre dans le mille à 300 mètres, des Hobbits aux pieds légers, ce qu'ils voudront. Lui, Noah, sera le maître du jeu.

Son rôle, ce sera de décrire la scène. Planter le décor, faire vivre les personnages qu'ils rencontreront, jouer les monstres qu'ils croiseront en route et qui les attaqueront par surprise.

À eux de jouer. Leurs personnages seront libres de faire ce qu'ils veulent. Combattre, fuir, parlementer, séduire, inventer, négocier, s'infiltrer, trahir, devenir roi, chercher le Graal ou vivre de rapines. Tout sera affaire de choix, et les choix sont infinis. Il n'y aura pas de scénario écrit à l'avance, pas de QCM comme dans les romans dont vous êtes le héros. Pas de réponse scriptée comme dans un jeu vidéo. Noah préparera quelques scènes clés peut-être, quelques lieux, des personnages secondaires, mais ce sera à eux de tout imaginer, d'intervenir, de se raconter l'histoire qu'ils voudront. Il n'y a pas de bons livres, il y a de bons lecteurs. C'est une phrase qu'il répétait souvent.

Par la suite ils se réunirent chez lui le plus souvent. Sa mère était-elle déjà malade, à l'époque ? Cela ne se savait pas. Elle était très aimable et très belle. On ne la voyait pas beaucoup. Ils jouaient dans la salle de séjour. La mère était en haut, dans sa chambre. Noah décorait la table avec des accessoires et des bougies, une vieille lanterne diffusait toute la lumière de la pièce, soudain réduite à la table, à leurs visages concentrés, leurs coups d'œil furtifs. Chacun avait devant lui la feuille de personnage mille fois reprise, gommée, raturée, retravaillée comme un roman, qui racontait son rôle, son caractère, son histoire. C'était, pour quelques heures, la trace la plus tangible de leur existence. Noah se levait et s'appuyait de ses deux mains sur la table, se penchait vers la lanterne pour que celle-ci l'éclaire par en dessous et donne à son visage allongé des airs de Méphistophélès. Il résumait la partie précédente et décrivait l'endroit où se trouvaient les personnages, les odeurs qu'ils sentaient, la couleur des vêtements, des murs. En général il amenait un nouvel élément. Une légende entendue, un voyageur de passage, la victime d'un crime qui venait mourir dans leurs bras. Il regardait chacun à tour de rôle. Que faites-vous ? Et il disparaissait dans l'ombre, derrière son paravent.

Ils avaient ainsi joué ensemble des centaines d'heures qui représentaient des années de vie de leurs personnages. Pendant toute une année, peut-être même plus, il leur avait fait revivre la légende de Sigurd et de Gudrún, sans le leur dire. C'était évidemment une histoire tragique, dans laquelle il avait rajouté plein d'épisodes de fantasy inspirés de Tolkien, de ses elfes et de ses dragons. Ils n'avaient pris conscience de rejouer la légende qu'à la fin, lorsqu'ils avaient compris, dans un élan de désespoir épique, que leurs personnages, quoi qu'ils fassent, n'éviteraient pas le Ragnarök. La fin du monde, rien que ça.

Ils aimaient jouer la comédie et contrefaire leur voix. Ils aimaient se sentir légèrement mal à l'aise. Ne pas bien connaître leurs limites. Ils aimaient vivre dans le flou des contours de leur vie, dans ce mélange de fiction et de réalité où tout semble encore possible. Ils aimaient imaginer. C'est ce qu'il y a de commun, disait Noah, à la vie et à la légende, l'imagination c'est la zone grise, dangereuse, et c'est la même, qu'il s'agisse d'imaginer ce qu'on va devenir plus tard, ou ce que vient faire votre personnage dans cette taverne, la même qui sert à concevoir des choses utiles, à se consoler, à tromper la mort ou la solitude, c'est l'imagination, disait-il, la même pour se représenter la solution d'un problème de maths et la femme de ses rêves, la même pour se souvenir et pour se raconter des mensonges, pour se rappeler le visage des gens qu'on aime et inventer celui des héros qu'on n'a pas connus, c'est la même faculté. Dans la réalité, elle nous sert à nous projeter ailleurs, plus loin, demain peut-être, à sortir de nous-mêmes, à devenir fiction. Dans la fiction, elle nous procure les images qui font exister les mots, les personnages et les idées, les transforme en visages, en couleurs, en émotions réelles.

Anå et Noah s'étaient aimés. C'est difficile parfois de savoir, dans nos souvenirs de jeunesse, ce qu'on a vécu vraiment. Pour de vrai. Ils s'étaient aimés.

La première fois qu'elle l'avait rencontré, chez ses parents, dans la chambre de Magnus, Noah sortit d'une pochette une série de billes de couleurs et de formes variées. Il y avait des cubes, des pyramides, et d'autres volumes plus étranges aux faces de losange ou d'hexagone. Il les fit rouler sur le sol devant lui, et il apparut que c'étaient des dés dont chaque face était gravée d'un nombre, des dés mais d'un genre que personne n'avait jamais vu. L'un d'eux, plus gros que les autres, ressemblait à une boule à facettes. Il était du même rouge que la boîte. Ses faces minuscules en forme de triangle affichaient dans le désordre la série des nombres de 1 à 20. Un dé à 20 faces !

Il y avait, selon Noah, des dés pour chaque situation, pour mesurer chaque probabilité, chaque chance de succès de toutes les actions qu'ils pourraient entreprendre. Des dés à 4, 6, 8, 10, 12 et 20 faces. Elle l'entend encore. Pour chaque choix, un dé, comme un destin. Parfois la vie de votre personnage ne tiendra qu'à cela, il faudra l'accepter. Comme dans la vie, c'est ce qu'il disait. Sans cesse nous faisons des choix, pourtant tant de choses nous échappent, tant de choses nous arrivent et se passent sans nous, malgré nous, mais nous ne pouvons pas faire autrement que d'être libres et nous lançons les dés, on ne peut pas s'en empêcher, nous lançons les dés de notre vie dans une équation tellement complexe qu'elle finit par se confondre avec le hasard, mais nous tentons quand même, nous invoquons notre chance, nous faisons un vœu et nous lançons un dé.

Comme dans la vie. Anå avait arrêté sa voiture, rangée contre le trottoir, sur le parking de l'entreprise. Phares allumés, le moteur tournait encore. On lance des dés, on fait confiance au destin, on est bien obligé. Et le temps qu'il tourne, en l'air, c'est notre cœur qui suspend son vol, en chute libre entre deux battements. Elle en avait lancé, Anå. Elle avait essayé.

15

La Communauté

Vous avez laissé derrière vous les cadavres des loups sur lesquels vont venir bientôt sautiller les corbeaux. Sur la neige, les traces de sang dessinent en rouge vif des traînées et des arcs de cercle qui se croisent et racontent la violence du combat. Ils n'auraient pas dû vous attaquer. Vous suivre dans la montagne pendant des jours peut-être, attendant que l'un d'entre vous s'isole, mais pas vous encercler, ni se jeter sur vous avec une telle rage. Ce n'étaient pas des loups mais des wargs, plus massifs et plus féroces encore. Ils n'ont pas peur des hommes. Les Huldres s'en servent à la chasse, et certaines tribus du petit peuple des Oknytts les ont dressés comme montures pour partir à la guerre. Mais que feraient les Huldres ou les Nysses si loin de chez eux ? Les semi-géants seraient-ils, eux aussi, en quête des trésors de leurs ancêtres ? Les anciennes races ont-elles entendu parler comme vous de la prophétie de la Völva ? Sont-elles de retour, réclamant leur part de Midgard ? Un mal encore inconnu grandit. Vous l'avez vu dans le regard brûlant des wargs, dans leur haleine qui puait le cadavre, leurs gueules affamées, pleines de crocs, écumant de bile et de sang. Vous avez été blessé. Heureusement, le prêtre qui vous accompagne connaît des herbes et des onguents qui ont fait cicatriser vos plaies.

Vous glissez la main sous votre manteau et caressez le rouleau de parchemin que vous avez coincé dans votre ceinture, la carte que la sorcière vous a confiée et qui doit vous conduire aux portes des géants sous la montagne. De l'autre côté des sommets qui découpent l'horizon en petites dents, par-delà les pans inclinés en quinconce des versants et des vallées, des nuages d'orage s'amoncellent. Toute leur masse grise, énorme et roulante se déploie, soyeuse, modelant la lumière, frangée d'or, au-dessus du paysage. On voit dans leurs profondeurs noires éclater des éclairs. Une tempête se prépare à l'est. Son ombre finira par avaler le soleil.

Il faut arriver avant.

Elle vous a dit comment ouvrir les portes. Il faut arriver avant les chutes de neige qui vont les dissimuler. Vous n'avez plus que quelques jours. Vous vous hâtez, en tête de votre petite troupe, pour imprimer un rythme à la marche du groupe. Vous avancerez jusqu'aux limites de la nuit noire.

Vous entendez crisser dans la neige à vos côtés les bottes de Brynhildr dont la chevelure rouge semble briller aux bords de votre vision, alors que la grisaille du soir teintée de bleu envahit peu à peu le paysage. La walkyrie a abandonné son destin et son immortalité pour vous suivre dans votre quête. Elle dit qu'elle a vu votre visage en rêve, que vous êtes le guerrier que lui a promis Odin. Sa peau est pâle et ses traits sont ceux d'une statue. Ses lèvres sont rouges comme sa chevelure, et ses yeux noirs, brillants et insondables, ont l'éclat des plumes de corbeau. Ses yeux scintillent comme la laque qui recouvre les pièces de son armure de cuir. Sa peau blanche, si lisse qu'on la dirait de porcelaine, vous la voyez parfois dans un éclair jaillir aux jointures des membres, aux poignets, au cou, sous le bras, vous la voyez sous la fourrure du soir, au campement, quand elle s'allonge, nue comme une arme.

Derrière vous marche le clerc Reginn qui est aussi le guérisseur et l'alchimiste du groupe, prêtre d'un dieu de la nature et des moissons qui chevauche le soleil et prophétise dans les flammes. Son manteau dissimule une cotte ancienne fabriquée dans les forges des duergrs. Ses mailles pourtant légères et souples ne se laisseraient pas percer par une flèche d'elfe. Il est taciturne, silencieux la plupart du temps. Il marmonne des prières en vieux norrois pour bénir les campements et les repas que vous vous accordez. Il sait lire les runes des anciens peuples et c'est lui qui a déchiffré le parchemin, la carte que vous a confiée la Völva.

C'est aussi lui qui vous a mis en garde contre la prophétie. Tu laisseras sous la montagne la meilleure part de toi-même, vous a-t-il répété. Il pense que le trésor est maudit. Il pense que les runes gravées par les anciens mages sont le sceau d'une prison qui renferme des secrets plus dangereux et plus anciens qu'un dragon et son or. Il pense que les géants sont de retour.

Il observe le soir, en silence, les nuées chargées d'orages qui s'approchent, et tente de lire les présages dans le vol des oiseaux et la couleur de la lune. Il n'y voit rien de bon. Il s'assombrit comme le ciel à l'est, à mesure que vous progressez. Le visage fermé, mangé de barbe hirsute et de sourcils épais, les joues creuses comme les flancs d'un vieux loup, les cernes marqués, le regard charbonneux, il vous suit, loyalement, parce qu'il pense qu'il doit vous protéger de vous-même.

Le dernier acolyte de votre petite communauté, c'est le semi-homme aux oreilles pointues, à la silhouette gracile. Il n'est pas plus haut qu'un enfant de 10 ou 12 ans. Agile et souriant, facétieux dans ses cabrioles comme le serait un jeune garçon qui joue, il a de grands yeux ronds et tristes de vieillard. Son pas souple et léger ne fait presque aucun bruit et même sur la neige, il ne laisse qu'une trace discrète que la traîne de son long manteau efface presque entièrement derrière lui.

C'est un changelin, un ces bébés volés par les elfes et élevés parmi eux dans les forêts bleues de l'Inland. Certains prétendent que les elfes sont devenus stériles, que c'est la raison de ces enlèvements. D'autres, que les changelins sont leurs esclaves. On dit que leur civilisation est aussi cruelle que raffinée. Que leur race a fait son temps et qu'ils se préparent à quitter ce monde en prenant la mer. Qu'ils sont immortels comme des dieux. On dit beaucoup de choses sur eux. Si la guerre embrasait de nouveau Midgard, on ne sait même pas quel parti ils choisiraient.

Vous n'avez pas tiré grand-chose du semi-homme, ni à propos d'eux, ni à propos de son enfance passée dans leurs forêts. Il s'appelle Frodor. Il connaît les secrets des portes et des passages, des pièges souterrains et des malédictions qui hantent les antiques constructions des géants et des duergrs. C'est un pilleur de tombes et de ruines, un maître des illusions et des ombres qui saurait se faufiler dans la chambre d'un roi. Il est votre voleur et, dans la cité sous la montagne, il sera votre guide. Vous ne lui faites aucune confiance.

Depuis plusieurs jours, il vous rejoint le soir à l'écart du campement pour étudier avec vous la carte, s'orienter grâce aux pics enneigés qui vous entourent à présent de toutes parts. Il vous conseille sur le chemin à suivre et le moyen d'arriver aux portes avant les semaines de tempêtes qui se préparent. Il connaît la montagne et, plus important encore, il connaît les créatures qui l'habitent depuis des temps immémoriaux, avant même la naissance des dieux. Vous approchez du but à présent.

Cette nuit, lorsque vous vous êtes réveillé, il avait déserté son poste de quart et vous avez pensé : ce satané demi-elfe nous a trahis. Vous avez vérifié que le parchemin était toujours dans son étui, à votre ceinture, elle-même reposant avec votre armure de cuir bouilli sous la couverture où vous avez caché les sacs et les provisions. Vous ne prenez pas le temps de la revêtir. Tirant votre épée de son fourreau, vous vous hâtez vers le bord du ravin, là où le chemin réapparaît. Avec un peu de chance, vous pourrez le rattraper.

La lune, sur la neige des sommets et les vallées de glace, éclaire le paysage autour de vous d'une pâle lueur grise et bleutée. Vous discernez mal le relief, mais vous voyez suffisamment pour vous diriger vers les rochers qui surplombent la corniche. Là, vous bénéficiez d'une vue plongeante sur tout le ravin que le chemin contourne, à mi-hauteur de la pente. En vous accroupissant derrière le rocher, la lame de votre épée sur vos genoux, vous songez que vous auriez dû prendre le temps de revêtir au moins votre lourde cape de fourrure. En tunique, vous ne pouvez vous empêcher de trembler de froid. Hors le vent qui siffle à vos oreilles, le silence est total.

Il ne vous faut que quelques secondes pour le repérer. Il est à quelques centaines de mètres à peine. Il n'est pas seul. Trois ou quatre hommes plus grands que lui l'entourent. Ils sont immobiles, trop loin pour que leurs paroles vous parviennent, trop loin pour espérer les identifier ou même savoir si ce sont des hommes. Vous ne voyez que des silhouettes en fourrures. Il serait stupide de vouloir se rapprocher ou d'essayer de les charger, depuis votre poste d'observation jusqu'à eux il n'y a pas d'autre couvert et ils vous verraient venir depuis vos premiers pas hors de votre abri. Alors vous attendez. Vous savez qu'il ne fait pas de plus en plus froid, mais que c'est votre sang qui a de plus en plus de mal à empêcher vos doigts et vos membres de s'engourdir.

Au bout d'un moment, les trois silhouettes repartent en empruntant la route que vous êtes censés suivre le lendemain, mais votre homme, lui, revient vers le campement.

Alors que vous redescendez de votre promontoire, vous ne savez pas encore si vous allez l'accueillir en l'interrogeant ou en le tuant tout de suite, par surprise, sans lui donner l'occasion de préparer sa défense. Ou peut-être allez-vous le laisser croire que vous n'avez rien vu, retournant l'effet de surprise contre lui ? Vous réfléchissez en redescendant les quelques mètres de chemin qui vous ramènent près du camp, effaçant vos traces soigneusement. Allez-vous répandre le sang une nouvelle fois ?

Pour le savoir, allez au chapitre 19.

16

8 septembre

Il n'y a pas de nuit sur le glacier. Même au cœur de l'hiver, lorsque le soleil n'apparaît que quelques heures par jour au crépuscule de midi, la nuit sur le glacier est pareille à une aube brumeuse et grise. On dirait un ciel à l'envers où scintillent, comme des étoiles, des millions d'éclats de givre. Un quartier de lune seulement, et tout est baigné d'un halo blanchâtre où saillent des rochers noirs et des pans découpés de glace bleue. La neige elle-même semble luire. On dirait qu'on a tout à coup la vision de quelque félin nyctalope, que la moindre lumière suffit à guider à travers la clarté atone de la nuit.

Anders ouvre les yeux. Peut-être a-t-il été réveillé par le bruit. C'est l'impression qu'il a, mais il s'agissait peut-être d'une de ces fins de rêve qui vous réveille en sursaut. Il écoute, aux aguets, immobile dans le sarcophage en duvet. Il fait noir, parce qu'il a été obligé de dresser une toile de tarp entre lui et le vent. Il l'a montée à la va-vite, en guise de tente, en scellant au bord d'une crête verticale un de ses bâtons de marche dans la glace, la faisant fondre à l'aide de neige bouillie pour l'y enfoncer, et attendant que le froid l'y colle en durcissant de nouveau, plus solidement que du ciment, puis tendant, du sommet du bâton jusqu'au sol, une corde qu'il a pitonnée dans la glace, pour servir de faîte et de charpente à sa toiture de fortune. Ainsi prise dans la diagonale, la toile légère du tarp couvre un peu moins de 3 mètres carrés, juste assez pour s'allonger, la tête entourée, dans la partie la plus large de l'abri, du matériel et des provisions qu'il avait pris soin de décharger du traîneau. Il lui faut rouler un peu sur lui-même et ramper sur quelques dizaines de centimètres, à la façon d'un gros ver, pour jeter un œil à l'extérieur. D'où venait ce bruit ?

Anders passe en revue les craquements qui d'ordinaire apparaissent plutôt en hiver lorsque la pression de la glace accumulée devient si forte qu'elle fait se plier les couches supérieures, des blocs entiers de plusieurs mètres de haut, tels de grands talus, soudainement soulevés comme le furent les montagnes elles-mêmes, au Tertiaire, par la pression des plaques tectoniques. Les craquements de la glace, la nuit, sur la banquise plus encore que sur le glacier, sont proprement terrifiants. Ce sont des bruits d'éclatement, d'explosion confinée, d'orage souterrain, de canon, de tonnerre. Les avalanches de début d'hiver, après les premières chutes de neige massives sur des couches de grésil ou de givre, ont aussi dans les vallées et les fjords ce roulement effrayant de tambour qui enfle et semble vouloir avaler le monde. Ce sont des bruits qui durent, qui rencontrent des échos profonds. Celui de son rêve était sec comme une déflagration, comme un coup de fusil claquant dans l'air froid. Ou bien était-ce seulement un rêve ?

Anders observe, par le pan de toile ouvert qui se soulève en arc tendu du rivet au bâton, la masse claire et pâle, légèrement bleutée du glacier où, évidemment, rien ne bouge à part le miroitement scintillant de la glace elle-même. Il tend l'oreille et il entend son cœur.

Un instant il songe à se rendormir, mais la montagne fait entendre de nouveau son craquement sinistre. Cette fois, il en est sûr, le bruit vient de la glace. De sous la glace. Dans ses profondeurs. Il y a quelque chose qui est en train de céder, d'exploser au cœur du glacier, comme une charge de dynamite dans les fondations d'un immeuble avant qu'il ne s'effondre sur lui-même, c'est à cela qu'il pense immédiatement et ça lui fait le même effet, la même peur fascinée. Il calcule mentalement, essaie de se fier à son ouïe, au souvenir à peine évanoui de la déflagration, pour tenter de la localiser, non pas précisément son point d'origine mais sa direction. Il cherche à comprendre. Tout en réfléchissant il rampe hors de son sac de couchage, recroquevillé à quatre pattes sous sa toile de bivouac, laçant ses chaussures avant de replier rapidement le duvet en le roulant sur lui-même, enfilant sa parka, sortant enfin de sous la tente et se redressant, scrutant la mer de glace qui s'étend autour de lui, à la recherche d'un indice. Un pressentiment lui fait craindre quelque catastrophe, mais il n'arrive pas à savoir d'où vient la menace.

La glace, c'est pourtant son métier. Anders fait partie d'une génération de chercheurs idéalistes qui avaient fini par échouer sur la banquise comme de vieux ours. Alors que les meilleurs géologues ou ceux qui se croyaient tels, comme Noah, finissaient par être employés par des compagnies minières pour leurs pouvoirs de sourciers en matière de pétrole ou de pierres précieuses, quelques-uns avaient tenu bon, fidèles aux raisons qui les avaient conduits à choisir ce métier. La plupart finissaient analystes dans un laboratoire ultramoderne et superbement équipé où l'on poussait des boutons de machines ultrasophistiquées. Les plus malins devenaient vulcanologues. Ils voyageaient beaucoup, principalement sur des îles où il faisait chaud. Les vieux professeurs d'université en profitaient pour y tenir des colloques, quelle que fût leur spécialité par ailleurs, les vieux trouvant toujours quelque chose à dire. Certains, grâce à l'essor spectaculaire du tourisme, s'assuraient une place enviée aux côtés de spéléologues, explorant des grottes chinoises encore vierges, comme on tenterait l'ascension d'un nouveau sommet dans l'Himalaya. Les célibataires sportifs, on les retrouvait dans des atolls paradisiaques, à classer des coraux en danger d'extinction. À ceux qui n'avaient pas suivi la bonne option ni obtenu les faveurs du bon prof, à ceux qui n'avaient pas compris à temps ce qu'il y avait de lutte des classes dans le choix d'un sujet de thèse, à ceux qui comme Anders n'avaient pas peur de la solitude ni de la nuit, ni du silence ni du froid, à ceux qui connaissaient déjà l'hiver, il restait l'Arctique. Et d'ailleurs, pour ceux-là, ce n'était pas un choix de dépit, sinon ils n'auraient pas tenu bien longtemps. Ils l'aimaient sincèrement, l'Arctique. Sa solitude, sa nuit, son froid, son silence.

Pour plein de raisons contradictoires, ces dernières années leur avaient donné un coup de projecteur extraordinaire. Autour du cercle polaire, tous les États du Conseil de l'Arctique ont soudain eu besoin de géologues pour cartographier les limites de leur plateau continental, seul moyen de dépasser les 200 milles de la zone économique exclusive qui ne concernait plus seulement la pêche à la morue mais également l'exploitation de tout ce qu'on pourrait trouver dans le sous-sol. C'est que, pour les sourciers de la profession, n'en déplaise à ceux qui croient qu'il n'y aura bientôt plus de pétrole, le boulot continuait et prenait un nouveau tour sous la surface des océans, à bord de bateaux submersibles équipés de sonars, à la recherche d'hydrocarbures, de métaux et de terres rares. Et il y avait pas mal de bonnes surprises en Arctique. 30 % des réserves mondiales de gaz. Du pétrole bien caché. De quoi voir plus loin. De quoi faire mentir en riant les apôtres de la fin de la civilisation. D'autant que la fonte des glaces rendait tout cela imaginable, sinon directement possible. Bientôt des cargos, des porte-containers et des méthaniers géants pourraient sillonner tout le passage du Nord-Est, de la Chine à l'Europe, pendant une bonne partie de l'année. Ils feraient le voyage pour deux fois moins cher que par le canal Suez, trois fois plus vite que par Le Cap. C'était l'autre raison d'envoyer en Sibérie, au Canada, au

Svalbard ou au Groenland des types comme Anders bardés de diplômes et qui n'avaient pas peur du froid.

L'Arctique était la zone de la planète où le réchauffement climatique était le plus important, augmentant presque deux fois plus rapidement que sa moyenne à la surface du globe. Ses conséquences étaient quasiment visibles à l'œil nu, d'une année sur l'autre. Dans ses glaces, on pouvait lire l'évolution du climat et ses liens avec les gaz à effet de serre. Dans la fonte de ses glaciers on pouvait lire notre avenir. Ironiquement, les compagnies et les États responsables de ces dérèglements s'en frottaient les mains, parce que la fonte de la banquise facilitait l'accès aux ressources et libérait de nouvelles voies d'échanges, ils avaient même tout intérêt à les accentuer dans leur course à l'exploitation des richesses, quitte à nous conduire plus rapidement dans le mur. Au désastre. À la ruine du monde. La bonne nouvelle des uns était la catastrophe des autres. À la fois sa cause et sa conséquence.

Et les gens comme Anders étaient entrés dans la lumière. Ils annonçaient le déluge, le châtiment de la nature. Pire, ils annonçaient qu'il était trop tard, qu'il n'y aurait pas d'arche cette fois-ci. Le déluge avait déjà eu lieu. En tout cas il avait déjà commencé. C'était aussi le sens de ses carnets remplis d'animaux. Anders y décrivait ce qu'il avait sous les yeux et qui était en train de disparaître. Peut-être plus vite que prévu.

Il croit percevoir un très léger tremblement. Une troisième explosion retentit sourdement dans les profondeurs de la glace, puis une quatrième. En vain ses yeux s'escriment à parcourir en tous sens la surface pâle et bleutée à la recherche d'un mouvement, d'un sursaut, d'une trace. C'est alors que le bruit enfle, semble prendre la dimension de la calotte tout entière, l'entourant, lui et son campement minuscule, le cernant de tous côtés, faisant vibrer sa cage thoracique, grondement titanesque à la mesure de la montagne elle-même. Il s'accroupit, les yeux pleins de terreur, pressentant le drame, pose une main sur le sol et une autre sur son sac comme si cela pouvait lui être d'un quelconque secours. Il scrute dans toutes les directions, se retourne, pivote sur lui-même, ne voit rien tandis que le tonnerre s'accentue encore et paraît gagner la surface de la vallée autour de lui, comme un lent séisme.

Et soudain la glace se fracture et se fend comme elle le fait sur un lac au dégel, craquant de toutes parts subitement, et le glacier se brise comme un miroir. Des crevasses larges s'ouvrent et progressent d'un bout à l'autre de la calotte visible, formant rapidement à la surface des lézardes noires qui la zèbrent en zigzag, s'élargissant comme le sourire d'un diable. Partout elle craque dans un bruit d'explosion venu des profondeurs, et des failles béantes de plusieurs dizaines de mètres s'ouvrent sous les yeux effarés d'Anders qui s'est jeté à plat ventre dans la neige. Tout son corps tremble et sursaute à chaque nouvelle explosion. Des gerbes d'eau, projetées depuis les rivières souterraines du glacier, jaillissent des fractures ouvertes, comme des cascades, alors que des pans entiers de la vallée glaciaire s'effondrent sur eux-mêmes, avalés, des pans de montagne disparaissant dans un nuage de neige poudreuse, ne laissant à leur place qu'un ravin noir.

Puis le silence. Le silence blanc de l'hiver. Plus un craquement. Plus un cri d'oiseau. La neige retombe comme une brume scintillante, et Anders se redresse. Titube comme s'il ne pouvait plus faire confiance au sol sous ses pieds. À seulement quelques dizaines de mètres en aval, sous sa position, le glacier s'est coupé en deux. Il s'est fracturé comme les pentes boueuses des ravins lors des glissements de terrain, et c'est comme si toute la montagne s'était déplacée avec lui de la largeur d'un terrain de football. Tout le glacier a glissé, dévissé, fracturant les rochers, toute la vallée s'est affaissée d'un coup de plusieurs mètres et peut-être jusqu'à la mer, au fond du fjord où il se jette comme un fleuve gelé. Il a glissé et puis s'est arrêté. Rattrapé. Retenu par sa propre masse. En équilibre. La neige retombe dans le silence, comme une menace.

Anders ne le sait pas encore, mais la secousse s'est propagée comme une onde souterraine sous la montagne et sous le fjord, un léger soubresaut, à peine perceptible, elle a rampé sous l'eau, sur le plancher du monde, de plus en plus ténue en s'éloignant, tel un écho, elle a fait frissonner les couches de sédiments, la faille qui emprisonne le réservoir de pétrole, là-bas, au fond de l'océan noir, et provoqué sur la plateforme offshore un kick qui vient de coûter la vie à trois personnes.

17

10 septembre

D'ordinaire, la compagnie ne faisait que les louer, le temps nécessaire au forage puis à la production, et sur certains champs pétrolifères on en trouvait toute une flottille, certaines ne s'occupant que du traitement des fluides ou de leur stockage, et d'autres uniquement dédiées au logement des équipages, mais dans le monde des plateformes, Sigurd était une sorte de géant solitaire, un complexe industriel de la taille d'un pâté de maisons perdu en pleine mer, suspendu trente mètres au-dessus des eaux, posé sur quatre énormes flotteurs semi-submersibles, grands comme des sous-marins et équipés de moteurs. Incapable de naviguer sur de longues distances autrement qu'accompagnée de la gigantesque barge flottante et des remorqueurs qui l'avaient amenée là, elle flottait pourtant et pouvait s'orienter et se déplacer légèrement, ne serait-ce que pour maintenir sa position et son axe, lutter contre les courants, les tempêtes et la houle. Elle était si grande. C'était difficile d'imaginer, une fois qu'on était dessus, pas sur les coursives extérieures et les escaliers d'acier grillagés qui fichaient le vertige, mais une fois qu'on était bien campé à l'intérieur, dans les kilomètres de couloirs ou même sur les plateaux techniques, au milieu des bâtiments constitués de doubles containers empilés, comme si on était dans une cour d'usine, et si grande qu'on ne voyait même plus l'océan autour, c'était difficile de s'imaginer qu'on était juste en train de flotter sur des pilotis d'acier. C'était difficile d'imaginer qu'elle pourrait couler ou qu'il pourrait lui arriver quoi que ce soit. On avait donné à Noah un bracelet de plastique jaune qui indiquait son nom, le numéro de sa cabine et celui du canot de sauvetage qu'il devrait rejoindre en cas d'évacuation. Mais le danger ici ne venait pas de la mer.

On voyait dériver les glaces à partir de juin. La banquise se formait plus au nord et descendait pendant l'hiver, mais le pack se disloquait de plus en plus tôt, jusqu'à ne plus toucher, parfois, les côtes des archipels septentrionaux. Vue d'ici, la débâcle de septembre était de plus en plus lointaine. En cas de rencontre imprévue, de trajectoire dangereuse d'un iceberg dérivant, le commandant avait sa méthode. Cela s'était produit une fois, et c'était une histoire qui se racontait comme une rumeur dans les bureaux de la compagnie, parce que ça ne figurait évidemment dans aucun registre de comptes rendus : le commandant était sorti en navette rapide, il avait formé un petit commando et il avait accosté l'iceberg avec du matériel de carottage et de la dynamite. Il l'avait pulvérisé. Le commandant était un homme de ressources. Il savait qu'il était payé pour ça.

Il se tenait la plupart du temps debout dans le poste de commandement qui était installé en hauteur dans le coin nord-est, à l'opposé des vents de pluies et de tempêtes, et presque entièrement vitré de l'autre côté, pour avoir une vue imprenable sur l'ensemble de la structure flottante. Il allait d'un officier à l'autre, demandant et vérifiant des données sur l'état des machines, la météo et la radio qui communiquait sans cesse des informations sur le trafic. Puis il s'asseyait dans son fauteuil qu'il avait fait placer sur une sorte d'estrade bordée d'un bastingage en demi-lune un peu kitsch, qui rappelait le pont d'un navire, bien au centre du poste, dos à ses officiers, face à la baie vitrée en cinémascope, face à sa plateforme en ordre de marche, face à la mer de Barents, à l'océan Arctique, ses yeux d'un bleu pâle perdus dans la brume blanche de l'horizon, plissés dans la lumière aveuglante de la mer, fixant un point au loin, sans suivre rien du regard, rien de précis, la brume blanche, la glace, et le prochain hiver, et son destin qu'il ne connaît pas encore.

De là, il pouvait guider à vue hélicoptères de secours ou de transport, bateaux de ravitaillement mensuel, pétroliers, barges de livraison de fioul lourd pour les moteurs et les groupes électriques, il pouvait diriger la grue, superviser chaque opération de transport des pièces d'acier d'un module à l'autre au gré des besoins, chaque mouvement, de là il pouvait commander, depuis sa place, il pouvait tout voir de ses yeux bleus de glace, tout faire, rien qu'à la voix, de là, dans son fauteuil de commandant au bastingage un peu kitsch, il était Dieu.

Les deux matelots qui avaient accompagné Noah à sa cabine étaient encore postés devant sa porte lorsqu'il en ressortit, un casque de chantier sous le bras, son blouson de cuir vieilli remplacé par le ciré jaune de la compagnie, et retrouvant donc les deux gaillards dans la coursive, immobiles comme des gardes-chiourmes, sur le pas de sa porte, alors qu'il s'attendait à devoir chercher son chemin seul, en comptant sur les rudiments d'anglais de l'équipage et ses rudiments de russe. Il éprouva une légère sensation de malaise. Les deux hommes lui adressèrent un salut martial de la tête et lui indiquèrent de les suivre. L'un derrière, l'autre devant, plus exactement. Noah avait le sentiment d'être plus surveillé qu'escorté. Ils le conduisirent à travers les bâtiments, quittant les quartiers calmes des cabines pour ceux plus bruyants des salles communes, de la bibliothèque et du gymnase, une grande salle à l'odeur de caoutchouc, remplie de machines de musculation et de tapis de course où les hommes transpiraient, une serviette autour du cou, le sourire crispé dans la douleur planante des endorphines. Puis ils traversèrent le mess aux allures de cafétéria, ses banquettes criardes et ses menus photographiés pour une clientèle internationale qui venait s'attabler là à toute heure, le petit déjeuner des uns coïncidant brutalement avec les odeurs de friture du dîner des autres, et les bruits de conversations indistinctes et bruyantes remplacèrent le bourdonnement omniprésent des machines. Ils croisèrent dans la salle de repos attenante au réfectoire trois costauds en jean et tee-shirt blanc, en train de faire une partie de billard américain, une bière à la main, qu'ils posaient à leur tour sur le cadre en bois, comme dans n'importe quel bar de Hells Angels, leurs éclats de voix perçant la musique crachotante qui sortait d'une enceinte portable. Ils débouchèrent finalement sur une sorte de deck surplombant la mer, la seule terrasse sans doute où l'on avait le droit de fumer, si l'on en jugeait par les barils remplis de sable qui trônaient le long du bastingage. Bien sûr, fumer était une activité strictement interdite par le règlement de la compagnie.

C'est peut-être à cause de son vertige que Noah, qui s'était laissé promener jusque-là comme s'il avait fait tout ce chemin, depuis la nuit précédente, pour une simple visite de courtoisie ou une inspection de routine, c'est peut-être à cause du mouvement de recul instinctif qu'il eut en se retrouvant sur la terrasse, à 20 mètres au-dessus de la plateforme elle-même, comme sur un perchoir accroché à sa structure, pas si loin du derrick qui s'élevait plus haut encore, c'est peut-être à cause du vent qui fouetta soudain son visage et fit claquer son ciré, qu'il s'arrêta net. Le matelot qui marchait derrière faillit lui rentrer dedans.

Noah tenta d'expliquer qu'il n'était pas là pour une visite de la plateforme comme les autres civils invités. Il voulait voir le lieu de l'accident, le trépan, la foreuse, il voulait voir de ses propres yeux l'état des tubes, se faire une idée de ce qui s'était passé en bas. Il faisait des gestes, montrait le derrick du doigt. Il voulait voir le commandant. Les deux marins réagirent. C'était presque le même mot, *Komandir*,

Komandør. Ils se raidirent instinctivement. *Da*, ils allaient l'amener au commandant.

Celui-ci l'accueillit sans se retourner, debout comme à son habitude, les mains croisées dans le dos comme un soldat au repos, le crâne nu, sa casquette de commandant posée sur son fauteuil, en bras de chemise comme après une bonne journée de travail, ne bougeant même pas la tête pour le saluer ni lui signifier qu'il l'avait entendu entrer, répondant d'un ton glacial à son Captain, lancé depuis le seuil, puis lui servant quelques banalités sur l'hospitalité des hommes de mer, le confort espéré de sa cabine et l'intérêt de la visite du bord. Le soir tombait sur la mer et dans le ciel, et tout le bleu se changeait peu à peu en noir. Ne restait, à l'horizon, qu'une ligne rouge qui flambait comme un grill. La silhouette haute et encore athlétique du commandant, avec sa chemise blanche impeccable tendue sur ses épaules, se découpait en ombre chinoise dans la fenêtre panoramique. On aurait pu le croire, c'est vrai, sur le pont d'un navire. Il s'y voyait peut-être. Il invita Noah à dîner, d'un ton qui n'attendait pas de réponse, dans sa salle à manger personnelle, dans une heure. Nous serons en compagnie du second, le lieutenant Ievgenine, et de l'ingénieur technique, un de vos compatriotes, précisa-t-il, vous pourrez les interroger tout à loisir sur l'incident de ce matin.

Se retournant et toisant Noah, il ajouta :

« Je suis sûr qu'ils sauront vous donner tous les détails qui vous éviteront une investigation personnelle fastidieuse. Après cela, si vous préférez écrire votre rapport en ville, un hélicoptère pourra faire la rotation dans deux jours. »

Il ne baissa pas les yeux. Regarda Noah comme s'il passait à travers, comme s'il continuait de dévisager l'horizon. Il ne baissera jamais les yeux, se dit Noah. Et il sut qu'il y avait quelque chose d'anormal.

À la manière dont l'ingénieur radio, un civil, gardait la tête baissée, à la manière dont chacun dans la pièce, en fait, se concentrait sur sa tâche comme s'il n'entendait rien, comme s'il ne voyait pas, à la manière dont les deux matelots l'encadrèrent pour le reconduire, par le même trajet silencieux, aux coursives et aux salles communes un peu plus peuplées que tout à l'heure, puis restèrent de nouveau devant sa porte, immobiles et muets, signifiant seulement qu'il n'irait pas voir par lui-même, ni le site de l'accident, ni ce qui restait de l'arbre de forage, qu'il n'aurait pas le loisir d'approcher la passerelle ni, sans doute, les équipes de travailleurs. À la manière qu'eut Ievgenine, à table, de lui dresser un tableau de l'accident éludant toutes les questions techniques sous des avalanches de chiffres bidons sortis des manuels de la compagnie que Noah avait contribué à rédiger, à la manière dont Ross, le Norvégien en charge de la mécanique du forage, évitait son regard et fuyait devant celui du commandant, se contentant la plupart du temps de plonger dans son assiette de saumon, de hareng et de pickles, de crabe à la mayonnaise et de pétoncles crues, à la manière dont le mousse qui les servait à table, dans cette salle à manger privée qui n'était pas de coutume sur les plateformes, observait chacun avec une sorte de crainte et se précipitait à gauche du commandant pour remplir son verre à vodka dès qu'il était vide. À la manière dont tout le monde l'évitait, le lendemain de cet étrange festin dans les quartiers du commandant, et se gardait de parler de l'accident comme si cela devait porter malheur, il sut qu'il y avait un problème.

Le commandant était un problème. Il était devenu un petit roi, un dieu oublié dans l'Arctique, incontrôlable.

Pour l'instant, Noah n'y pouvait pas grand-chose. Il rentra en ville. Il fit ce qu'il savait faire. Il analysa les données transmises par les sonars du bord et les sismographes du fond, qu'on n'avait pas pu l'empêcher de copier sur une clé avant son départ. Il recomposa, à partir de poussières de données brutes, en attendant mieux, une image du fond. Et ce qu'il découvrit lui fit peur, pour la première fois de sa vie.

Il y avait eu un séisme. Pas un vrai tremblement de terre venu des profondeurs, cela aurait cassé la tige tout net ou descellé le ciment coulé autour du puits pour le stabiliser. Mais il y avait eu une secousse, comme une onde de choc. Les chiffres ne pouvaient pas tromper sur ce point. Il y en avait encore, de plus faible intensité. Des secousses qui risquaient à tout moment de fausser le train de tiges ou de bloquer la foreuse, de fissurer le ciment qui pouvait aussi bien sauter comme un foutu bouchon de champagne. Pourtant la zone n'était pas à risque sismique particulièrement élevé. Il y avait des secousses enregistrées par les sismographes de fond, mais Noah ne savait pas d'où elles pouvaient bien provenir. De plus loin, d'ailleurs, d'un événement dont elles n'auraient été que l'écho lointain, transporté par les couches de sédiments du plancher océanique à travers ses failles, comme une lézarde qui progresse, jusqu'au réservoir qui lui ferait une caisse de résonance. Là, juste sous leurs pieds. Au milieu de quelques millions de barils de pétrole sous pression.

18

Climax

C'est à l'endroit le plus froid de la planète qu'on mesure le mieux son réchauffement, ce qui n'est pas le moindre des paradoxes de l'Arctique, écrit Anders. Et elle se réchauffe ici deux fois plus vite qu'ailleurs. Elle a déjà pris, en 100 ans, entre 4 et 7 degrés Celsius.

L'hiver est de moins en moins long et, avec l'été, c'est le dégel qui arrive de plus en plus tôt. Sur les massifs la neige fond. Il pleut de plus en plus souvent et chaque goutte, à son point d'impact, creuse dans la surface blanche un petit trou noir qui diminue d'autant le pouvoir réfléchissant de la neige, ce que les scientifiques appellent son albédo, augmentant donc, réciproquement, sa sensibilité au réchauffement, ce qui continue de la faire fondre et révèle, là où le manteau disparaît par plaques, une terre noire qui, à son tour, diminue l'albédo général du milieu, augmentant son réchauffement, accentuant le dégel de la terre elle-même, habituellement glacée sur plusieurs mètres de profondeur, ce que les scientifiques appellent le pergélisol, ainsi transformé en boue marécageuse, provoquant des affaissements de terrain spectaculaires, l'hiver dilatant les infiltrations d'eau dans le sol qui deviennent autant de coins de glace enfoncés dans la terre, prêts à la faire éclater, s'effondrer sur elle-même comme si on y avait placé des charges, au prochain dégel, de petites vallées circulaires se retrouvant soudain, brutalement, quelques mètres sous leur niveau habituel, avec tout ce qui se trouvait dessus, routes, maisons, et toute cette tourbe qui n'en finit plus de se décomposer et qui se met à relâcher, sans l'action inhibitrice du gel, un bon gros paquet de CO_2 et de méthane et de gaz du même genre, à tel point que parfois ils s'enflamment spontanément comme les feux follets des marais et des vieux cimetières, la fonte du pergélisol balançant donc de grandes quantités de ces gaz dans l'atmosphère où ils remplacent l'ozone protecteur, renforçant ce que les scientifiques appellent l'effet de serre, c'est-à-dire une sorte de loupe, au-dessus des pôles, responsable du réchauffement, d'où l'on comprendra aisément que tous ces phénomènes et chacun d'entre eux intervenant dans le même milieu polaire, s'engendrant et s'augmentant l'un de l'autre, constituent ce qu'on appelle un cercle vicieux, et qu'il n'y a pas tellement de raisons qu'il s'arrête avant d'avoir achevé la destruction de tout l'écosystème. Dans la nature, ce sont des choses qui arrivent. Les scientifiques appellent cela une boucle de rétroaction.

La fonte des glaces pose le même genre de problème. Provoquée par le réchauffement général, elle a elle-même des conséquences dramatiques. La banquise fracturée se met à dériver dangereusement. Menaçant le territoire naturel des ours blancs, le lieu de reproduction des phoques et de la morue arctique, elle-même proie de plus gros poissons, ainsi que de nombreux oiseaux migrateurs comme le macareux, le mergule, la fonte de la glace de mer est un désastre. Mais le mal qui la cause, le réchauffement dû à l'activité humaine, engendre à son tour de nouvelles conséquences contradictoires dont certains, malheureusement, se félicitent, car la banquise fond en libérant des voies d'eau libre navigables qui permettront toujours plus de transports de marchandises toujours plus rapides, l'exploitation de l'arcoil et du gaz de ses fonds marins, enfin rentable, ce qui contribuera, encore et toujours plus, au réchauffement qui la fait fondre. Les grands méchants ne sont plus climatosceptiques. Au contraire : ils ont compris tout le profit qu'on pouvait tirer du réchauffement, et qui l'accentuera à son tour. Il n'y a pas tellement de raisons que ça s'arrête, avant d'avoir achevé la destruction de notre écosystème.

Il n'y a pas que la banquise. Les glaciers, que ce soient les glaciers de montagne ou l'inlandsis, ce glacier gigantesque qui recouvre 80 % de la surface du Groenland, les glaciers partout sur la planète fondent et coulent et se cassent et ruissellent dans la mer. C'est la montée des eaux, le déluge. Bientôt des villes disparaîtront, comme des Atlantide modernes. La salinité diminue dans l'océan Arctique et c'est tout l'équilibre de l'Atlantique et de ses courants, c'est la planète entière en tant qu'écosystème qui s'en trouve menacée.

Il faut comprendre ce qu'est un écosystème. C'est un équilibre dynamique. Les espèces mutent, le climat évolue, il peut y avoir ce que les scientifiques appellent une succession écologique, mais l'ensemble reste en équilibre, il tend toujours vers un nouvel équilibre, qu'on appelle un climax.

Mais il y a un cas particulier. Quand la succession écologique est due à un élément étranger qu'on a introduit dans l'écosystème, les scientifiques disent qu'elle est allogénique. C'est le cas par exemple des catastrophes provoquées par l'homme, comme la radioactivité ou la dissémination des particules plastiques. Dans ce cas ils expliquent que la série d'évolutions est régressive. Le milieu devient incapable de revenir au climax d'origine. Dans la nature, ce sont des choses qui arrivent, mais maintenant c'est de notre faute. Notre impact sur notre environnement finit par s'inscrire dans les couches géologiques elles-mêmes.

C'est pourquoi l'ère que nous vivons est appelée par les scientifiques l'Anthropocène. Nous sommes devenus l'équivalent d'une force naturelle. Et nous avons tout détraqué. Nous ne savons pas vers quel climax nous allons.

II

« We failed in this object, but the story of our attempt
is the subject for the following pages. »

SIR ERNEST SHACKLETON,
South ! The Story of Shackleton's Last Expedition, 1919

« Nous avons échoué dans cette entreprise, mais le récit de notre tentative est le sujet de ces pages. »

19

Trolls

C'est de vous que vous auriez dû vous méfier. La Völva vous l'avait prédit. Les choses ont mal tourné dès que vous avez pénétré dans la montagne à la recherche de la porte qui mène à l'or de Fáfnir. Dès que vous vous en êtes approché. Mais c'est votre destin, vers lequel vous marchez depuis des jours, maintenant. Quelle que soit la direction, comment faire autrement que d'avancer vers la mort ?

Depuis cette nuit où vous l'avez surpris parlant à des inconnus, vous vous méfiez de Frodor. Le lendemain, lorsque vous avez cherché à le confondre en relevant sur le chemin les traces de son entrevue nocturne, il n'a pas caché que c'était lui qui avait quitté le campement pendant son tour de garde. Il a prétendu que les elfes étaient ses amis, qu'ils l'avaient contacté. Ils vivent dans les montagnes et l'ont mis en garde contre des créatures maléfiques qui pullulent dans la région en ce moment, plus qu'à l'accoutumée, c'est ce qu'il vous dit. Des orques, des spectres, et même un campement de trois trolls que vous devriez prendre soin d'éviter. Il vous explique cela avec sa tête d'enfant, ses larges yeux ronds qui supplient qu'on le croie. La défiance est un poison.

Le lendemain, alors que sur ses conseils vous passez au large du camp présumé des trolls, vous prenez tout de même le temps de vérifier ses informations. Laissant le prêtre en compagnie du semi-homme garder vos sacs, vos équipements d'escalade et vos provisions, vous partez avec la walkyrie en éclaireurs, prétextant de vérifier que les trolls sont bien seuls et isolés, et que vous ne risquez pas de dangers plus grands à quitter ainsi la route. Vous ne disposez que de peu de temps car, d'après ce que vous savez, toutes ces créatures qui maraudent dans la montagne sont nocturnes. Elles passent dans les cavernes et les grottes qu'elles trouvent à flanc de roche des journées de plus en plus courtes, avec la saison qui avance. Vous tenez cela des récits de voyageurs que vous avez croisés à l'auberge de votre village quand vous étiez enfant. Des trolls, vous n'en avez jamais vu.

Postés dans des névés accumulés près de la frontière entre la glace et les rochers qui montent à pic, à l'assaut du sommet, vous observez la paroi au-dessus de vous, là où on vous a dit que se trouvait leur antre. Plusieurs cavités pourraient faire l'affaire à vrai dire, et vous cherchez des signes, des traces d'escalade, un désordre inhabituel sur les corniches qui vous surplombent, cinq ou six mètres au-dessus de vos têtes. Mais vous ne distinguez rien. Pourquoi le semi-homme vous aurait-il menti ? La réponse la plus évidente, c'est : pour vous éloigner de la route la plus directe, vous faire perdre du temps dans un détour fastidieux et permettre à ses acolytes d'arriver avant vous à la porte dans la montagne, évidemment. La colère bout dans votre sang guerrier. Le trésor qu'on vous a promis, il n'est pas question qu'il vous échappe.

La défiance, et l'envie.

Vous sortez du couvert des névés et entamez l'ascension à mains nues. Vous en aurez le cœur net. Brynhildr, demeurée en bas, vous jette des regards inquiets. Vous êtes déjà parvenu à la première corniche où vous avez en effet trouvé des restes d'ossements et de fourrures déchirées jetés hors de la caverne, lorsqu'elle pousse un cri effrayant. Vous vous retournez pour la voir, en contrebas, cernée par deux trolls qui l'ont prise à revers, acculée à la paroi. Ils avancent prudemment vers elle, massifs, leur peau verte et sale tout juste recouverte de quelques fourrures grossièrement cousues, tenant dans leurs pognes des gourdins de la taille d'un tronc d'arbre. Derrière vous, un craquement soudain vous fait sursauter comme un enfant.

Le troll qui vous fait face, à l'entrée de sa caverne, se couvre les yeux d'une main portée en visière. Il doit mesurer au moins trois mètres. Il est nu, hors une peau de renne qui couvre le bas de son ventre. Il vient d'écraser sous son poids un crâne de bœuf musqué à peine plus gros que son pied, qui éclate en poussière, et il vous sourit, ou du moins c'est à quoi fait songer son rictus, son énorme tête déformée par les nodules osseux, les pustules et les cornes mal poussées, où s'ouvre une bouche démesurée, pleine de dents pointues et de trous, et bavant, dès qu'elle s'ouvre, une écume jaunâtre, épaisse et visqueuse, qui coule sur son torse calleux. Ses épaules velues se soulèvent. Vous comprenez à peine ce qu'il dit, crachant pêle-mêle des mots de langue commune mal articulés.

« Crois-tu donc tu qu'on vive la nuit ? »

Le rire qui suit secoue son ventre énorme et ses côtes, et ses joues tremblent au bas de son visage difforme. Lorsque vous dégainez votre épée, il s'arrête net. Fronce la callosité qui lui sert de sourcils boursouflés, ses yeux s'étrécissent. Campé sur ses jambes, il serre les poings et, d'un signe du menton, vous enjoint de l'attaquer.

La peur vous tord le ventre.

Vous armez votre coup et faites quelques pas de côté pour bénéficier d'un peu d'élan. Vous pivotez sur vous-même en avançant sur lui, comme vous avez appris à le faire, vous fendant au dernier moment pour le frapper de taille et par surprise au niveau du genou, et non dans le ventre comme il aurait pu s'y attendre. Le mouvement circulaire que vous avez imprimé à votre élan et à votre coup, détendant les bras en même temps que votre corps arrivait dans l'axe de la frappe, vous a fait gagner une vitesse qui, à l'impact, se transforme en force herculéenne. Votre lame se plante de biais dans l'os de la créature, qu'elle entaille profondément. Le troll crie de douleur affreusement et recule en boitant, s'appuyant sur sa jambe valide.

Vous le poursuivez dans son antre.

Vous avancez prudemment, prenant bien soin de ne jamais perdre vos appuis, n'avançant un pied que lorsque l'autre est bien campé dans le sol de la caverne jonché de détritus en tous genres, principalement des carcasses et des peaux. L'odeur est insoutenable et vous manquez de vomir à chaque hoquet que soulève votre respiration. Vos yeux s'habituent peu à peu à l'obscurité.

Soudain, le voilà qui resurgit devant vous, hurlant, menaçant et brandissant cette fois une sorte de glaive qui avait dû, dans d'autres mains, être une épée fort longue. Vous êtes stupéfait de constater que son genou gauche, celui que vous aviez frappé quelques instants plus tôt, semble n'avoir conservé nulle trace de votre coup. C'est comme si la peau du troll avait tout simplement repoussé et formé, à l'endroit de l'estafilade, un nouveau nodule en guise de cicatrice épaisse, une boursouflure verte plus sombre que la peau autour.

Vous n'attendez pas qu'il se jette sur vous pour l'attaquer de nouveau, plus directement et plus brutalement encore que la première fois. Alors que vous exécutez votre passe d'arme, visant au cœur, il lève son épée pour parer, mais vous parvenez à passer sous sa garde. Votre lame s'enfonce cette fois profondément dans les tissus et les chairs de l'avant-bras, jusqu'à taper sur son os et riper sur encore quelques centimètres. Il ne dit rien. Serre les dents. Attrape votre lame de son autre main et vous l'arrache. En un pas il est sur vous. Son poing s'abat sur votre crâne, et le monde devient noir.

Lorsque vous rouvrez les yeux, vous êtes ligoté au fond de l'antre des trolls. Vous pouvez à peine bouger. Brynhildr est à vos côtés, blessée et encore inconsciente. Les trois créatures sont assises autour d'un feu et parlent dans leur langue gutturale et sombre. Un vieux chaudron, qui serait de taille à faire une lessive de draps, au printemps, est suspendu au-dessus du feu. Vous comprenez qu'il vous est destiné, à la manière dont les trolls vous jettent des regards coulés en se léchant les doigts.

Vous pensez à Frodor et à ses mises en garde. Vous pensez à la Völva et à ses prophéties. Aux épreuves que tout héros doit surmonter. Pour qui vous êtes-vous pris ? Quel rôle avez-vous cru que le destin vous réservait ?

La défiance, l'envie, la peur et le désespoir. Voilà votre lot.

Cette fois, les choses paraissent bien mal engagées. Lorsque Brynhildr se réveille à son tour, vous lui souriez malgré tout, mais le cœur n'y est pas. Là-bas, près du feu, les trolls rient. Ils n'ont pas peur de la lumière et leur chair a guéri miraculeusement de toutes les blessures que vous ou la walkyrie leur avez infligées. Cela non plus, vous ne le saviez pas. Il y a tant de choses que vous ne saurez jamais.

Quelque chose a couru sur votre bras, lié dans votre dos. Vous pensez à un rat. Une voix d'enfant vous chuchote de ne pas bouger.

Frodor ! Frodor, ne vous voyant pas revenir, est parti sur vos traces. Frodor est venu vous délivrer. Mais comment a-t-il pu ? Les trolls, assis en tailleur autour de leur feu de camp, continuent de parler et de rire en buvant dans des cornes de bœuf. Frodor défait vos liens, et ceux de Brynhildr. Compte jusqu'à 3. Vous courez, renversant le chaudron et dispersant les braises au passage, semant le chaos dans la grotte des trolls. Vous êtes déjà loin lorsque leurs grosses têtes émergent de la caverne, sur le fond gris de la montagne, maudissant l'enfant bondissant qui vous a délivrés. Comment a-t-il ?

Plus tard, en secret, Frodor vous montre son anneau. Un anneau qui, dit-il, lui a été donné par les elfes pour vous accompagner. Un anneau qui faisait partie du trésor de Fáfnir, il y a longtemps. Un anneau d'invisibilité, explique-t-il. Et c'est vrai : lorsqu'il le passe à son doigt, il disparaît.

Vous pouvez continuer votre quête. Allez au chapitre 24.

20

10 octobre

Les jours d'octobre allongeaient les ombres dans la lumière oblique des crépuscules qui se produisaient de plus en plus tôt dans la journée, comme si le soleil, fatigué, ralentissait son rebond et sa course et ne parvenait plus à se hisser au sommet du ciel. On vivait la plupart du temps entre chien et loup. La température avait chuté et les premières neiges n'allaient pas tarder.

En ville, on ne parlait plus que du tremblement de terre qui avait eu lieu le mois dernier dans la montagne, au fond du fjord. On n'en avait perçu jusqu'ici que le bruit d'orage lointain, comme une série de courtes détonations, ça et une sensation fugitive de vertige, comme si une image sautait, c'est ce que décrivaient ceux qui étaient éveillés au moment de l'événement : l'impression de rater une microseconde, un décrochement, comme si on avait battu des cils deux fois de suite sans le vouloir. Certains prétendaient qu'un bol ou une lampe chez eux, un livre sur une étagère, étaient tombés et que c'était cela qui les avait réveillés.

Le lendemain il y avait eu l'hélicoptère et on avait appris l'accident de la station offshore. On s'était demandé si le tremblement de terre venait de là-bas et on s'était mis à scruter l'océan et sa brume avec suspicion. On avait vu passer de gros bourguignons vêlés par le glacier, qui rejoignaient la mer et ses courants, un peu trop gros, presque des icebergs, et on s'était mis à regarder vers la montagne. Anders, du Norsk Polarinstitutt, disait à qui voulait l'entendre qu'il s'était passé quelque chose de très grave. Et puis la vie a repris.

Le travail ne manquait pas, avec tout le poisson de l'été. Même si les quotas diminuaient d'année en année, cela ne touchait pas les petites entreprises comme celle d'Anå. La morue restait abondante, peut-être même l'était-elle de plus en plus, grâce aux eaux chaudes poussées par la dérive atlantique. Anå avait orienté depuis quelques années déjà l'activité de la pêcherie familiale vers des poissons plus rares dont le séchage traditionnel permettait de viser une clientèle raffinée. Le cabillaud, c'était bon pour inonder le marché européen avec des dos surgelés bien gras et bien brillants. Mais l'accident survenu sur la plateforme de forage les inquiétait, elle et son frère. Les poissons de l'Arctique, plus au nord, qu'ils allaient chercher à la frontière du pack, sont très sensibles à la pollution, et les solvants qu'il faudrait répandre en cas de fuite de pétrole auraient des effets dévastateurs sur leurs populations. Évidemment, la compagnie ne disait rien. Parmi les autres pêcheurs, certains prétendaient avoir remonté des poissons morts dans leurs filets. C'est Magnus qui lui avait parlé de Noah. Après tout c'était un vieil ami. Il devrait peut-être aller le voir. Ou elle. Tu le connais, disait-il, il te parlera peut-être. Mais c'était bien la dernière chose qu'elle avait envie de faire. Anå avait d'autres soucis en tête.

Avec le redémarrage des clubs de sport et de musique en septembre, quelques semaines après la rentrée, l'aîné de ses deux garçons, devenu apprenti rock star au lycée, avait pris sa première cuite, ce qui ne la rajeunissait pas. Anå l'a entendu rentrer, elle ne dormait pas, l'a surpris dans la cuisine, livide et titubant, en train de se servir un grand verre de lait, comme si ça pouvait aider. Il lui a adressé un large sourire muet, les yeux brillants, dodelinant de la tête comme si elle flottait un peu au-dessus de ses épaules, tout en continuant à verser le lait dans son verre. Essayant de la regarder en face, ce qui devait lui demander une concentration surhumaine dans son état, et continuant d'afficher un sourire béat qui se voulait rassurant, il ne s'est pas rendu compte que le lait était en train de déborder du verre et de se répandre gentiment sur la table, d'en gagner le bord, avant de couler jusqu'au sol avec un bruit léger de goutte-à-goutte. C'est sans doute ce bruit qui l'a sorti de sa torpeur, ou le regard effaré de sa mère qui le fixait. Il a baissé les yeux et pris conscience de sa maladresse, ce qui d'ailleurs n'a pas entamé outre mesure son flegme de composition. Il a reposé la bouteille à présent presque vide au milieu de la flaque sur la table, a bu son verre de lait d'une traite, et a filé se coucher en marmonnant quelque chose d'absolument inintelligible, où presque toutes les voyelles avaient été remplacées par des a. En passant l'éponge, Anå a espéré qu'il n'était pas en train de vomir dans son lit et s'est dit qu'elle resterait sans doute la nuit à le veiller. Elle s'est demandé pourquoi elle l'avait laissé sortir, et s'est souvenue que cette soirée n'était elle-même que l'aboutissement d'une crise et de nombreuses discussions conflictuelles avec son fils, depuis la rentrée. Et d'ailleurs, ce n'était que sa première cuite. L'expression elle-même indiquait qu'il y en aurait d'autres. C'était juste qu'elle ne l'avait pas vu venir.

Avec qui était-il vraiment ? Y avait-il des adultes ? Sans doute d'autres jeunes qui faisaient plus âgés et à qui on ne demandait plus leur carte d'identité au magasin d'État. Y avait-il des filles ? De la drogue ? Il n'avait pas l'air, comme ça, mais elle n'y connaît rien. Il avait l'air saoul comme un cochon.

Il s'était couché tout habillé. La bouche ouverte, sur le dos, les jambes repliées comme une grenouille et les bras en croix qui touchaient les bords de son lit, il respirait bruyamment. Il transpirait et elle lui a essuyé le front, caressant ses cheveux mouillés de sueur, le recoiffant dans son sommeil, recomposant l'image de l'ange qu'il était toujours. Ou qu'il serait toujours ? Elle l'a soulevé légèrement par les épaules pour remonter l'oreiller sous sa tête, afin que sa position l'empêche de s'étouffer, au cas où. Il était lourd. Il était grand. Est-ce que c'était la fin de l'enfance ? Bien sûr, Anå serait toujours sa mère. Mais qu'est-ce que c'est qu'une mère quand les enfants n'en sont plus ?

Il y aurait d'autres cuites, peut-être d'autres conneries, mon Dieu, s'est-elle dit, pourvu qu'il n'y ait rien d'irrémédiable, pourvu qu'il n'y ait pas d'accident. Les mères ont peur, voilà, cela sans doute, ça ne cesserait jamais.

Il y aurait aussi la première petite copine. Il y avait déjà eu des tentatives mais les choses n'avaient pas tourné comme il l'espérait, ou ça n'avait pas duré plus longtemps qu'un baiser. Si elle en croyait sa propre expérience, à cet âge les filles aiment les garçons plus âgés. Il aurait un jour une petite copine, et il lui demanderait si elle pouvait dormir à la maison. Ils en avaient déjà discuté ensemble. Le collège et Internet avaient beaucoup déblayé le terrain au sujet du sexe, dont il était question surtout comme d'une affaire de gymnastique et d'entraînement, de précautions à prendre, de consentement formel, de contrôle des naissances, de maladies, de rapports de force et de dangers potentiels, alors elle avait décidé de lui parler d'amour. C'est le sens de la vie, lui avait-elle dit, et comme il n'aimait pas en parler avec elle il lui avait envoyé une vacherie. Ça t'a réussi.

Je t'ai bien eu, toi.

Il y aurait des chagrins d'amour. Anå ne connaissait pas douleur plus destructrice, plus dangereuse. Un chagrin d'amour, c'est un deuil. Ce n'est pas seulement l'autre qu'on perd, mais soi. Tout ce qu'on était avec lui et qu'on ne reverra jamais.

La dernière chose dont Anå avait besoin, en ce moment, c'était de penser à lui. Magnus avait fait exprès de lui dire qu'il était là, qu'il était de retour, en mission pour la compagnie, que c'était justement lui qu'ils avaient envoyé. Ça faisait des semaines, maintenant, que l'accident avait eu lieu et ils n'avaient toujours pas de nouvelles. Pourtant Noah travaillait en ville, il était revenu de la plateforme et Anå avait même cru l'apercevoir, une fois. Personne ne savait si le forage s'était arrêté ou s'il avait repris de plus belle, mais l'hypothèse la plus répandue chez les gros pêcheurs, c'était tout de même que l'avidité avait toujours le dessus sur la prudence, c'était le bruit qui courait, qu'il y avait eu une fuite ce jour-là et qu'ils n'avaient rien dit, qu'ils avaient foré de plus belle, c'était ce qui se disait dans les bars et sur le pas des entrepôts du vieux port, parce que c'était ce qu'ils redoutaient le plus. La compagnie avait fait des déclarations vagues à la presse. Comme d'habitude, tout était sous contrôle. Il fallait les croire sur parole.

Magnus avait une dent contre Noah. C'était quelque chose qu'il n'aurait pas dit comme ça, pas à sa sœur, elle l'aurait envoyé promener, mais il lui gardait une certaine rancune de la manière dont il avait disparu sans laisser d'adresse il y a dix-huit ans, de la manière dont il avait laissé tomber tout le monde sans se retourner et dont il l'avait laissée, elle, sur le carreau, sa petite sœur qui se croyait forte mais qui n'a plus jamais été tout à fait heureuse avec un garçon, ça se voyait même s'ils n'en avaient jamais parlé, et avec son idiot de mari encore moins. Il fallait même être bien malheureuse pour l'épouser celui-là, l'été qui avait suivi, comme ça, dans la foulée, comme une cuite pour oublier, et dix ans de gueule de bois derrière. Ça se voyait, mais ils n'en avaient jamais parlé entre frère et sœur, Magnus s'en voulait peut-être. Après tout, Noah c'était son ami et d'une certaine façon c'était lui qui avait fait entrer le loup dans la bergerie. Cela non plus, il n'aurait pas pu le dire à sa sœur. Et puis, il y avait d'autres problèmes à régler. C'était il y a longtemps.

« Tu ne l'as pas croisé depuis qu'il est là ?

— Non. J'ai cru le voir, une fois. Je ne sais pas si c'était lui, j'étais pressée. Mais j'ai vu ton autre copain de lycée. Knut, celui qui vit dans l'ancienne église.

— Ça fait un bail. Il allait bien ?

— Il a l'air d'avoir dix ans de plus que toi, fringué comme un vagabond. Il me fout les jetons avec ses chiens.

— Ce n'est pas un mauvais bougre. Qu'est-ce qu'il faisait en ville ?

— Il allait au commissariat. Je ne sais plus ce qu'il m'a raconté. Une histoire d'accident dans la montagne.

— C'est drôle, tout de même, que tu l'aies croisé. Knut, Noah, et maintenant Anders que j'ai vu l'autre jour, il revenait de la montagne, justement. Je crois qu'il était là-haut pendant le tremblement de terre. Il donne une conférence là-dessus au vieux théâtre, la semaine prochaine. Je lui ai dit que j'irai.

— Oui. Nous voilà tous là de nouveau. Au point de départ. J'y ai pensé aussi.

— Tu devrais peut-être aller voir Noah. À toi, il te dirait peut-être quelque chose, sur sa foutue plate-forme. Vous pourriez vous expliquer. »

Magnus faisait partie de ces hommes, gentils mais un peu grossiers, qui croient que les choses sont simples.

Anå essayait de ne pas y penser. L'idée la traversait, de temps à autre, depuis qu'elle savait qu'il était revenu, mais elle essayait au moins de ne pas y réfléchir. Des problèmes, il y en avait suffisamment comme ça. Croiser Noah en ville, le croiser par hasard. C'était une pensée qui passait dans son esprit comme un nuage et qu'elle chassait comme le vent. Cela finirait bien par arriver, se disait-elle, comme une raison de ne pas prendre les devants, de ne pas provoquer le hasard. Dans ce genre de petite ville qu'elle n'avait jamais quittée, il n'y avait pas assez de place pour le hasard, les gens d'ici n'y croyaient pas. À la capitale ou dans les grandes villes il y avait peut-être des hasards, mais pour eüx il n'y avait que des destins.

21

12 octobre

En ville, Noah occupe un bureau prêté dans l'agence locale de la Compagnie, au premier étage d'un immeuble qui en compte trois, sur la rive moderne du fjord. Le deuxième étage accueille un cabinet d'avocats et le rez-de-chaussée, un espace collaboratif qui héberge à tour de rôle une bande de trentenaires essayant de percer dans le jeu vidéo et une fondation étrangère entendant lutter contre la pêche à la baleine – le nombre de petits rorquals prélevés sur les quotas de pêche a chuté sous les 500 depuis plusieurs années, mais le sujet demeure sensible. Le steak de baleine, pourtant un peu fadasse, n'est plus le bœuf du pauvre qu'il a été longtemps. Au contraire, sa raréfaction et sa remise en question en ont fait un mets de choix dans pas mal de restaurants, une sorte d'exception culturelle défendue par plein de gens qui n'en mangent plus. C'est du moins ce qu'ils ont expliqué à Noah, la première fois qu'ils l'ont vu, en lui montrant, sur un dépliant de leur société, des photographies de quartiers de graisse sanguinolents découpés à la tronçonneuse. Les photos, sans doute prises dans le Canada inuit ou au Groenland, montraient une baleine à bosse échouée sur la grève d'une plage grise et n'avaient pas grand-chose à voir avec les pêcheries norvégiennes, mais il ne le leur a pas fait remarquer. Après tout, ce n'est pas parce que les gens ont tort que leur combat est mauvais.

Il ne leur a pas dit non plus que les premières données collectées par les images satellites, les sismographes sous-marins et les échographies du plancher océanique révélaient des anomalies particulièrement inquiétantes et qu'on était peut-être au bord d'une catastrophe majeure. Il ne leur a pas dit que la plateforme Sigurd, avec une seule pompe en activité pour l'instant, dansait sur un volcan.

C'est pourtant la conclusion à laquelle il est très vite arrivé. Le directeur de l'agence locale, Svenson, lui a aménagé un bureau dans la salle de réunion, équipée pour l'occasion d'un ordinateur et d'une imprimante couleur dont Noah fait un usage intensif, ainsi que de la cafetière à siphon dont il tire des litres d'expressos, tout au long de la journée. Il étale sur la large table ovale toutes les données dont il dispose et qui continuent chaque jour d'arriver par mail. Elles indiquent toutes, à leur manière, un problème. Microséisme. Explosion souterraine due à la pression des gaz. Glissement de terrain. Incompréhensible faille. Quelque chose là-dessous a bien failli leur péter au visage, et ne manquera pas de recommencer si on ouvre de nouveau les vannes en grand.

Noah entoure les chiffres et trace des lignes sur les cartes, hachure des zones, recommence avec une nouvelle feuille et un feutre d'une autre couleur. Il regarde l'eau chauffer sur le petit réchaud à alcool. La pression de la vapeur dilatée chasse l'eau dans le tube et la fait monter dans le ballon supérieur, où elle se mélange au café, se charge de ses arômes et de sa caféine. Puis elle redescend, par le jeu de la dépression ainsi créée dans le ballon du bas, laissant le marc de l'autre côté du filtre qu'elle traverse seule, elle redescend chargée du goût précieux, sans amertume, dans le siphon, noire et savoureuse.

Dans un champ pétrolier c'est un peu le même principe. Les hydrocarbures, sous la pression des sédiments, se sont chargés en huile et en gaz légers. Ils remontent à travers la croûte terrestre, jusqu'à ce qu'ils se retrouvent piégés par un plafond de roche hermétique contre lequel ils s'accumulent. Dans le réservoir ainsi créé, la pression augmente. Qu'on perce son plafond par un forage au bon endroit, et il jaillit soudain. Il ne demande que ça. Les premiers 15 % sortent tout seuls. Si on veut que le gisement ne s'épuise pas, bêtement gâché, il faut cependant maintenir la pression dans le réservoir. C'est pourquoi, en même temps qu'on fore et que le pétrole remonte, on injecte de la boue dont la densité est précisément calculée pour remplacer le pétrole en continuant de le pousser vers le haut. Si on ne le faisait pas, la place laissée vacante constituerait une dépression, un siphon comme dans la cafetière.

En début de phase d'exploitation comme l'est Sigurd, seule sur son champ pour l'instant, une plateforme est impossible à arrêter.

Noah demande à Eilinn, la secrétaire de l'agence, d'appeler Svenson. Ils ont rendez-vous avec le siège comme ils disent, le bureau de Londres. Il sert trois cafés. L'après-midi est déjà entamée et, par la fenêtre, il voit les ombres du port s'allonger et se prélasser dans une lumière de miel. Le soleil va bientôt se coucher. Noah allume les néons blancs du plafond ainsi que l'écran plat qui occupe un des murs de la pièce. Sur l'ordinateur, il se connecte au serveur de visioconférence de l'entreprise, après s'être identifié avec un premier code reçu sur son téléphone, puis un deuxième sur le *pager* attaché à l'ordinateur lui-même. Pour la forme, ce sera Svenson, le directeur de l'agence, qui initiera la connexion et expédiera les salamalecs. Ça ne trompe personne mais, dans une entreprise, il faut respecter les formes. C'est Noah qui a sollicité cette réunion avec le siège, ou plutôt sollicite depuis des semaines une réponse écrite du siège à ses mails et n'a obtenu que cette visioconférence afin de « faire le point sur la situation ». Il prendra le relais. Eilinn est déjà assise, légèrement en retrait, le bloc-notes sur les genoux comme une sténo à l'ancienne, prête à noter tout ce qui se dira pour le consigner en mémo. À partir de maintenant, a prévenu Noah, tout le monde va vouloir ouvrir des parapluies.

C'est un des directeurs du bureau de Londres qui apparaît sur l'écran plat. Les pommettes et le nez rouges dans un visage rond, trop blanc, trop gras, où ses yeux brillent comme des pierres, de la même couleur d'eau sale que sa cravate. Les cheveux courts à cause de la calvitie qui lui fait un front démesuré, où s'accrochent, de travers, de petites lunettes cerclées d'or qu'il rechausse de temps à autre au bout de son nez, sans doute pour lire quelque chose à l'écran, s'approchant alors de la caméra en relevant la tête sous des angles peu avantageux qui étalent soudain, en deux ou trois fois plus grand qu'au naturel, sur l'écran large et plat de la salle de visioconférence, les nervures de sa peau couperosée autour des ailes du nez garni de poils blonds, surmontant des lèvres minces et humides aux coins desquelles a séché sa salive, formant de petits grains blancs comme de la semoule, qui leur soulève le cœur.

Il n'est pas content du tout.

Il agite les mains en parlant. Il s'écoute faire le chef et il parle de plus en plus fort, si bien que Noah baisse le son.

« Comment pouvez-vous être certain de vos chiffres ?

— C'est mon métier. Vous me payez pour ça. »

Le gros directeur, dans son bureau à Londres, le balaye de la main, comme s'il voulait chasser une mouche de son écran.

« Mais est-ce qu'il y a eu d'autres signes depuis ?

— Non, monsieur. La pompe A est à l'arrêt, en attendant d'être réparée, ce qui doit prendre encore une à deux semaines. La pompe B semble tenir le coup pour l'instant. Pas de nouveau kick.

— Donc qu'est-ce qui nous dit que ce n'était pas une fausse alerte ?

— Il y a des alertes. Plus ou moins graves, plus ou moins urgentes, mais il n'y a pas de fausse alerte, monsieur.

— Vous me faites chier, Noah. »

Au moins, c'est clair.

Cette fois, il enlève ses lunettes pour de bon. Il se rapproche et il fait sans doute exprès de regarder Noah bien dans les yeux, parce que les siens s'étrécissent, mais évidemment comme la caméra n'est pas exactement au même niveau que l'écran, on dirait qu'il fixe méchamment les néons du plafond, ou peut-être un clou dans le mur derrière eux, comme les fakirs de la télévision des années 1980 qui prétendaient tordre les petites cuillers des téléspectateurs par la seule force de leur pensée.

« Écoutez-moi bien. Je ne mettrai pas une ligne de crédit supplémentaire sur cette plateforme. Pas cette année. Pour ce qui me concerne, elle est même dans le rouge depuis longtemps. Bon sang, ce forage nous coûte deux fois plus cher qu'un forage en eau superprofonde. C'est quatre fois plus qu'une plateforme classique. On s'est positionnés très tôt pour être les premiers à mettre la main sur ce gisement et, soyons clairs, pour faire chier les autres. Mais pour l'instant, ce qui coule à flots, ce sont les investissements, pas le pétrole.

— Monsieur, on est passé à un cheveu. Il suffit de la moindre fissure, du plus petit mouvement là-dessous, qui ouvrirait un passage à travers la boue de forage ou notre bouchon de ciment. La pression est si importante à 2000 mètres sous le plancher que les fluides remontent à plus de 100 degrés, tout prêts à s'enflammer, avec une telle puissance qu'ils pourraient couper un bateau en deux. Je n'ai pas besoin de vous rappeler les conséquences désastreuses d'un éventuel blowout.

— Non, vous n'en avez pas besoin. Écoutez, Noah : chacun son boulot. Vous êtes l'expert. Vous pensez qu'il y a un risque que la plateforme explose. C'est normal. Il y a toujours un risque. Vous pensez qu'il y a un risque, mais vous ne pouvez pas me dire quand, ni où, ni comment exactement. C'est pour cela qu'il y a des types comme moi. Moi, je tranche, je prends des décisions. Je prends des risques. C'est cela, être patron. C'est mon boulot. »

Il devait être content de sa tirade parce qu'il s'est rassis plus profondément dans le fauteuil de son bureau de Londres, il a replanté ses lunettes sur son crâne comme un drôle de drapeau, et il a détaillé la marche à suivre, plus tranquillement. Reprendre contact avec le commandant de Sigurd. Remettre en état la pompe A, relancer la machine, rester en contact tout le temps de l'opération pour faire des rapports réguliers, vérifier que tout se passe bien.

« En visio, les rapports. Pas besoin de me transmettre vos angoisses d'expert par mail. À partir de maintenant, on pilote en direct, à vue, au jour le jour. »

Ce qui est une autre façon de dire : évitez de laisser des traces de tout ça par écrit. Ça ferait désordre en cas de problème.

Il a souri en appuyant sur une touche de son clavier et il a disparu. Noah, Svenson et Eilinn se sont regardés sans rien dire pendant de longues secondes. Elle avait tout noté.

22

15 octobre

En anglais, l'expression « dogs of war » désigne des soldats, des groupes de mercenaires tels que les bandes suisses, qui ont fait plus pour la neutralité helvète que le congrès de Vienne de 1815. À louer par toutes les armées d'Europe et notamment les françaises, comme à Marignan où, n'offrant pas de tournée mais payant chacun son verre, à la façon germanique, et buvant seuls leur bière ils donnèrent naissance à l'expression « boire en suisse ». Un jour italiens, l'autre français ou autrichiens, ils avaient le mal du pays. Ils soufflaient dans leur pipeau, le soir, avec une mine grave, des airs de berger des alpages, jusqu'à ce qu'on inventât, pour décrire leur maladie, le mot si beau de nostalgie que tout le monde s'appropria bientôt pour parler de son enfance, de sa mère ou de l'odeur des gâteaux trempés dans le thé le dimanche matin.

Lorsque l'Évêque passe en revue ses troupes, l'expression prend cependant un tout autre sens. Il y a là essentiellement des chiens nordiques, dont la fourrure épaisse supporte le climat polaire. Ils ont les oreilles pointues et dressées comme celles des loups, ce qui leur a valu leur nom allemand de spitz, la queue plus ou moins enroulée sur la hanche ou au-dessus du dos. Ils sont âpres à la tâche, endurants, peuvent courir plusieurs jours sur des distances importantes, mais ce ne sont pas des chiens d'attelage, même si on en trouve de cette famille parmi les spitz du Groenland, ceux de Iakoutie ou d'Alaska. Les chiens de l'Évêque sont des locaux, des chiens de chasse sélectionnés pour leur ténacité, leur grosse voix qui fait courir la proie pour l'épuiser, leur forte carrure, leur flair et leur goût pour le gros gibier qui ne leur fait pas peur. Ce sont des chiens d'élan gris et des chiens d'ours de Carélie qui forment l'avant-garde de la meute, le gros des troupes étant composé de laïkas de Sibérie, des chiens de chasse et de travail aboyeurs et courageux, exceptionnellement fidèles. Ceux de l'Évêque cependant dépassent de loin les aptitudes naturelles de ces races.

Ils descendent de ces chiens que les Soviétiques avaient enrôlés massivement dans les commandos de la guerre froide, en Afghanistan notamment, dès la création du corps des gardes-frontières par Staline en 1936. Au début, ce n'étaient que des auxiliaires, des chiens de garde pour les installations sensibles, les dépôts de munitions, les camps non fortifiés, des chiens de patrouille et de pistage en forêt, des éclaireurs, des chiens de traîneau dans le Nord et des chiens de travail simplement chargés de sacoches, partout ailleurs. Depuis l'apparition de la poudre et des régiments de fusiliers, les chiens militaires n'étaient plus des chiens d'attaque. C'était pourtant la place qu'ils avaient occupée dans les armées pendant des siècles, depuis l'Égypte ancienne où les lévriers du dieu Seth et du Pharaon, sur une fresque de la tombe de Toutankhamon, sautent à la gorge des guerriers nubiens terrorisés. Ils étaient alors considérés comme des soldats féroces et bruyants, moins chers que des hommes.

Les premiers avaient été les infatigables et puissants dogues d'Asie, capables de protéger les anciens Assyriens contre les lions eux-mêmes, élevés pour la guerre par le Perse Cyrus dans quatre cités exemptées d'impôts, pourvu qu'elles les nourrissent, emmenés plus tard par Xerxès contre les Grecs, qui en firent les auxiliaires systématiques de chaque soldat athénien, jusqu'à ce qu'Alexandre lui-même fît bâtir une ville et des temples en l'honneur de son propre molosse du Tibet qu'il considérait comme son frère d'armes le plus fidèle. Les Romains les utilisèrent avec tant de succès dans leurs guerres d'empire contre Carthage, contre les Celtes et les Barbares du Nord, qu'ils créèrent pour leurs chiens de guerre des cimetières militaires aux sépultures alignées et garnies d'offrandes. Wolfhounds irlandais et bloodhounds des Flandres, dogues danois, lévriers, mâtins de Naples et mastiffs firent l'objet d'un véritable trafic d'armement à travers toute l'Europe.

On créa officiellement des régiments cynophiles.

On spécialisa les usages selon les races. Chien sanitaire, chien d'estafette, chien démineur ou sentinelle, éclaireur, pisteur. La science s'en mêla. Les grands codex de pedigrees canins servirent à sélectionner les corps et les caractères en fonction de l'utilité.

En 1936, au moment de la création du corps des gardes-frontières, les laïkas ne sont que des chiens qui aboient, c'est ce que signifie leur nom. Ils surveillent, ils patrouillent, ils alertent. En 1938, à la station de métro de la place du Peuple à Moscou, la statue en bronze d'un de ces spitz aux oreilles pointues, flanqué de son garde, devient rapidement un porte-bonheur dont chacun caresse le museau en passant. Ce n'est que trois ans plus tard que les chiens de guerre russes, reprenant tout à coup du service et s'illustrant par leur sacrifice décisif contre les blindés allemands, donneront à quelques officiers l'idée de relancer les recherches militaires sur le sujet.

Il avait suffi de quelques semaines pour les entraîner à chercher leur nourriture sous des chars. On les amenait alors sur la ligne de front. On les affamait durant plusieurs jours, avant de lâcher des meutes entières au milieu des panzers d'Hitler. Sanglées sur leur dos, des mines à déclenchement électromagnétique, qui explosaient en se collant sous les blindés. Des chiens-suicides à l'efficacité redoutable. Les tanks allemands tournaient en rond en mitraillant sans discernement, tels de gros scarabées affolés, ils cherchaient à fuir, en vain. Motivés par la faim, les chiens les rattrapaient sans peine et se jetaient dessous comme sur une proie facile. Puis une explosion de chair, de boue, de fumée projetait les véhicules dans les airs les uns après les autres, les couchant sur le flanc ou les faisant péter comme un feu d'artifice à cause de leurs propres munitions. À eux seuls, les laïkas gagnèrent quelques batailles. Puis ce fut la guerre froide.

Des camps d'entraînement secrets, en Sibérie occidentale qui était leur patrie d'origine, permirent aux huskys soviétiques de devenir de vrais agents des Spetsnaz, tout en continuant de les hybrider avec des terriers, des chiens-bergers ou des loups. En 1957, l'un de ces chiens devint célèbre à l'occasion d'un tour dans l'espace, à bord de Spoutnik 2, pour fêter les quarante ans du régime. Techniquement, ils dépendaient de la direction des gardes-frontières, récemment intégrée au KGB. Ils étaient amenés à travailler pour d'autres directions, notamment la quatrième, celle du contre-espionnage militaire, mais les gardes-frontières conservèrent toujours la main sur les camps d'entraînement des chiens, ce qui leur donnait accès à quantité d'autres secrets bien gardés. Les huskys participaient aux assassinats ciblés, contribuaient à surveiller les sites nucléaires top secret, servaient de messagers à l'étranger. Ils étaient de toutes les missions. En Afghanistan, ils furent plus efficaces que les chars et les avions.

À la dissolution du KGB, en décembre 1991, la direction des gardes-frontières continua d'exister, indépendante des services de renseignement. Pour la Russie, les frontières étaient toujours un problème. Les camps secrets de Sibérie continuèrent de former des chiens, en moins grand nombre, pour la Tchétchénie et la Lituanie. De retour dans le giron des services rebaptisés FSB, en 2002, ils se spécialisèrent dans l'antiterrorisme, comme tout le monde.

Il paraît que la grand-mère de Baïkal était un chien-loup tchécoslovaque, décorée pour avoir, cette même année 2002, à elle seule, égorgé cinq des trente-six preneurs d'otages ceinturés d'explosifs du théâtre Doubrovka, à Moscou.

En tout cas, cela faisait partie de son livret de famille. L'Évêque a récupéré ses chiens lorsqu'on avait fini par couper les budgets d'une de ces installations du FSB à la frontière finlandaise. Le commandant du camp n'arrivait pas à se résoudre à abattre sa meute, alors il l'avait vendue. Une meute de tueurs expérimentés, sélectionnés depuis des générations, entraînés comme des commandos.

L'armée de l'Évêque.

23

20 octobre

C'est fin octobre qu'Anders organisa finalement cette soirée d'information sur l'état du glacier, à quelques semaines de l'ouverture des pistes de ski qui dépendent de l'unique téléphérique de la ville. La mairie avait prêté l'ancien théâtre municipal pour la projection d'un documentaire réalisé par un Norvégien un peu connu qui prétendait se soigner en plongeant régulièrement son corps dans l'eau glacée, sous la banquise. Le film retraçait, sur cinq ans, la venue de la débâcle dans l'archipel du Svalbard et l'île aux Ours, à mi-chemin. Elle se produisait de plus en plus tôt dans l'année. L'image d'un ours polaire dérivant sur une sorte de gros glaçon, s'éloignant comme s'il partait en voyage avec son air d'ours qui ne comprend pas bien ce qui se passe, avait valu au film plusieurs prix dans des festivals de films documentaires aussi internationaux que confidentiels. Après la projection, Anders et ses collègues du Norsk Polarinstitutt devaient faire une présentation de leurs récentes découvertes sur l'état du glacier, suivie d'un débat avec le public.

Anders raconta la nuit qu'il avait passée un mois plus tôt dans la montagne. Il raconta les craquements et les fissures dans la glace, les ouvertures de crevasses si larges que cela s'apparentait plus à des failles, avec des décrochements de terrain de plusieurs mètres. Il avait attendu l'aube pour prendre des photos et les faisait défiler à présent derrière lui pendant qu'il parlait. On y voyait le glacier fracturé et, dans ses crevasses, des rivières souterraines qui jaillissaient comme autant de fuites dans un waterbed et creusaient dans la glace, pour y retourner, des tunnels bleu clair et des ravins noirs, et de satanés torrents qui n'auraient jamais dû voir le soleil. Il n'était pas très à l'aise quand il s'agissait de prendre la parole en public. Dans la salle on avait rallumé les lumières et apporté trois chaises pliantes devant l'écran afin que les scientifiques puissent s'asseoir mais Anders, qui parlait en premier, s'était levé et approché du bord de scène pour être plus proche des gens, ce qui l'intimidait moins. Il n'avait pas fait d'effort vestimentaire particulier, s'était présenté en jean, chaussures de marche aux semelles de caoutchouc épais, et surchemise à carreaux verts et jaunes, façon garde forestier, au-dessus d'un tee-shirt lui-même assez ample pour dissimuler son début de ventre de quadragénaire. Avec ses cheveux roux mi-longs et sa moustache tombante, à la mode de l'année, il ressemblait à une sorte d'étudiant gauchiste, ce qu'il n'avait sans doute jamais vraiment cessé d'être.

Il avoua avoir eu vraiment peur, cette nuit-là, sur le glacier. Il dit :

« Je n'avais jamais vu ça avec une telle violence, le glacier craquait dans toute son épaisseur, c'est cela que tout le monde a pris pour un tremblement de terre, et dans un sens c'en était un, excepté que ça venait du glacier, de ses profondeurs. Comme lors d'un glissement de terrain : c'était comme si la montagne s'était cassée en deux.

« J'étais parti prendre des mesures. Nous enregistrons les mouvements de la glace à l'aide de balises et de sismographes, et aussi de photographies prises à intervalles réguliers et accélérées ensuite sous forme de films. Cela permet de se faire une idée concrète des limites du glacier. En fait, de son recul. C'est un des effets du dérèglement climatique. Notre glacier diminue de 100 à 200 mètres chaque année. Je sais qu'il y a des points de vue différents sur ce qu'on doit faire avec ça, surtout ici où le village s'est quand même beaucoup développé ces dernières années. On n'est peut-être pas là ce soir pour en parler, sinon on aurait intitulé la soirée "solution au problème du réchauffement". Moi, j'aimerais bien. Bon. Mais ce que j'ai vu ce soir-là sur le glacier il y a un mois, c'est une menace beaucoup plus directe.

« Je suis convaincu qu'il se passe quelque chose en ce moment sur notre glacier. Quelque chose de terrible et d'imprévu. Il est en train de s'effondrer, ni plus ni moins. Mes collègues vont vous présenter les résultats des relevés que j'ai rapportés de cette expédition-là. La prochaine aura lieu dans une semaine. »

On a rallumé l'écran, sans éteindre dans la salle. Les deux collègues d'Anders firent leur exposé. Jan était un grand barbu en costume de flanelle grise et en baskets, à l'aise avec les chiffres et la technique, et pourtant souriant comme un Californien. Silje, debout, expliquait les courbes projetées par son complice et tentait de les traduire en termes profanes. Elle souriait moins parce qu'elle n'annonçait que des catastrophes. C'était une soirée merdique et les quelques habitants qui étaient venus avec leurs gosses voir le film sur les ours qui partent en voyage s'en mordaient les doigts. Qui veut expliquer à ses enfants que le monde est pourri de l'intérieur, comme une grosse pomme ? Silje enfonçait le clou.

« L'hiver va provoquer de nouveaux mouvements en dilatant les eaux libérées qui vont se retransformer en glace. On peut craindre qu'à l'été, ces glaces récentes qui auront aggravé les failles ne se transforment alors en une véritable ligne prédécoupée qui fera basculer une quantité énorme de glace dans les eaux du fjord. Cela peut même se produire dès le gel, cet hiver, parce que les glaces jeunes n'ont pas la même densité que les glaces plus anciennes. On y est habitués ici, aux vêlages d'icebergs qui perturbent la navigation pendant quelques semaines. Mais cette fois, il faut imaginer que la moitié du glacier se détache. On parle d'une catastrophe naturelle. La seule chose qu'on ne sache pas dire, c'est quand. Cette année, dans deux ans, dans dix ans ou dans cinquante, le processus est en cours. C'est très difficile à dire précisément. »

Le débat s'est engagé, les questions du public ont fusé, mais, comme d'habitude, les scientifiques ont assez vite déçu et découragé les bonnes volontés par leur manque de certitudes. La science nous enchante en nous apprenant que les choses qui nous entourent, même les choses les plus simples et les plus quotidiennes, ont des raisons secrètes, rationnelles et démontrables. Il n'y a pas besoin d'initiation, de don surnaturel pour le comprendre. La science nous les explique. Nous fait croire que nous progressons vers la vérité. Et dès que nous posons la question d'après, dès que nous demandons des engagements, des dates, des conséquences pratiques et des remèdes, on nous répond qu'on ne sait pas. Qu'on n'est qu'à demi-savant. Qu'à chaque découverte, il y a plus de nouvelles questions qui s'ouvrent que de réponses. À quoi sert de savoir à demi ? Si vous ne pouvez pas nous dire ni quoi, ni quand, pourquoi crier à la catastrophe ?

C'est le maire qui avait posé la question. Ce n'était pas un mauvais bougre, et d'ailleurs ce n'était pas une mauvaise question. À côté de lui, au premier rang, il y avait Magnus et sa sœur Anå, le vieux Gunnar Ericson qui possédait lui aussi une des pêcheries importantes du port, ainsi qu'un autre vieux copain, Bjørn, un militant écologiste. Quelques profs de fac. Un ou deux cadres des autorités portuaires, appointés par la compagnie pétrolière. Le maire jouait une partition difficile parce que l'essor de sa ville, qui n'était qu'un village il n'y a pas si longtemps, lui avait donné du pouvoir et rapporté pas mal de taxes professionnelles locales, en même temps qu'il l'avait considérablement fragilisé. Ses vieux électeurs contestaient ses compromis, et les nouveaux menaçaient de le remplacer par un homme de paille. Il se faisait l'avocat du diable, mais c'était une vraie question, de savoir ce qu'on pouvait y faire.

De savoir quoi faire de ce qu'on savait, plutôt.

Anders reprend la parole. Anå lui envoie un clin d'œil et un large sourire, comme on le fait aux gens qu'on connaît et qui doivent faire face à un public, pour les encourager.

Il est persuadé que les choses sont graves. Pour le glacier, il est peut-être déjà trop tard. Il cherche de l'œil ses collègues qui l'envoient au charbon du bout du menton, vas-y, dis-leur.

« Un jour on ne fera plus de ski dans les montagnes. Nous vivrons tous du pétrole et de son industrie. De toute façon nous vivons déjà de ses dividendes. Un jour, nous ne pêcherons plus la morue, il n'y aura plus de banquise ni d'ours au Svalbard, plus d'autre saumon que d'élevage, il n'y aura plus de ski de fond ni de randonnée, ni de tourisme parce que sans le glacier et sans le froid, l'hiver, ce n'est plus que la nuit. Il n'y aura même plus de pétrole ni de pétrolier parce qu'ils auront construit des oléoducs, il y en a déjà tout le long de la mer du Nord, il n'y aura plus de port parce que les eaux seront libres, il n'y aura plus besoin pour aucun bateau de faire son hivernage avant le saut du passage, la traversée depuis la Chine à l'Europe ne prendra que trois semaines, toute l'année. Il n'y aura plus de travail, plus d'adversité, plus de courage, plus de désir, et nous toucherons nos dividendes, c'est vrai, mais nous serons comme des zombies regardant passer sur l'océan les porte-containers.

« Le monde nous aura désertés. »

24

La montagne magique

Durant l'ascension, c'est Frodor qui a ouvert la voie et assuré la corde. Son corps léger d'enfant gracile et souple se prête à l'escalade comme à toutes les acrobaties. Il se glisse dans les cheminées étroites, se suspend habilement aux corniches. La moindre prise lui suffit pour assurer son équilibre et se contorsionner doucement vers la suivante, ses membres comme indépendants les uns des autres assurant la stabilité de son corps, qui paraît ramper sur la paroi avec la précaution et l'assurance d'une araignée.

Lorsque vous arrivez en vue de la porte dans la montagne, vous établissez votre camp. La carte de la Völva disait vrai. L'arche de pierre est taillée directement dans la paroi, face à vous, au milieu d'une falaise abrupte, à la hauteur d'une large corniche. La carte disait vrai, mais vous en êtes séparés par un large ravin apparemment infranchissable. Qu'est-ce que vous avez raté ?

Reginn, le vieux prêtre, a passé deux nuits à l'observer depuis votre campement, déchiffrant les anciennes runes gravées dans la pierre afin d'en percer le mystère, cependant que vous tentiez de trouver un moyen de parvenir jusqu'à l'arche, descendant dans le ravin noyé de brume avec le changelin, et remontant avant d'en avoir trouvé le fond. Il semble impossible de rejoindre la porte.

Le découragement.

L'espoir anéanti, si près du but. Qu'est-ce que vous avez raté ?

La nuit du solstice arrive. Depuis plusieurs jours le soleil ne fait que frôler l'horizon à l'ouest, loin sous les nuages, le ciel encore illuminé de son éclat doré, passant du crépuscule sanglant à l'aube rose et pâle comme si la nymphe de l'aurore naissait d'une mer de feu. Un grand vent se lève soudain. La lune, pleine et haute, est visible malgré la clarté du ciel, trônant au-dessus de la montagne comme une pièce argentée miroitant au fond de l'eau d'une fontaine. Bientôt, le vent dissipe les nuages et le soleil lui-même apparaît, descendant vers les eaux. Le soleil de minuit, au jour le plus long. Il décrit une parabole gracieuse au-dessus de l'horizon, lui-même légèrement incurvé vu de si haut, comme le bord de deux cercles parfaits qui se frôlent enfin sans se toucher, un an pour prendre leur envol, pour se détacher l'un de l'autre, à cet instant précis, comme si toutes les lois des étoiles et des sphères, les orbites, les trajectoires, les systèmes, comme si tous les équilibres de toutes les forces de l'univers, à cet instant précis, étaient suspendus à un battement de cils, hors de l'espace, hors du temps.

Et soudain, le pont apparaît. Il y a une sorte de vibration dans l'air et, depuis le point où le soleil frôlait l'horizon brumeux, à travers l'air limpide dégagé de tous les nuages qui recouvraient la vallée et le fjord, un rayon jaillit, un rayon vert qui vient dessiner dans le vide du ravin devant vous les arches et les voies d'un pont de lumière suspendu dans l'air, juste à la hauteur de la porte dans la falaise, dont le cadre immense, recouvert d'écritures anciennes, se met lui aussi à luire, à briller d'une lumière qui suit les arabesques des dessins et des runes.

Encore incrédules, vous ne savez pas trop comment engager vos pas sur ce viaduc argenté, lorsque Frodor bondit dans le vide et se retrouve, quelques mètres plus loin, à courir sur le pont comme s'il était de pierre, vous criant de le suivre. De l'autre côté du ravin la porte, dans un grondement terrible, se descelle du mur et pivote sur elle-même, laissant entrevoir les ténèbres qui s'enfoncent sous la montagne. Déjà le soleil, qui avait marqué une pause au plus bas de sa parabole, s'apprête à remonter. Sur le versant dont vous venez, vous apercevez, en jetant un regard pardessus votre épaule, le pont de lumière qui se met à scintiller comme une brume prête à se disloquer dans l'air du matin. Vous vous ruez tous les quatre dans le tunnel sombre qui s'enfonce dans la montagne, avant que le pont ne disparaisse et que la porte ne se referme sur vos pas, vous laissant dans un noir aveugle.

Vous êtes rentrés sous la montagne.

À présent vous en êtes prisonniers. Vous ne pourrez plus en sortir, vous le saviez en rentrant, que victorieux de ses secrets, ou morts, car tel est votre destin. Vous êtes prêts. Vous l'avez toujours été. La Völva l'avait vu.

Vous êtes prêts à déjouer les pièges des duergrs. Dans chaque nouvelle salle, à chaque nouveau palier vers les profondeurs, lorsqu'il faut se battre et repousser dans la mort les squelettes armés des nains qui avaient vécu là, ranimés par une magie maléfique. Débusquer les créatures, les abominations qui vivent depuis des siècles dans la proximité malsaine du dragon. Dissiper les sortilèges et les malédictions qui gardent les portes, les coffres et les passages. Lire dans les pierres et dans la moindre fissure les pièges mortels, les trappes et les fosses, les piques, les volées de flèches. Deviner son chemin dans le labyrinthe des couloirs taillés dans la roche. Économiser l'huile des lanternes et les rations de viande séchée. Vous êtes prêts. Vous, Sigurd et votre fidèle épée Gramr, la tueuse de Wyrm, l'épée vorpale qui doit terrasser le dragon. Reginn et ses prières psalmodiées dans le noir, le symbole argenté de son dieu qui renvoie les morts vivants dans l'au-delà et les réduit en cendres fumantes. Brynhildr, la mort carmin, toujours à vos côtés, la walkyrie qui danse dans les combats avec sa chevelure rouge et son sourire féroce, Brynhildr rapide comme l'air, intouchable et mortelle. Vous êtes prêts. Frodor, le changelin, et ses sens aiguisés qui lui permettent de voir dans les ténèbres et de vous guider dans les profondeurs de la montagne, à travers les anciennes cités des duergrs et les souterrains, toujours plus profondément sous la terre, vers des ruines et des mystères d'un autre âge, jusqu'à l'antre de Fáfnir. Vous êtes prêts à tout endurer, à tout vaincre. Mais le dragon, c'est autre chose.

Vous débouchez par un étroit boyau. Vous vous glissez dans la salle du trésor, mais le mot salle ne rend pas compte de l'immensité des lieux. C'est comme une caverne, si grande que vous n'en voyez pas le fond, si haute que vous ne seriez pas étonnés, levant les yeux, d'apercevoir des nuages. Des piliers larges et puissants, taillés comme des troncs de chêne, s'élèvent en s'évasant vers des voûtes à peine visibles. Des bassins de granite, remplis d'huile enflammée, diffusent une lumière chaude et vacillante. Ils sont régulièrement espacés et leur nombre se perd dans les confins de l'immense cavité souterraine où ils sont autant de halos lointains émergeant d'une mer d'or et d'argent.

Où que vous portiez le regard, le trésor légendaire de Fáfnir s'étale par monceaux de pièces de monnaies anciennes, de pierres rares et de gemmes, de vaisselle ouvragée, de coupes, d'écus, de lustres, de faïences, de carafes cristallines et d'orbes magiques, de fûts de liqueur divine et de lingots d'or fondus en pavés gros comme des pierres de taille, de bijoux et de bagues, d'anneaux, de sceptres, de couronnes même et de diadèmes. Cela forme des collines et des vagues et recouvre entièrement le sol, si bien qu'on ne sait pas, au juste, la profondeur de cet océan de richesses. Nulle trace du dragon.

Frodor est passé prestement devant vous à la sortie du tunnel, et a jeté sa corde dans le vide. Il dévale en rappel la paroi. Vous voudriez stopper le foutu gamin, lui dire de suspendre sa course, de prendre le temps d'abord de repérer le chemin le plus sûr, vous voudriez savoir où se cache le dragon pour mettre au point un plan d'attaque, mais vous n'osez pas crier, de peur d'attirer le monstre ou de le réveiller. En trois sauts, le semi-homme atterrit sur un monticule de pièces d'or dont le sommet glisse sous ses pieds légers et se met à ruisseler dans toutes les directions comme des rivières au bruissement précieux. Lorsque la dernière pièce de la cascade finit de tinter, un léger écho demeure en suspens, comme un coup de triangle à la fin d'une envolée d'orchestre, et puis plus rien. Un silence accablant.

Du plus lointain de la caverne monte alors un souffle semblable au ronflement d'un incendie dévalant une colline de broussailles et d'arbres secs, un bruit ample et profond qui enfle en roulant et résonne et remplit bientôt toute la salle immense. Alors que vous êtes tous les quatre parvenus au sol jonché de pièces, vous sentez vos pieds trembler. Les objets autour de vous basculent et se brisent, glissent et s'entrechoquent dans un fracas abominable. C'est comme s'il y avait du roulis dans cette mer de richesses, et plusieurs fois en tombant vous-même, vous perdez vos compagnons de vue.

Puis il apparaît. Le nain, changé en dragon par la malédiction de l'or. Le grand ver de la légende. Fáfnir. Le dieu sous la montagne.

Sa tête immense, plus large qu'une grange à blé, s'ébroue en émergeant dans une pluie d'or, et pendant un court instant, chacun, comme arrêté, suspendu, ne peut s'empêcher de fixer, immobile, cette tête antique et mythique qui tient à la fois du lézard et de l'oiseau, en forme de triangle fascinant s'effilant, la peau craquelée d'écailles, rouges et luisantes, surmontée de deux yeux fendus et jaunes, comme ceux d'un chat.

Vous vous plaquez au sol, alors que sa voix éclate dans votre tête comme un tonnerre, vous intimant l'ordre de fuir.

Il entrouvre la gueule et sa langue fendue, bifide, frétille avec obscénité dans l'air au-dessus de vous pour sentir votre présence.

Le vieux Reginn a commencé à psalmodier ses prières. Il recule de quelques pas et laisse Brynhildr se placer devant lui, l'épée déjà en main, le manteau rejeté à terre, le bouclier levé, le bras armé, les jambes bien campées dans le sol mobile.

Le changelin a disparu, encore le coup de l'anneau sans doute, mais vous n'avez pas le temps de vous en soucier.

Dans votre main, Gramr, l'épée vorpale, brille à la lueur des brasiers d'un éclat méchant.

Vous êtes prêt.

Pour combattre, allez au chapitre 30.

25

Arctogadus glacialis

Dans son carnet Anders a dessiné un poisson. Un poisson un peu ventru, mais bien proportionné, brillant, avec plusieurs nageoires dorsales qui lui font comme une crête, et des caudales beaucoup plus petites, une jolie tête de poisson pointue et une queue bien épanouie qui doit lui permettre d'aller assez vite en fouettant l'eau comme un gouvernail. Il ne le connaît pas si bien, les poissons ce n'est pas son truc, mais celui-là a une importance toute particulière en Arctique. Voici ce qu'il écrit à son sujet :

Il y a un musée de la pêche à la morue à Terre-Neuve dans le Labrador, et un autre à Fécamp en Normandie. En Norvège, ce sont les îles Lofoten qui abritent, quant à elles, le musée de la morue séchée. La commercialisation du poisson, qu'on l'appelle *skrei*, *stockfisch*, morue ou *Kabeljau*, a fait les beaux jours de la Ligue hanséatique, de Londres à Novgorod, racontés dans le musée de la Hanse à Bergen. Du XIVe au XVIIIe siècle, c'est sans doute le poisson le plus pêché en mer du Nord, de Norvège ou de Barents, mais aussi dans l'Atlantique Nord, à partir du XVIe siècle, par les Portugais qui en font leur plat national, la *bacalhau*, en brandade, en panure, frite ou *a brás*, à la crème, au chou, aux pommes de terre vapeur, au vin de Porto, en soupe à l'ail et en galette, en acras pimentés qu'ils lèguent au Brésil et aux Antilles.

Avec la baleine, c'est le poisson qui justifie les campagnes de pêche les plus longues. Les marins partent pour six mois, parfois un an, si bien qu'il faut aussi transformer le poisson, le décapiter, le trancher, le vider, lever ses filets avec la peau, le jeter dans la cale transformée en saloir où sa chair longue et blanche comme un morceau de lard se dessèche rapidement. Préfiguration de la pêche industrielle et des bateaux-usines qui transforment le pêcheur, autrefois marin, en ouvrier. Ce poisson fait partie de ceux qui se déplacent en bancs nombreux. Il suffit de poser les filets. En Europe, on fait boire de l'huile de foie de morue aux enfants, l'hiver, pour les protéger du froid. C'est aussi, avec la baleine et le hareng, à cette époque, la pêche la plus septentrionale, et pour cette raison la plus éprouvante. La morue aime les eaux froides. Il faut parfois hiverner à Terre-Neuve, à Saint-Pierre. On monte de plus en plus au nord parce que, dès le XIXe siècle, en Norvège, on remarque que les stocks risquent de s'épuiser. Et en effet, ils s'épuisent. La surpêche, puis la pollution aux hydrocarbures, en mer du Nord notamment, déciment l'espèce qui cherchait les eaux froides justement parce qu'elles étaient plus riches en oxygène.

Il y a de nombreuses sortes de morues.

Celles dont on parle en général ou celles qu'on mange en général sont les morues de l'Atlantique, *Gadus morhua*, qui mesurent plus d'un mètre et se nourrissent, adultes, de capelans, de lançons, de harengs. Leur stock est à présent stabilisé, depuis qu'on utilise le colin ou le flétan d'Alaska, à peu près sans goût et qui ont l'air d'avoir grandi dans un congélateur, pour fabriquer les pitoyables succédanés rectangulaires qui sont au poisson ce que les pains de tofu sous plastique sont à la viande de bœuf. La morue s'en porte mieux.

Mais dans l'Arctique, il s'agit d'une espèce différente. *Arctogadus glacialis* n'est ni la morue de l'Atlantique, ni celle du Groenland encore plus septentrionale, *Boreogadus saida*, à laquelle elle est cependant étroitement apparentée. Dans des eaux encore bien plus froides que celles de l'Atlantique, au-delà du cercle polaire, elle est trois à quatre fois plus petite et ne vit que six ans, quand sa cousine commence à peine à frayer à cet âge. Elle joue dans l'Arctique un rôle central et illustre un des paradoxes de cet écosystème en train de se dérégler. Dans un premier temps, *Arctogadus* et *Boreogadus* ont bien profité du réchauffement. La fonte plus rapide des glaces au printemps, dès que le soleil réapparaît, le recul de la banquise et le réchauffement des eaux elles-mêmes, dont la température a augmenté de 2,5 degrés Celsius depuis

1970, sont les phénomènes à présent connus et décrits comme ce que les scientifiques appellent une « boucle de rétroaction » : plus la banquise se disloque sous l'effet du réchauffement, plus elle libère des voies d'une eau libre noire qui absorbe la chaleur plus vite que la glace et accélère le réchauffement de l'eau. Concernant notre poisson, ce cercle vicieux a cependant d'abord contribué à sa prospérité.

Bien qu'il puisse plonger jusqu'à 1 000 mètres de profondeur et demeurer sous la glace dans des eaux gelées, on le rencontre plutôt en surface et en bande, dans les voies d'eau libre, à se gaver de krill et de plancton. C'est un animal central dans la chaîne alimentaire qui constitue l'écosystème arctique, parce qu'il fait le lien entre ces populations de mollusques et de crustacés microscopiques et tous les animaux plus gros et carnivores, le phoque annelé, l'ours blanc, qui comptent sur lui pour se faire des réserves de graisse.

Dans un premier temps, le réchauffement lui convenait. Le recul de la banquise avait même pour effet d'éloigner ses prédateurs. C'était un problème pour les ours, mais pas pour les cabillauds. Dans un premier temps.

C'est le principe d'un écosystème, un peu comme dans une œuvre, une musique, un roman dont la cohérence tient de l'équilibre et de l'harmonie : une cause entraîne toujours de multiples conséquences. Chaque modification se répercute, en écho, sur toute une série de nouvelles modifications, à la recherche d'un nouvel équilibre.

Lorsque les eaux se sont mises à se réchauffer, la morue de l'Atlantique, celle qu'on pêche et qu'on mange, la cousine trois fois plus grosse et qui vit deux fois plus longtemps, a commencé de fureter plus au nord. Elle s'est aventurée le long des côtes du Groenland, du Canada, de la Norvège. En mer de Barents elle a proliféré, protégée par la législation norvégienne, jusqu'à envahir les estuaires. Sa concurrence a peu à peu repoussé *Arctogadus* vers le nord. Elle la menace.

C'est que les espèces arctiques sont fortement spécialisées. Leur adaptation à leur milieu a sélectionné au cours de l'évolution, pour faire face à des conditions aussi extrêmes, des caractéristiques et des cycles de vie parfaitement harmonisés. Mais lorsque le système se dérègle, ce sont les espèces plus polyvalentes qui s'adaptent le mieux.

On pourrait sans doute dire la même chose des civilisations.

La morue de l'Atlantique colonise l'Arctique, et avec elle viennent les lançons, les capelans dont elle se nourrit et qui, eux, se régalent du krill et du plancton. Ils progressent vers le nord. Peu à peu, ils remplacent *Arctogadus* sur ses territoires, l'acculent, la repoussent, prennent sa place, mangent dans sa gamelle, la menacent. Dans la baie d'Hudson, ils l'ont déjà remplacée. Le problème, c'est qu'ils n'ont pas les mêmes cycles, ne mangent pas les mêmes quantités de plancton, pas au même moment. C'est tout l'écosystème qui bat de l'aile pour retrouver son équilibre.

On pourrait s'en foutre, qu'une espèce disparaisse, mais ce n'est jamais la seule conséquence. La morue polaire, c'était la nourriture principale du phoque et du béluga. Et le phoque annelé, c'est la nourriture principale de l'ours blanc.

Parce que tout est lié.

26

15 octobre

Noah a fait plusieurs séjours sur la plateforme Sigurd cet automne-là et le moins que l'on puisse dire, c'est que les choses se sont rapidement dégradées. Lorsque la durée du jour a chuté, entraînant la baisse de la température, on a commencé à apercevoir des glaces dérivantes, des plaques, des bancs de floes et de bourguignons, qui venaient de régions plus au nord où il neigeait déjà, transformant la surface de la mer en gadoue et en sorbet prêt à prendre, semblable à de l'argent fondu.

Dans les profondeurs, on a envoyé des robots sur le plancher continental et à travers le train de tiges lui-même pour inspecter la structure du puits et vérifier qu'elle tiendrait le forage. On a contrôlé l'arbre, un modèle de prévention des blowouts qu'on appelle BOP, dont les vannes de sécurité sont prêtes à se refermer sur commande en cas de remontée intempestive de pétrole, du moins c'est la théorie : des vérins hydrauliques actionnés depuis la plateforme sont censés écraser le tube dans d'énormes mâchoires de métal jusqu'à le broyer, le tordre et le plier sur lui-même afin de le sceller définitivement en trois points différents. En cas de défaut de la commande de surface, une batterie de secours embarquée est capable de rendre le dispositif autonome. Le système a été testé en laboratoire puis en usine des millions de fois mais, par définition, jamais en conditions réelles puisque les conditions réelles des catastrophes pétrolières sont précisément les moments où ce genre de dispositif ne fonctionne pas.

Plus loin ou plus profond, dans le sous-sol mystérieux constitué de sédiments empilés par la pression et le jeu des densités, entre 2 000 et 3 000 mètres sous la surface de la terre, les roches-mères du Permien, du Cambrien et du Mésozoïque, comprimées et soumises à des températures de 100 ou 120 degrés, craquent leur kérogène en hydrocarbures et chassent l'eau, comme l'huile plus légère, dans des réseaux de drains qui font remonter les hydrocarbures lentement vers la surface, où se constituent les réservoirs du système pétrolier, emprisonnés dans des grès comme dans de grosses éponges, sous des couvertures de schistes marins piégés par des failles. Noah connaît bien cette vie indifférente et puissante de la terre, ses respirations de millions d'années, ses mouvements infiniment lents, ses déplacements de quelques millimètres qui peuvent se traduire, en surface et pour nous qui vivons sur son dos comme des puces microscopiques, par des catastrophes. Il y a eu un séisme. Il y en a tout le temps, mais celui-ci a été plus fort. C'est ce qui a fait dévier le train de tiges et lui a imprimé une torsion fatale, alors qu'on était en plein forage, lors de l'accident. Ce n'est pourtant pas spécialement une zone à risques sismiques, mais les données qu'il a récoltées étaient très claires. Quelque chose a bougé là-dessous, il en a la certitude, comme si la terre avait remué dans son sommeil. Quelque chose s'est réveillé. Il pourrait s'écouler encore des siècles sans autre secousse, ou tout d'un coup, demain, une ruade pourrait tout engloutir. Il est devenu évident que la plateforme Sigurd, géante à demi submersible, ancrée au fond et reliée à ses puits de forage comme une araignée au cœur de sa toile, les ballasts pleins d'eau de mer, danse sur un volcan.

En l'absence de nouveaux éléments, la compagnie exige néanmoins de reprendre le forage. Il est question de passer en phase d'exploitation sur les deux puits de fond avant que l'hiver ne prenne éventuellement la plateforme dans la glace, ce qui compliquerait tout et reculerait de nouveau d'un an la perspective de commencer à pomper.

On va reprendre trop tôt évidemment et cela implique toute une série de décisions plus ou moins dangereuses. Les journées, de plus en plus courtes, alternent les crépuscules du matin et du soir. En milieu d'après-midi on rallume les lumières et on contrôle sa montre, on soupire – la nuit sera longue. La plateforme, à mi-chemin de la côte et de l'archipel du Nord, plonge dans l'obscurité vers 16 heures. Le temps joue contre Noah. Peut-être que ce n'était pas une si bonne idée, cette promotion dans l'Arctique. Peut-être qu'il hésite parce que, pour une fois, ça se passe chez lui.

Il songe que d'habitude les campagnes de forage sont comme des guerres au loin. Des guerres de colonisation, des prises de territoires et de villes, des captations de ressources, avec leurs dommages collatéraux inévitables, leurs incidents. Des populations déplacées, des élites corrompues qui prennent des participations dans des entreprises d'État, des ethnies ou des nations que l'on dresse les unes contre les autres. Des incendies de torchères dans le désert. Là-bas. Des fuites de pipelines dans la jungle. Des marées noires. Les guerres au loin, on s'en fout. C'est même un peu excitant. C'est exotique. *Suave mari magno.* Qu'il est doux de contempler la tempête et les naufrages depuis l'abri de la terre ferme.

Noah regarde le soleil qui se prélasse depuis midi percer les nuages et les enflammer soudain en crevant leur plancher de marbre gris. Un moment, l'air se réchauffe et vibre, les couleurs des maisons, des murs de ciment, des volets peints, s'illuminent comme sous un éclairage de cinéma, et les ombres, à la lumière du crépuscule, s'allongent démesurément en glissant au sol, liquides et mystérieuses anamorphoses du monde.

Ici, c'est chez lui. Il le sait, il n'a qu'à regarder le soleil se coucher. Il n'a qu'à se souvenir.

Anå est venue le voir, il y a quelques jours, à l'agence. C'est une rencontre à laquelle il avait pensé plusieurs fois sans s'y attendre vraiment – sans s'y préparer. Elle a été sèche, professionnelle. Lui a demandé des explications sur ce qui s'était réellement passé. Elle lui a dit : Avant que le syndicat ne vienne te rendre une visite plus officielle, je voudrais savoir si on doit s'inquiéter, s'il y a eu une fuite. Entre vieux amis en quelque sorte même si, pour ce qui est de la courtoisie, c'est lui qui aurait dû venir la voir, lui a-t-elle fait remarquer. Elle le regardait dans les yeux et, ça l'a surpris lui-même, il n'a pas soutenu son regard – ni l'idée de lui mentir encore une fois. On avait retrouvé des poissons morts. Des galettes d'huile flottaient au nord de la plateforme. Il a promis de la tenir au courant. Il a promis de passer à son bureau ou chez elle, cette fois ce serait lui qui se déplacerait. Aussi pour la revoir, a-t-il ajouté, mais elle n'en a rien cru.

Et pourtant ses yeux noirs, un instant, les mêmes que ceux de la chanson, ravageurs et sublimes, ses yeux noirs brillent avec la même passion, malgré elle, et malgré lui, malgré le temps.

Bien sûr qu'il y avait eu des dégâts, mais la version officielle qu'il a servie à Anå, c'est que les choses restaient sous contrôle. Quelques barils avaient fui pendant le kick, mais cela pouvait ressembler à n'importe quel dégazage sauvage de méthanier russe voulant remonter un peu sa ligne de flottaison avant de prendre la grand-route, à la limite de la mer de Barents. Lorsque les travaux de remise en état avaient été achevés, Noah a refait une tournée d'inspection sur la plateforme.

La nouvelle foreuse était arrivée, grosse comme une tête d'ours avec ses trois meuleuses pleines de dents étoilées de diamants l'une contre l'autre, en formation pyramidale, prêtes à broyer de l'argile, de la marne, du grès, des schistes, jusqu'à crever le manteau de la terre, en tout cas assez loin pour aller chercher ce foutu réservoir de pétrole et lui faire cracher son brut. On a remonté un train de tiges solide comme un oléoduc, fiché tout droit dans le BOP, à travers son puits cimenté jusqu'à la plateforme. Sur le module d'assemblage de l'axe, on a reboulonné passerelle, étau, chaînes et poulies, treuils et vérins, réamarré le mikado de tubes où l'on allait piocher. On n'attendait plus que lui pour relancer la machine.

On lui fait faire le tour, avec ses verres miroirs et son blouson de cuir, lui donnant juste un casque de chantier siglé du logo de la compagnie. L'hélicoptère, qui n'a pas redécollé, l'attend sur la plateforme d'acier. Le commandant aussi, à son poste de pilotage. À la place de Dieu, dans son fauteuil pivotant, surplombant la baie vitrée panoramique dominant la plateforme et l'océan, il affiche un grand sourire figé. Au loin sur la mer grise, des floes se promènent comme des moutons sur un champ de cendres.

Ils échangent quelques mots, une poignée de main. Toutes les mesures de sécurité prévues par le manuel ont été prises. Les hommes ont travaillé nuit et jour, comme des chiens. Leur prime de Noël est indexée sur le nombre de barils qu'on arrivera à sortir, ce qui constitue une bonne motivation. Le forage peut officiellement reprendre. Le commandant sourit de toutes ses dents, la bouche ouverte et les mâchoires crispées, triomphant. Noah pense que c'est une folie et s'est contenté de le dire, par visioconférence, au bureau de Londres. Dans un accès d'enthousiasme ou de familiarité le commandant va jusqu'à lui taper sur l'épaule en riant. Désormais plus rien n'arrêtera la série de décisions qui mènera à la catastrophe.

27

22 octobre

Elle ne saurait pas trop dire ce que ça lui a fait de le revoir, ou peut-être qu'elle n'a pas tellement envie de le formuler. Ce qui a le plus frappé Anå, c'est qu'elle l'a reconnu d'emblée, tout entier, d'un coup d'œil, elle l'a reconnu comme s'il n'avait pas changé mais bien sûr c'est faux, il a changé comme elle, comme tout le monde, il a évidemment vieilli. La première fois qu'elle l'avait vu, il avait quoi ? l'âge de son fils aujourd'hui. Bien sûr qu'il a changé, Noah. Mais ce qui l'a le plus troublée, c'est de le reconnaître ainsi en un éclair, toute sa personne et pas seulement son visage ou sa façon de se tenir ou son corps, car chaque détail avait changé, ses yeux fatigués, sa corpulence, ses cheveux plus courts ou plus fins peut-être, ses mains aux veines saillantes, son front marqué de rides et ses joues plus creusées, chaque détail en lui avait vieilli mais elle avait été troublée, elle ne pouvait pas le dire autrement, de retrouver quand même en un instant sa personne, comme s'il y avait quelqu'un dans cette enveloppe qui s'appelait Noah et qui n'avait pas changé, qui avait été son premier amour et qu'elle pouvait toujours reconnaître au premier coup d'œil, cela l'avait troublée, c'est le mot, même si elle ne voulait pas se le dire.

De sa propre image, croisée dans la glace par hasard de temps en temps chez elle, dans le petit miroir du couloir de l'entrée auquel elle ne s'était jamais habituée, ou chez des commerçants, il lui était arrivé de penser le contraire : qu'elle ne se reconnaissait pas. Qu'elle avait changé.

Elle était troublée mais cela ne voulait pas dire qu'elle avait ressenti le moindre sentiment pour lui lorsqu'elle l'avait revu. Seulement un souvenir de sentiment dans lequel elle retrouvait, intacte, la jeune femme en elle qu'elle avait oubliée et qui avait été éperdument amoureuse, et c'était elle, Anå le savait, c'était la jeune femme en elle qui l'avait reconnu immédiatement, comme s'il n'avait pas changé, comme s'il était toujours cet adolescent aux cheveux mi-longs qui lui balayaient le visage, clignant des yeux et souriant dans le soleil d'une fin d'été, des vacances qui avaient traîné quelques années de suite, il y a bientôt vingt ans.

C'était la jeune femme en elle qui n'a pu faire autrement, alors qu'ils se saluaient, le pressant contre elle et se pressant contre lui, alors qu'il n'y avait rien de plus naturel que ce bonjour entre vieux amis, quand elle était venue le voir à propos des fuites d'hydrocarbures dont on avait bien fini par s'apercevoir, chez les pêcheurs, alors qu'il n'y avait rien de plus banal que cette embrassade qu'elle aurait pu avoir avec n'importe quelle copine ou même certains collègues, lui prodiguant de petites tapes dans le dos pour donner le change, pendant un bref instant, le temps de retenir son souffle, c'était la jeune femme en elle qui n'a pu s'empêcher de ressentir, au fond d'elle-même creusant comme une houle, malgré son corps à elle et malgré son corps à lui, malgré les années et le reste, un désir étrange, le souvenir d'un amour éternel et muet, stupéfiant fantôme surgi dans sa mémoire comme dans le tain d'un miroir.

Puis elle n'y a plus pensé.

Ils ont eu cette discussion faite de banalités, par quel heureux hasard et depuis quand, ça fait combien, vingt ans, presque dix-sept, et les enfants, Jørn et Noah, oui comme toi, j'ai appris que tu t'étais marié, en Suède, et j'ai divorcé moi aussi, je vis toujours sur le vieux port et ça n'a pas changé, c'est la lumière qui n'a pas changé.

Et laisser soudain la mémoire en suspens, ne sachant pas trop si l'on cache les mêmes choses, sous le même mot de souvenir.

Ils ont parlé de ce qui l'amenait là, elle, de ce qui inquiétait les confrères des sociétés de pêche du port, des poissons que l'on avait retrouvés morts dans les filets pélagiques, les sennes et les chaluts de fond, de l'accident, et il a tenu la langue de bois de la compagnie en se raidissant. Il a pris un ton plus froid et plus distant et la conversation s'est envenimée. Les mensonges, je connais, elle a dit. Pourquoi ils t'ont envoyé ? L'ingénieur géologue. Ce n'est pas une simple fuite, elle a dit. Reconnais que ce n'est pas qu'une simple fuite.

Sur le seuil, lorsqu'il lui a promis qu'il reviendrait, qu'il lui fallait un peu de temps mais qu'il reviendrait avec des réponses, elle n'a pas pu s'en empêcher, c'est parti tout seul, même pas méchamment, dans un réflexe, dans un sourire fatigué – Comment veux-tu que je te croie ? Noah, tu me l'as déjà dit, que tu reviendrais.

Elle est partie.

Elle a essayé d'oublier. Une ou deux fois, dans des rêves compliqués à l'érotisme très explicite, elle a imaginé qu'il revienne en effet, et elle s'en est voulu.

Après des jours sans nouvelles, pourtant, il est passé chez elle en fin de journée, sans prévenir, c'était bien son genre. Il faisait déjà nuit. C'est son fils qui lui a ouvert et il y a eu un moment de confusion. Noah s'est avancé en donnant son prénom, et le gamin est resté sur le seuil sans le faire entrer. Il a dit oui et l'a regardé par en dessous avec un air interrogateur, en attendant qu'il se présente. Anå est arrivée du fond du couloir presque en courant. Elle s'est précipitée. Vous avez le même prénom, a-t-elle dit comme si c'était une explication raisonnable et satisfaisante. Évidemment. Ils ont ri tous les deux en comprenant leur méprise, comme des hommes pour qui les choses sont simples, et il n'y a qu'elle qui a été finalement stupéfaite, Anå, il n'y a qu'elle qui s'est figée entre deux battements de son cœur, car la pensée qu'ils avaient le même rire venait de la transpercer comme une flèche.

Ils conversèrent longuement ce soir-là. Noah jura que la fuite avait été contenue à la plateforme, mais qu'il craignait bien pire. Le forage avait repris de plus belle et, pour la première fois de sa carrière, il avait honte du cynisme de la compagnie et du rôle qu'elle lui faisait jouer dans cette histoire, de son silence coupable. Il lui expliqua ce qu'était un kick, un simple à-coup de pression des fluides qui remontent dans la tige à toute allure et qui font sauter pas mal de boulons sur leur passage, mais qu'on arrive à contenir, à bloquer. Un blowout, c'est autre chose, c'est quand le kick est incontrôlable et que plus rien ne l'arrête, ni vanne ni écoutille. Quand le pétrole remonte, poussé par une pression formidable, très chaud, tout prêt à s'enflammer au contact de l'air. Le blowout, c'est quand tout explose, c'est ce que le mot veut dire et c'est exactement ce qui se passe, et rien ne peut l'arrêter. Il avoua qu'il ne saurait pas dire, au juste, quand cela pourrait se reproduire, ni même si cela devait se reproduire, mais qu'il était inquiet à cause des relevés sismiques de l'unité de fond, qu'il ne savait pas d'où ça venait, et elle lui raconta la conférence organisée par le Norsk Polarinstitutt à laquelle elle et son frère Magnus avaient assisté, et les propos d'Anders sur le glacier qui s'était fendu en deux, prêt à rompre. Noah se demanda si les deux événements pouvaient avoir un rapport. Personne ne lui avait parlé du glacier. Ce n'était un sujet de conversation que pour les gens d'ici. L'idée de recontacter Anders lui traversa l'esprit, et lui apparut en même temps séduisante et trop compliquée. Était-ce l'heure tardive, la fatigue accumulée de ces dernières semaines ou la bouteille de whisky écossais qu'il avait apportée et déjà largement entamée depuis qu'ils bavardaient ainsi ? Anå lui trouvait de nouveau un air tendre, comme s'il avait baissé la garde.

Ce n'était pas un mauvais diable, Noah. Après son accident, tout était allé de travers et il avait changé, mais qui pouvait dire que c'était de sa faute, qui pouvait lui jeter la pierre ? Ils avaient tous changé. Sa mère était tombée malade à ce moment-là et lui, il était déjà loin. Parti pour un autre destin, comme si c'était possible, pour tenter un coup de dés. Ils s'étaient revus plusieurs fois, plusieurs étés de suite. Leur petit jeu avait duré des années, pourtant tout le monde savait que c'était sans espoir. Elle en avait fait les frais, mais comment lui en vouloir, il s'était passé tant d'autres choses depuis, presque une vie, tant d'autres coups de dés qui n'avaient plus rien changé. Et le revoilà. Un peu penaud, on dirait finalement que lui non plus n'a pas trouvé ce qu'il cherchait. L'air bredouille. Ce n'est pas évident de vieillir.

Ils étaient assis sur les marches du seuil de la cuisine qui donnait, derrière la maison, sur un jardin tout en longueur. Ils étaient côte à côte et presque épaule contre épaule, emmitouflés dans un plaid en laine bouillie qu'ils avaient dû rabattre sur eux comme un manteau pour deux. La vue sur le fjord et son embouchure avec la mer était imprenable d'ici, parce que la maison d'Anå était sur les hauteurs de la ville, dans le quartier haut qui était aussi le quartier ancien. Plus loin encore, une lueur éclairait dans la nuit l'orée de la forêt en dehors de la ville. On y distinguait vaguement, ombre contre l'ombre de la montagne, la flèche d'une église autrefois abandonnée. C'était le domaine de l'Évêque, lui apprit-elle.

« Knut est revenu vivre ici à la mort de son oncle, dit-elle. Élever des chiens dans une église !

— Tu le vois encore ?

— Non. Je l'ai rencontré par hasard il y a une semaine. Il ne vient presque jamais en ville. Je crois bien que ses chiens sont les seuls êtres à qui il parle encore.

— À ce point-là ?

— En tout cas il ne s'est pas arrangé avec le temps.

— Je m'en souviens plutôt comme de quelqu'un de doux. Il était un peu effacé.

— Qui ne l'était pas à côté de toi, Noah ?

— Tu dis ça parce que j'étais le maître du jeu.

— Non, je dis ça parce que j'étais amoureuse. Les filles comme moi tombent toujours amoureuses du mauvais numéro. »

Il lui jeta un regard en coin pour vérifier qu'elle n'était pas en train de froncer les sourcils et de l'accuser, mais elle souriait simplement. Elle souriait, comme avant.

Le ciel était dégagé et la lune, à son premier croissant, laissait voir les étoiles. Au-dessus de l'océan, au nord où brille l'étoile polaire, de la Petite à la Grande Ourse s'étale paresseusement le long corps ondulant de la constellation du Dragon, tête en bas, touchant presque l'eau argentée, comme s'il venait s'y abreuver.

Alors que, penchée contre son épaule, elle lui montre du doigt le déroulé d'étoiles de ce très long serpent qui protégeait, dit-on, les pommes d'or du jardin des Hespérides, ici même, dans l'Ultima Thulé qui désignait la Scandinavie chez les anciens Grecs, alors qu'ils se rappellent tous deux les légendes, les voyages de Pythéas et les exploits des Ases, et qu'elle se rapproche encore un peu, la tête penchée vers la sienne pour voir où pointe son doigt dans le ciel, les boucles de ses cheveux dans son cou à lui, alors qu'ils en sont là, si proches qu'il suffirait de tourner la tête pour s'embrasser, soudain, dans les circonvolutions du Dragon, juste à droite de la Petite Ourse, Anå s'exclame et agite la main, le bouscule – là, une étoile filante, là sous leurs yeux – Est-ce que tu l'as vue, toi aussi, il faut faire un vœu.

Il la regarde d'un air amusé.

« Tu fais des vœux, toi ?

— Oui, toujours le même.

— Et ça marche ? Je veux dire, tu y crois ? Ils se réalisent ?

— Bien sûr. Il faut faire toujours le même vœu. Toujours, et il faut y croire. Mais en gros, pour l'instant, ça marche. Tu ne fais jamais de vœux, toi ?

— Si. »

Il réfléchit. Il la regarde intensément, en repensant aux vœux qu'il fait d'habitude sans y croire, en repensant à tous les choix qu'il a faits dans sa vie, tous les choix qu'il a faits comme si c'étaient des désirs ou des vœux. Il la regarde dans les yeux, au fond de ses yeux noirs comme si c'était un autre ciel où passaient des étoiles.

« Tu as raison. C'est sans doute toujours un peu le même et sans doute que ça finit par marcher. C'est juste que je me demande parfois si je n'ai pas fait le mauvais vœu. »

28

27 octobre

Tout le monde savait en ville qu'un certain Dimitri Karpov, qu'on appelait simplement Dimitri, régnait sur la pègre locale, le Vory v zakone comme disaient les Russes, lequel d'ailleurs ne troublait que très peu la tranquillité des citoyens ordinaires, et l'ordre public en général, concentrant ses activités sur la partie industrielle du port et plus particulièrement la plate-forme logistique qui voyait, chaque jour, des centaines de containers arrêter ou poursuivre leur voyage vers l'Europe ou la mère patrie. En transit pour prendre la route, le rail ou d'autres bateaux mieux armés pour affronter les glaces. Nuit et jour, des grues soulevaient et promenaient dans les airs ces Lego colorés, déchargeaient les ponts des barges, posaient les bleus à droite, les rouges à gauche, en déplaçaient de petites piles d'un bout à l'autre du port, suspendus à des rails tels les wagons d'un train sans motrice, en attendant de leur faire reprendre la mer ou de les déposer sur le plateau d'un camion. Presque toutes les opérations étaient automatisées. La bande de Dimitri se composait d'une dizaine de dockers géorgiens qui avaient noyauté puis totalement assimilé le syndicat local, et d'un hacker qui donnait régulièrement de faux ordres aux grues, élévateurs et monorails, afin de perdre sans laisser de traces un container bien choisi qui finissait sa route de nuit sur un camion grec. Le Vory v zakone était une organisation à vocation internationale. Une mutualisation de petits larcins à bas bruit, à peine repérés des polices locales, rien de grave, à la limite de la légalité en somme, une simple économie parallèle, c'est d'ailleurs ce que signifie leur nom, « voleurs dans la loi ». Dimitri faisait partir un à deux camions par semaine selon les opportunités, avec toutes les autorisations, papiers en règle et marchandise légale. Bien que la marchandise n'arrivât jamais dans le pays de destination, le vol était intraçable. Sur les scans d'entrée et de sortie du port, rien ne manquait à l'appel, grâce au travail de son jeune pirate et à la négligence totale des autorités portuaires. Quel voleur irait prélever à l'aveugle des containers sur le port de transit le plus septentrional d'Europe ?

Dimitri trafiquait n'importe quoi, ce qui lui tombait sous la main. Des ordinateurs ou des téléphones pour la France ou l'Italie, des composants et des pièces détachées pour la Pologne, l'Allemagne ou la Tchéquie, des jeans et des blousons de cuir pour la Yougo, la Roumanie, son port était une interface magique, un tour de passe-passe entre deux Europes qui se faisaient croire mutuellement qu'elles fabriquaient des trucs, des objets de désir, alors que tout sortait des usines chinoises. Parfois, dans son délire, il se disait qu'il participait lui aussi, à sa façon, comme un magicien, à maintenir l'illusion du commerce international. Il se voyait à la tête d'une de ces entreprises mondialisées qui consistent à faire transiter des biens comme on les sortirait d'un chapeau : fabriqués par d'autres, transportés par d'autres, vendus par d'autres, achetés par d'autres, se contentant de prélever de ce commerce presque idéal la portion volatile de la capitalisation, la part des anges.

Il fallait s'agrandir. Acheter la parcelle du vieux fou, celui qu'on appelait Biskopen, l'Évêque. Obtenir de la ville une concession d'exploitation industrielle et commerciale. Envoyer non plus deux mais dix camions par semaine. Avec la fonte de la banquise et la mise en circulation, plus à l'est, d'un énorme brise-glace à propulsion nucléaire, le passage vers le Pacifique restait ouvert une bonne partie de l'année, et le transit augmentait ici de 30 % par an. Dimitri avait des rêves de capitaliste.

C'était lui, évidemment, qui avait envoyé les deux sbires chez l'Évêque et il s'était demandé pendant quelques semaines où ces imbéciles avaient bien pu passer, s'attendant à tout sauf à la visite du Biskopen, ce matin-là.

L'aube avait à peine doré la cime des montagnes et ne blanchissait encore que le ciel. Dans le fjord, le froid de la nuit avait fait se lever une brume épaisse et humide qui flottait au-dessus du sol, étouffant les bruits et brouillant les formes, se déplaçant à la manière d'un spectre géant, silencieux et effrayant.

Knut est venu accompagné de Baïkal et Belka qui trottinent autour de lui. Il a l'allure d'un vieux qui, promenant ses chiens sur le port de pêche, se serait aventuré dans la zone de fret sans y prendre gare. Caché à découvert, selon l'expression militaire, marchant tranquillement et saluant de la main le conducteur de chariot élévateur qu'il ne manque pas de croiser, comme si tout était normal, comme s'il ne faisait que passer, inoffensif, un vieux fou avec ses deux chiens, la clope au coin des lèvres. Sur ses ailes cependant, glissant silencieusement à travers les allées de containers, une demi-douzaine d'autres molosses filent, la truffe à terre, prenant garde d'éviter les dockers.

De temps à autre, Knut émet un sifflement bref entre ses dents. Les chiens, une patte en suspens, lèvent la tête et donnent quelques coups de museau dans l'air froid du matin. Leurs oreilles pointues pivotent nerveusement de tous côtés comme les antennes radars d'un navire, et ils se remettent en route. Si on pouvait les observer d'en haut comme font les drones, on remarquerait l'étonnante géométrie de leur formation, s'éloignant et se rapprochant de l'Évêque au gré des pulsations de ses coups de sifflet, puis s'espaçant les uns des autres et prenant de chaque côté la forme de deux croissants ou de deux lames de ciseaux, comme on déciderait d'une manœuvre d'encerclement.

Les chiens forment des binômes habitués à travailler de conserve, en attelage ou à la chasse. Ils ne sont pas gênés par le brouillard qui finira par se disperser seulement lorsque le soleil franchira pour quelques heures le mur des montagnes. Les dockers et les hommes de main de Dimitri, au contraire, habitués qu'ils sont aux fantômes matutinaux de la brume, aux formes qui apparaissent et disparaissent au gré de ses mouvements et de son épaisseur, se laissent tromper et ne font pas du tout attention aux mouvements qu'ils aperçoivent et prennent pour des ombres illusoires.

Voilà que la petite troupe encercle la capitainerie de deux étages qui sert de quartier général à Dimitri et ses hommes.

Knut n'a aucun droit d'être là, aucune raison à fournir si on lui demande ce qu'il fait si loin de la ville et du port de pêche ou de plaisance. Personne ne se perd jamais jusque-là. D'ailleurs il n'a pas l'intention de mentir. L'Évêque est sur le sentier de la guerre.

Baïkal vient de se raidir, à l'arrêt, les pattes avant légèrement fléchies pour bondir, et Belka s'est éloignée sur la droite, disparaissant dans la brume en silence, griffant à peine le sol à pas de loup. Knut s'est agenouillé, la main sur le collier de sa chienne. Il lui glisse quelques mots à l'oreille en chuchotant. Cela ressemble plus à un conseil qu'à un ordre.

Alors qu'un caprice du vent disperse la brume devant eux, ne laissant, suspendus dans l'air, que des lambeaux effilochés, des franges de lumière grise, à quelques pas des dockers, soudain la forme d'un homme apparaît ou se révèle comme sur un papier photographique du temps des sels d'argent et des bains d'acide. Celui-là n'a pas le temps de comprendre que la forme devant lui est celle d'un très gros chien et de son maître accroupi qui lui murmure quelque chose à l'oreille. Un mouvement indistinct vient de l'inquiéter sur sa gauche. De sa main droite il saisit un objet dans la poche de sa veste, sans doute un talkie-walkie.

Knut se contente de lâcher le collier de Baïkal, et c'est comme s'il détendait un ressort. D'un bond, la chienne plante ses crocs profondément dans l'avant-bras de l'homme et le projette à terre. Un bref cri de douleur lui échappe mais Belka, qui s'est élancée à la même seconde, le saisit à la gorge. Elle agite la gueule en tous sens, très vite, et ses crocs déchirent les chairs et ouvrent la trachée, arrachant la veine jugulaire ou la carotide, bref c'est un bain de sang en quelques secondes à peine et lorsque les chiennes se retirent et reviennent aux pieds de l'Évêque, le corps qui tressaute encore nerveusement à terre n'émet plus qu'un gargouillis de viscères et d'humeurs qui se répandent dans une vague odeur de merde un peu acide. Pour la meute, c'est le signal que chacun attendait. Étouffés par la brume, alentour on entend d'autres cris de surprise rapidement éteints et quelques rares grognements. Pas un chien n'aboie. En quelques secondes, ils ont égorgé au moins quatre gardes et un pauvre type, un docker qui n'est pas de la bande de Dimitri, avant de rejoindre Knut devant la porte principale, bêtement ouverte.

Ils lèchent leur museau barbouillé de sang. S'enivrent du goût de viande et de rouille. Certains ne peuvent s'empêcher de gronder sourdement en découvrant leurs crocs.

Combien peut-il y avoir d'hommes là-dedans ? Cinq ou six peut-être, et quelques autres à l'étage. On entend leurs pas. Surtout on sent leurs vêtements imbibés de sueur et de tabac, leur haleine chaude de café, la graisse de moteur sur les gants qui pendent à leur ceinture et sur leurs chaussures de chantier croûtées de boue. On sent la chaleur de leurs corps et, tout à l'heure, quand on donnera l'assaut, dans quelques secondes, quand l'un d'entre eux franchira la porte ouverte et se figera devant la meute, les yeux arrondis et tout le bas du visage qui s'affaisse, le menton soudain décroché de la bouche, dans un cri d'abord muet, cloué par la peur, pétrifié par la surprise, quand on lui sautera dessus comme on défonce une porte, toutes gueules dehors, les quarante ou cinquante kilos de muscles de chaque chien lui passant à travers le corps en le déchirant, en l'éparpillant là dans une gerbe de sang, sur le seuil avant même qu'il ait pu crier, et tous prêts à s'engouffrer dans l'immeuble, à bondir sur les autres à 30 km/h, à se répandre dans toute la maison comme une tornade, chacun attrapant dans ses crocs tout ce qui passe et le broyant bien fort, sautant sur tout ce qui bouge, sans distinction de gros, de petit, de femme ou d'enfant, en aboyant comme des dingues pour semer la terreur et la confusion, en aboyant de toute la poitrine, comme on n'a le droit de le faire qu'en ces occasions de curée où la proie, acculée, ne sait même plus comment se défendre ou se battre et finit par se figer, comprenant que nous sommes sa mort. Dans leurs yeux brillants, implorants et terrorisés, alors, nous pourrons nous voir, grognant, les yeux jaunes et les crocs trempés dans le sang. Alors, en plus de leur merde, en plus de leur sang de rouille, nous sentirons leur peur. Hommes ou bêtes, ils ont toujours peur de mourir.

29

29 octobre

Avec le recul, on peut imaginer que beaucoup de conneries auraient pu être évitées ce jour-là, mais il n'est pas évident de savoir si le fait d'agir plus intelligemment aurait pu en revanche éviter quoi que ce fût.

C'était le jour où Anders était retourné sur le glacier, comme il l'avait promis, vérifier les relevés des appareils de mesure disséminés là-haut, et notamment ceux qu'il n'avait pas eu la possibilité d'approcher la dernière fois à cause du glissement de terrain et de la faille qui s'était ouverte comme un mur, une falaise plantée dans une moraine de décombres, de blocs de glace et de rochers. On venait de passer à l'heure d'hiver, le dernier dimanche d'octobre avant la fête des morts qui aurait lieu dans quelques jours, et il ne savait pas très bien s'il serait revenu alors ou s'il verrait de loin, depuis la nuit bleue de la montagne de glace, les milliers de lueurs vacillantes des bougies du cimetière. Les voit-on seulement encore, à quelques pas de l'éclairage *a giorno* du port, au milieu de la ville qui grossit d'été en été, s'étend sur l'autre rive du fjord qui ne comprend pas encore de cimetière ? Les gens de passage, quand ils meurent ici sans l'avoir prévu, se font enterrer ailleurs. Ils ont, eux aussi, une campagne, un petit village où leurs enfants n'iront jamais allumer de bougie sur leur tombe.

Noah était venu le voir.

Ils ignoraient tous deux ce qui allait se passer. Tout le monde alors l'ignorait. Et le contraire n'aurait rien changé.

C'était la première fois qu'ils se revoyaient. Anders l'avait vu débarquer à l'agence du Norsk Polarinstitutt il y avait donc deux ou trois jours, ou peut-être mercredi. C'était le matin et Noah était passé par la halle couverte, il portait une brassée de poches en papier recyclé remplies de toutes sortes de poissons séchés et fermentés, ainsi que d'une bouteille d'aquavit qu'il avait dû emporter de chez lui à dessein parce que le magasin d'État n'était pas ouvert à cette heure. Il avait fait irruption comme ça dans son bureau. L'institut avait une vitrine sur la rue comme n'importe quelle boutique, une sorte de point d'information, d'office touristique à vocation écologique qui pouvait accueillir deux ou trois visiteurs autour d'une table basse encombrée de prospectus. Un étudiant tenait la permanence. Les bureaux étaient à l'étage.

La porte s'ouvrit sur ce type, barbe de trois jours et blouson de cuir usé, les bras chargés de provisions du marché, et Anders mit quelques secondes à reconnaître Noah. C'était difficile de savoir s'il était heureux de le revoir ou pas. S'il était même content, surpris, ou juste agacé que ça se passe ainsi. Il était arrivé sans prévenir comme il avait toujours fait, lunettes miroirs sur le bout du nez, et les yeux qui sourient l'air de rien, avait posé ses sacs en papier kraft sur le bureau comme s'il était sorti faire les courses, dix-huit ans plus tôt, et qu'il revenait simplement du marché, sous la halle où il avait certainement déniché plein de bonnes choses, désinvolte et content de lui, Noah dans toute sa splendeur. Anders ne savait même pas s'il lui en voulait encore ou pas, d'avoir disparu comme ça. Il était passé à autre chose lui aussi, il avait fait sa vie qui en valait bien une autre, entre le glacier, l'île aux Ours, l'archipel et sa banquise. Il ne pouvait plus lui en vouloir depuis longtemps.

Ils avaient ouvert la bouteille d'aquavit et Anders avait joué le jeu. Comme s'ils s'étaient quittés la veille, il y a dix-huit ans. Pourtant ils n'avaient pas beaucoup parlé de cette époque. L'un comme l'autre se méfiaient de ce qu'ils auraient pu en dire.

Noah avait entendu parler de la conférence de l'institut au théâtre municipal par Anå, qui lui avait raconté en substance l'intervention d'Anders et des autres conférenciers. Il était venu ce matin-là, les bras chargés de victuailles, d'aquavit, les gestes pleins de clins d'œil complices, mais surtout il avait apporté avec lui les données collectées par les sismographes de la compagnie plantés sur le plancher continental par 300 mètres de fond, tout autour de la zone de forage de Sigurd. Anders savait que ce genre d'informations n'était pas censé sortir des ordinateurs de la compagnie. Il expliqua sa théorie à Noah.

D'autres équipes de l'institut avaient exploré au Groenland les séismes d'origine glaciaire. Selon les résultats, sur les 30 dernières années il y en avait eu entre 400 et 500, la plupart produits par des vêlages d'icebergs de taille parfois colossale. En fait, ils sont de plus en plus fréquents, et de plus en plus forts. Les icebergs qui se détachent des falaises glaciaires et tombent dans la mer comme si la montagne accouchait d'un pic, d'une montagne flottante, ces icebergs énormes qui dérivent ensuite doucement vers l'océan où ils finissent par se dissoudre. Ils sont de plus en plus gros, atteignent des millions de mètres cubes. Lorsqu'ils craquent et chutent lourdement dans la mer de toute leur hauteur de falaise, à 40 ou 50 mètres par seconde, le choc est tel qu'il provoque un séisme. C'est sans doute ce qui avait conduit au kick sur la plateforme de pompage.

« Notre glacier en est là, dit-il. Il s'écroule. Il diminue de 10 à 15 centimètres par an, ce qui est énorme pour ce genre de monstre endormi. Il s'amenuise. Perd en épaisseur. Des rivières souterraines se forment et le creusent. Il se vide, comme un vieillard incontinent. Et tu sais ce qui est le plus à craindre ? »

Anders, les lèvres humides, les yeux brillants, ne reposait pas son verre d'aquavit, il le tenait en l'air devant lui, l'agitait, l'index dressé, et ne s'arrêtait plus de parler.

« Ça s'est passé en 2015 en Alaska, près du glacier Tyndall. À force de glissades de quelques centimètres, à force de séismes, à force de coins de glace enfoncés en hiver dans des sols détrempés par le réchauffement, un beau jour la fissure a cédé comme dans une charpente, sans prévenir, sans crier gare. 180 millions de tonnes de rochers et de terre, une montagne entière est tombée dans le fjord, elle s'est écrasée de toute sa hauteur. Quand elle a plongé, elle a soulevé une vague de 190 mètres de haut. Un tsunami. Trois ou quatre fois Fukushima. Heureusement le fjord n'était pas habité.

« Avec le réchauffement climatique, ce genre d'événement extrême risque de se produire de plus en plus souvent, mais c'est déjà arrivé ici, en Norvège, dans le Storfjorden, en 1934. Le village de Tafjord a été rasé par une vague de 62 mètres. Et dans le même fjord, au XVIIIe siècle, submergeant la ville de Stranda alors que la moitié du Skafjell, la "montagne coupée", s'effondrait dans le chenal. Il y avait eu des dégâts jusqu'à Ørskog au nord, et des vagues à 70 kilomètres de là. Imagine ta plateforme, face à ce tsunami. La ville elle-même n'y résisterait pas.

— Je ne peux pas arrêter le forage. J'ai averti du risque sismique, à ce moment-là je n'en savais pas plus, mais la compagnie ferme les yeux tant que la menace n'est pas avérée.

— Décidément Vous nous avez foutu bien dans la merde, ta compagnie et toi. Je vais aller les chercher, tes données.

— Comment ?

— Sur le glacier. Sur la partie qui s'est fracturée l'autre soir.

— Je viens avec toi.

— Non, Noah. J'y vais seul. » Anders se tut un moment, et puis il ajouta : « D'ailleurs, tu ne ferais que me ralentir. »

Il avait dit ça trop sèchement, Anders, c'était un trait de méchanceté gratuite dont il s'était aussitôt senti un peu coupable, fronçant les sourcils et baissant les yeux, balançant la tête en arrière pour jeter au fond de sa gorge la lampée d'aquavit qui tournait dans son verre, au bout de ses doigts.

Ils avaient moins parlé après ça.

Mais c'était ce que Noah était venu chercher, les relevés.

Avec ses poissons séchés du marché et sa bouteille achetée la veille, ses airs d'impromptu, ses aveux calculés. Il ne pouvait plus rien faire, alors il était venu le trouver, lui. Anders, l'autre. Il était venu aiguiser sa curiosité avec ses données secrètes de la compagnie sur les séismes du plancher continental. Il avait compris dès qu'il avait entendu parler de la conférence de l'institut par Anå, les risques, les glissements de terrain, il avait déjà tout compris, mais il n'y pouvait rien et surtout la compagnie ne voulait rien entendre, alors il était venu pour qu'Anders prenne le relais. Afin de prédire plus précisément l'imminence du prochain séisme. Peut-être que l'institut pourrait alerter les autorités, qui pourraient faire pression sur la compagnie. Peut-être que c'était leur dernière chance, ou peut-être que ça ne servirait à rien, mais que faire d'autre ? On ne risquait pas moins à ne rien faire.

Et donc ce matin-là, quelques jours après le dimanche du changement d'heure et de l'entrée dans l'hiver, pendant que Knut s'en prenait à Dimitri et à sa bande, sur les docks, Anders se préparait à retourner sur le glacier, ce qu'il fit deux jours plus tard. C'était une connerie, bien sûr, mais qui pouvait le savoir mieux que lui ?

On approchait de la fin du monde. On finissait par s'y attendre – on l'avait tellement attendue.

30

Fáfnir, le roi sous la montagne

Vous vous écartez de quelques pas à bonne distance de la bête, sans quitter des yeux Brynhildr qui lui fait face, les chevilles bien campées enfoncées dans les monceaux d'or qui tapissent le sol, le corps ramassé à l'abri de son bouclier, les muscles tendus, tressaillant sur ses mollets derrière les jambières, découpant une ligne franche sur ses cuisses nues sous les flancarts de sa cuirasse cloutée, ses muscles crispés, jouant sur ses bras entre les spallières et les canons renforcés de bandelettes de métal, sur sa peau entre chaque pièce d'armure, comme un éclair lisse et blanc, son cou protégé par le gorgerin, sa poitrine oppressée par le plastron, ses flancs gainés dans le cuir épais de la cuirasse s'étrécissant jusqu'à la taille comme une fleur jaillie de sa tige, puis s'évasant en braconnière, et à chaque jointure sa peau comme le jour, son visage sous le casque qui descend jusqu'aux pommettes, simple cervelière qui souligne les yeux symétriques, dessinés en amande, allongés et pointus, séparés par la pièce de renfort verticale qui protège le nez, laissant voir sous le heaume ses cheveux rouges qui sortent en cascade et sa bouche tel un trait de sang. Sa bouche. Le souffle de sa vie et les mots de sa légende, et ses baisers, pour vous.

Elle vous crie de vous écarter.

Frappe son bouclier du plat de son épée pour retenir l'attention du monstre, plusieurs fois, comme un rythme sauvage, l'appel du sang.

Puis elle arme son coup en levant sa lame à la hauteur de son épaule. Quelques pas derrière elle, Reginn, les yeux révulsés, chante, sur un air de plus en plus rapide et de plus en plus aigu, des prières dans une langue que vous ne comprenez pas. Ses mains, ouvertes devant lui en direction de la guerrière, sont entourées d'un halo de lumière parcouru d'éclairs crépitants qui font briller son haubert de mailles elfiques.

Vous continuez de reculer, vos yeux toujours fixés sur eux, vous marchez de biais dans l'océan d'or de la caverne, glissant et roulant sur des trésors que vous ne prenez pas même le temps de regarder. Vous progressez sur le flanc de la créature, de sa tête immense qui ne se tourne plus vers vous mais se dresse à présent plusieurs mètres au-dessus du sol, la langue sifflant, fouettant l'air en tous sens, redressée tel un serpent prêt à mordre, face à vos compagnons.

Votre cœur bondit et vous vous arrêtez net, alors que le monstre ouvre une gueule démesurée. Vous vous figez totalement, pétrifié de terreur, comme si votre immobilité totale pouvait retenir l'instant, entre deux battements de cœur, vous cessez de respirer, mais en vain. Rien ne s'arrête. Ni le temps, ni la fureur du dragon.

Un déluge de feu et de lumière s'abat sur vos compagnons, un torrent de flammes que sa gueule déverse comme un souffle ininterrompu dans un bruit de bûcher, d'embrasement infernal. Aveuglé un instant, vous ne voyez plus Brynhildr, enveloppée par les flammes. Puis vous percevez de nouveau le chant suraigu, douloureux de Reginn, perçant à travers le ronflement de forge de la bête qui continue de noyer vos compagnons sous le feu. Le souffle du dragon ne faiblit pas mais la guerrière réapparaît pourtant. Elle avance très lentement, s'arc-boutant comme si elle repoussait une charge. Les flammes s'infléchissent en rouleaux brisés face à son bouclier, au-devant duquel vous distinguez à présent une aura bleu pâle, scintillant de flashs au contact du souffle ardent. Le prêtre, derrière elle, un genou à terre, le visage déformé par la concentration et la douleur, glapit plus qu'il ne chante. De sa prière ne vous parviennent que des notes dissonantes. La chaleur est telle qu'elle vous force à plisser les yeux. Vous n'osez imaginer la brûlure que doit ressentir la guerrière au cœur du brasier.

Un mouvement attire votre attention sur votre gauche, à quelques pas de vous. C'est le semi-homme, Frodor. Il émerge à peine, à l'abri d'un antique écu de chevalier qui forme un toit au-dessus du terrier qu'il s'est creusé dans le tas d'or. Il vous adresse un clin d'œil et vous lance une petite bourse de cuir dans laquelle vous trouvez son anneau. Passe-le et il te dissimulera à ses regards, vous crie le changelin depuis sa cachette. Il vous sourit mais ses grands yeux tristes de vieillard font mentir sa gaieté d'enfant. On dirait qu'il vous contemple pour la dernière fois, et son « bonne chance » sonne comme un adieu. Puis il se terre de nouveau et disparaît, filant d'un pied agile au large du combat. Dans votre gant l'anneau brille plus que les montagnes d'or qui vous entourent.

Secouant votre peur, vous reprenez votre course vers les flancs du monstre. C'est là, vous a prévenu la Völva, que vous devez frapper, sous le ventre plus tendre et moins caparaçonné d'écailles, vous dissimulant parmi les reliefs de son trésor, laissant vos compagnons attirer sa colère et détourner son attention, attendant le moment propice, lorsqu'il passera au-dessus de vous sans vous voir, pour vous dresser et frapper le dragon au cœur. Votre épée Gramr est la seule à pouvoir percer sa cuirasse. Vous courez, courbé en deux. Vous avez repéré un creux, presque une petite tranchée, près de la gorge du monstre. Il y a là, parmi les monticules d'or et d'argent, une dépression bordée de coffres et de pièces de mobilier, d'une table ronde et d'un vieux trône incrusté de rubis, à l'abri desquels vous pourrez aisément vous dissimuler.

Vous jetez un coup d'œil en arrière avant de plonger dans votre cachette. Là-bas, dans la chaleur des flammes, la walkyrie est une silhouette de lumière. Encore un pas. Le souffle du dragon s'arrête pour cette fois et elle bondit. Son épée soulève une gerbe d'étincelles au contact des écailles. Elle frappe de nouveau ce qu'elle trouve devant elle, la mâchoire sans doute ou les crocs eux-mêmes, et le monstre rugit, la terre tremble. De vieilles soupières et des carafes d'argent vous dégringolent dessus depuis un monticule de bric-à-brac qui s'écroule à côté de vous, menaçant de tourner à l'avalanche. Vous attendez que Brynhildr ait repéré votre cachette que vous lui indiquez d'un geste, puis vous passez rapidement l'anneau et disparaissez à la vue de tous. Une agréable sensation de puissance vous envahit, comme lorsqu'un nuage s'éloigne et qu'on retrouve la chaleur du soleil. Vous vous mettez à courir à découvert, invisible, invulnérable.

Le ver recule sous les coups. Vous entendez les cris de guerre de la Barbare viking, suivis des chocs de sa lame. Elle ne peut pas le tuer, il n'y a que votre épée qui le puisse, mais elle lui tient tête et le repousse, fait fondre sur lui un déluge de coups. Bondissant d'un pied sur l'autre, changeant de main, insaisissable comme le vent, rapide comme l'éclair au cœur de l'orage, elle exaspère le monstre dont les mâchoires claquent dans le vide. Il remue la tête en tous sens, se redresse pour échapper à ses assauts. À moins qu'il n'arme un nouveau souffle dévastateur. Reginn a l'air affaibli par ses incantations. Si les flammes de l'enfer se déchaînent encore une fois, combien de temps le prêtre pourra-t-il protéger la guerrière ?

Vous sentez le sol glisser sous vos pieds comme une plaque de verglas. Vous risquez un regard à la surface. Le dragon est en train de pivoter lentement. Face à la rapidité de la guerrière, son gigantisme est un fardeau. Vous la voyez courir, son bouclier rejeté à présent dans son dos, l'épée toujours en main, elle décrit un arc de cercle au large de votre position. Si le ver mord à l'appât et la suit, comme il semble vouloir le faire, il ne manquera pas de passer au-dessus de vous. C'est le plan. Il faut qu'elle lui échappe encore un bref instant.

Lorsqu'il devient évident que le monstre va cracher un nouveau jet de flammes, vous voyez Reginn, le vieux prêtre, se ruer vers lui en hurlant. Luttant de toute la force de ses prières et de ses sortilèges, il se jette en avant, à la rencontre des enfers. Cela ne dure que quelques secondes, mais le dragon est obligé de concentrer son souffle sur lui. Peu à peu, les flammes gagnent du terrain et progressent en crépitant, grignotant la barrière d'énergie magique que le clerc a dressée devant lui. Il est debout, bras ouverts, paumes tournées vers le ciel, la tête rejetée en arrière, quand elle finit par céder pour de bon. Reginn, votre vieil ami, disparaît, volatilisé en lumière et chaleur dans un éclair de feu.

Vous tournez la tête de concert, le dragon et vous, dans la même direction. Brynhildr a arrêté sa course et fait volte-face. Ses cheveux rouges flottent derrière elle. Brynhildr, walkyrie plus sauvage que les tempêtes d'Odin, femme à la peau de nacre, aux yeux d'éclairs, Brynhildr la plus féroce et la plus belle femme de Gottheim. Elle est prête à mourir. Elle l'a toujours été. Vous ne voyez pas ses yeux sous le casque, mais vous distinguez sa bouche.

Elle sourit.

Et derrière vous, vous entendez que le dragon s'est remis en branle. Le sol tremble. Votre abri commence à se disloquer. Vous tenez votre épée à deux mains et tentez de garder l'équilibre, tandis que la tête immense du monstre, déjà, passe au-dessus de vous, suivie de son long cou, s'élargissant, de sa poitrine et, là, du côté du cœur, de l'écaille fêlée dont vous avait parlé la Völva et dans laquelle, sans réfléchir, de toutes vos forces vous plongez votre lame jusqu'à la garde. Vous êtes projeté au sol et lâchez le pommeau alors que le monstre emporte votre épée dans son élan, Gramr, l'épée vorpale, tueuse de dragon, fichée dans son cœur, et s'affalant, s'effondrant il pousse un rugissement qui fait trembler les murs de la caverne. Sa masse formidable s'écrase et vous vous terrez dans votre trou en vous protégeant avec les bras. Il précipite dans sa chute des piliers de pierre qui se brisent, il fracasse des vasques d'huile dont les flammes se répandent au sol. Partout autour de vous, le monde vole en éclats, explose, se déchire.

Vous vous redressez. Il y a trop de confusion, des brasiers renversés, des flammes. Le dragon à terre, rampant dans son or, bouge encore et tressaille, et hurle dans votre tête un long cri d'agonie qui vous glace le sang. Vous regardez dans sa direction. Là où elle se trouvait. Mais vous ne distinguez pas la silhouette de la walkyrie. Vous cherchez. Vos yeux fous continuent de rouler sur ce champ de ruines et de richesses inutiles, à la recherche de votre bien-aimée. Vous titubez, encore sonné, parmi les décombres. Puis vous l'apercevez.

Elle est étendue, on dirait qu'elle dort. Allongée sur le flanc, à quelques pas seulement de l'énorme tête du monstre et de ses naseaux fumants. Son armure de cuir est déchirée en de nombreux endroits, sa peau claire tachée de sang. Son épée n'est plus dans sa main.

Vous courez vers elle et votre cri de désespoir est entendu des dieux eux-mêmes.

Pour tenter de secourir Brynhildr, rendez-vous au chapitre 36.

31

Calanus hyperboreus

Quand on arrivait aux chapitres des organismes microscopiques, il faut bien avouer qu'Anders, comme n'importe quel écrivain, eut besoin de se documenter pour continuer à comprendre de quoi il parlait et jusqu'où l'avait entraîné son désir de témoignage à propos de l'Arctique en train de disparaître et de tout ce qu'on aurait pu regrouper, à ce moment-là, sous la rubrique « Fin du monde ». Il se trouve que ces organismes étaient une des clés de tout le système. À cet égard, il n'est pas faux de dire que le diable est dans les détails.

C'était une toute petite petite crevette. Un copépode.

Elle mesurait à peine 2 centimètres, elle mangeait des herbes microscopiques qu'on appelait du phytoplancton.

Il poussait des prairies de diatomées à la lisière des glaces de mer. Elles étaient en fleur en avril, alors que la banquise se disloquait. Chaque voie d'eau libérée sous la surface était une vallée vert et bleu qui foisonnait en quelques jours sous le soleil retrouvé de l'été polaire. *Calanus hyperboreus* apparaissait au même moment, exactement. Toute petite petite crevette épuisée par un très long voyage. Elle remontait des profondeurs. Œuf, largué dans la nuit, à 1 000 mètres de fond. Se déplaçant centimètre par centimètre, flottant en suspension, se laissant bercer, devenant larve, s'agitant un peu pour monter plus vite, c'était quand même une ascension, 1 000 mètres, quand on fait à peine 2 centimètres, faisant toute son évolution de stade en stade au fil du voyage, devenant une bébé-plancton-crevette, et puis une très jeune plancton-crevette. Elle arrivait, depuis les 1 000 mètres de profondeur où elle était née. Épuisant les réserves qu'elle avait apportées avec elle, elle arrivait affamée et débarquait pile au bon moment pour se gaver d'algues fraîches. Ses parents l'avaient envoyée juste à temps.

Il faut dire que pendant l'hiver, il n'y a aucune lumière. C'est la nuit. Pas de photosynthèse, pas d'algues-plancton, pas de prairies bleues. *Calanus hyperboreus* descendait dans les profondeurs où elle allait hiberner, quoi faire d'autre, et puis pondre et donner à ses œufs les provisions pour le voyage. Elle descendait vers la fin juin. Se réveillait adulte. Se cherchait dans le noir, mâle, femelle. Se reproduisait alors. Les œufs remontaient en mars, avril.

Le timing était vital dans cette affaire.

Non seulement elle était épuisée lorsqu'elle parvenait à la surface, mais elle avait très peu de temps pour refaire ses réserves et garantir celles qu'elle pourrait donner à son tour à ses œufs. Deux mois, trois maximum.

Avec le réchauffement climatique, la banquise s'est mise à disparaître peu à peu. L'été venait de plus en plus tôt. La glace, de plus en plus fragile et mince, fondait dès les premiers rayons du soleil, en mars. C'était la débâcle. En bordure de la glace, le bloom de phytoplancton a commencé à se produire en avance sur l'arrivée des bébés crevettes, d'une ou deux semaines d'abord, de façon irrégulière pendant quelques années, puis le décalage s'est accentué. Les deux systèmes, les deux cycles se déphasaient peu à peu. *Calanus hyperboreus* atteignait la surface trop tard. Les compétiteurs, les concurrents, les autres krills bouffeurs d'algues avaient déjà tout raflé. Les glaces reculaient, et les prairies de diatomées bleues et vertes s'asséchaient comme une terre brûlée.

Moins engraissée, *Calanus hyperboreus* redescendait vers les sombres fonds de l'océan Arctique avec moins d'énergie, moins de réserves à transmettre à ses œufs lorsqu'elle les renverrait vers la surface à la fin de l'hiver prochain. D'un été à l'autre, la population s'étiolait.

Pourtant, elle était l'élément de base de tout le réseau trophique. La morue polaire comptait sur elle. Le mergule nain se nourrissait presque exclusivement d'elle. Au bout de la chaîne, le phoque annelé, l'ours blanc trouvaient de moins en moins de proies. Le système arctique était très court et très rapide. La prédation des espèces, d'un niveau à l'autre, s'étendait en gros d'avril à juillet et concernait très peu de populations différentes. La mise en difficulté de *Calanus hyperboreus*, à sa base, à cause d'un problème de timing, mettait toute la chaîne alimentaire en péril. Et d'ailleurs, les floraisons précoces dans les prairies de diatomées n'étaient pas le seul problème de cette petite crevette.

Les eaux de surface se réchauffaient.

Insidieusement, les espèces boréales, celles de l'Atlantique Nord, plus nombreuses et plus adaptables au changement, s'aventurèrent au-delà du Gulf Stream, se répandirent le long des côtes, dans les estuaires et dans les fjords. Les eaux elles-mêmes se mélangeaient. Elles apportaient d'autres bébés crevettes encore plus petits, et pleins de microbes inexploitables. *Calanus finmarchicus* mesurait 800 microns, à peine un millimètre. Elle était quinze fois moins énergétique qu'*hyperboreus*, et même sept fois moins que *glacialis*, une autre espèce boréale déjà moins productive.

Il y avait plus d'espèces, plus de diversité biologique.

Pour les défenseurs de la nature, c'était un paradoxe à surmonter.

Il était difficile de se plaindre de l'enrichissement d'un écosystème. Du fait qu'il y ait de plus en plus d'espèces différentes. Économiquement aussi, cela ressemblait à une bonne affaire. La morue de l'Atlantique est beaucoup plus rentable à la pêche que la morue arctique. Il y a plein de poissons dans le système trophique boréal de l'Atlantique Nord. Plein d'espèces intermédiaires et plein de bébés-plancton carnivores capables d'exploiter non seulement les diatomées, mais aussi les microbes qui se multipliaient à présent dans des eaux plus chaudes.

Pour le système arctique, pourtant, le transfert d'énergie, d'un niveau à l'autre de la chaîne alimentaire, perdait en efficacité. Certaines espèces étaient si petites qu'elles étaient inutilisables par les prédateurs habituels de *Calanus hyperboreus*. On allait jusqu'à des *pseudocalanus*, 30 fois moins énergétiques.

Les espèces atlantiques prospéraient et colonisaient les zones plus chaudes et les marges plus précoces de la débâcle. Mais toutes celles qui dépendaient de la banquise et de son tempo dépérissaient en même temps qu'elle.

La saison de la chasse pour les ours se raccourcissait d'année en année, les conduisant à la famine.

Au Canada, on finit par construire pour les phoques des tanières artificielles, parce que la banquise fondait trop tôt pour que leurs tanières naturelles soient efficaces. Construites à coups de nageoires depuis des millions d'années, et auxquelles ils n'accédaient que par un trou sous la glace, elles devaient les protéger des ours, le temps d'élever leurs bébés à la fourrure blonde.

Calanus hyperboreus, tel un Gulliver chez les Lilliputiens, émergeait en été dans une soupe de bactéries et de minus en train de lui bouffer l'herbe sous le nez. Les floraisons des prairies de diatomées bleues, qui sont comme les aurores boréales de la mer, diminuaient et s'appauvrissaient au fil des saisons.

L'eau des glaciers fondait elle aussi, elle se mélangeait à l'eau salée de l'océan et contribuait à la rendre de plus en plus acide. La très fine carapace de chitine des copépodes et des autres micromollusques avait de plus en plus de mal à se former, car le calcaire n'aime pas l'acidité. *Hyperboreus* était décidément de plus en plus inadaptée à ce monde.

Et comme si ça ne suffisait pas, il y avait encore ces foutues boucles de rétroaction. 30 % des émissions de CO_2 dues à l'activité humaine étaient absorbés dans des puits de carbone au fond des océans, en partie parce qu'il se dissolvait au contact de l'eau, et en partie par l'action de la photosynthèse opérée par le plancton. Mais le réchauffement des eaux permettait de piéger moins de CO_2 par dissolution, et le remplacement des blooms de phytoplancton par des soupes de bactéries mettait en péril le deuxième mécanisme. Si bien que plus l'océan Arctique se réchauffait, moins il était capable d'aider les hommes à lutter contre les causes du réchauffement.

Ce n'était qu'une toute petite petite crevette. *Calanus hyperboreus*. À peine deux centimètres de long. Mais elle était à la base de la vie dans cet océan.

C'était toute la planète qui s'étiolait. Qui fanait avec les prairies de diatomées bleues.

32

31 octobre

Depuis la cafétéria de la plateforme, on voyait dans la nuit les lumières des pondéraux, les cargos géants qui passaient au large et, loin vers les terres qui n'étaient qu'une nuit plus noire, le halo de la ville tremblant dans l'air froid comme une veilleuse. Sur Sigurd, il faisait jour en permanence. Tout était éclairé par des lampes halogènes et des leds à haute puissance, des projecteurs éclaboussant l'acier peint, le blanchissant au foyer des faisceaux comme par des impacts de lumière rebondissant, aveuglant les surfaces et faisant scintiller les arêtes. Alors qu'on avançait vers novembre, il n'y avait déjà plus que cinq heures de jour, sans compter les crépuscules et la brume qui se levait à présent sur l'eau à cause du froid. Le froid vient toujours avec la nuit. Les projecteurs et les lampes à bord restaient allumés en permanence. Et plus on entrait dans l'hiver, plus le travail était dur. On perdait peu à peu la notion du temps. Les rotations des trois-huit et les rituels quotidiens des repas, des repos, des douches collectives, des déplacements d'une zone à l'autre, devenaient la seule mesure d'un temps qui ne s'écoulait plus mais se répétait indéfiniment.

Dans le travail forcené des hommes, le rythme avait remplacé le temps.

La plateforme était pour eux comme une prison. D'ailleurs, nul n'aurait pu en sortir. On avait promis des primes de Noël à la remise en fonction du puits, et on avait demandé à tous de mettre les bouchées doubles, comme si le labeur ordinaire n'était pas déjà harassant. Les jours d'arrêt n'étaient plus accordés que pour des motifs médicaux sérieux, mais même dans ce cas ils faisaient automatiquement sauter les primes, si bien que personne, à moins de se casser quelque chose en tombant, ne fréquentait l'infirmerie du bord pour autre chose que des anti-inflammatoires en pommade et des antalgiques en gélules. Les mines se creusaient malgré les platées de pommes de terre et de viande grasse en boulettes cuisinées dans des gamelles larges comme des lessiveuses, qu'on leur servait indifféremment au souper ou au petit déjeuner.

C'étaient pour la plupart des hommes jeunes, des hommes encore droits, bien campés sur leurs pieds dans les manœuvres qui demandaient de la précision et de la force, mais c'étaient des gueux qui ne se rasaient pas, rapiéçaient eux-mêmes leurs gants ou leurs cirés quand ils s'accrochaient, les mains blessées enroulées dans des chiffons, les cheveux rasés pour ne pas s'en occuper, ils économisaient parfois le temps de la douche pour rester cinq minutes de plus dans leur couchette. Ils avaient les yeux rougis par le manque de sommeil. Le teint hâve de ne plus voir le soleil que quelques heures, tous les deux ou trois jours, selon les rotations. Ils allaient vers l'hiver et ils savaient tous que ce serait pire encore, alors ils ne se plaignaient pas. Dans seulement quinze jours, on ne verrait plus du tout le soleil. La température chuterait brutalement de 30 degrés. C'était un boulot de chien, mais comme on ne dépensait rien et qu'il y avait parfois des primes, on pouvait espérer le quitter avant l'âge normal de la retraite. C'était leur horizon, prendre leur retraite, s'arrêter. Le but, c'était ne plus. Après, on verrait.

Une fois par an, quand ils avaient une période de congé, ils revenaient chez leur mère. Ils lui payaient une nouvelle machine à laver ou le loyer en retard, et ils dormaient dans leur chambre d'ado pendant des jours qui duraient des semaines. La plupart venaient de villes construites au bord de mines à ciel ouvert plus larges que les cratères de la lune. L'offshore, c'était une sorte de réussite, c'était moins dur que la poussière et les tunnels dans la nuit, les morts, écrasés par des camions au bord du gouffre ou gelés sur le trottoir, trop saouls pour rentrer chez eux à vingt mètres de là. Certains s'étaient mariés avant de partir et avaient désormais une femme en ville qui leur faisait élever des enfants, dont ils n'étaient pas bien sûrs que c'étaient les leurs, exigeant qu'ils reversent leur salaire sur un compte en banque commun. Quand ils rentraient, elles refusaient de coucher avec eux parce qu'ils sentaient la plateforme, ou que ça faisait trop longtemps, qu'elles étaient mal à l'aise, qu'elles avaient l'impression d'être face à un inconnu. Leurs enfants leur parlaient mal et c'était comme si tout le monde s'était ligué pour leur manquer de respect. Ils demandaient parfois à se faire payer les primes de Noël en liquide pour les mettre de côté pour eux seuls, au cas où il y aurait une autre vie à saisir un jour, un paradis pour les miséreux où il faudrait payer saint Pierre en roubles afin d'échapper à cette vie-là, ils en étaient là.

Mais personne ne pensait mourir sur la plateforme.

C'était censé être du solide. Un monstre marin. Une grosse araignée sortie des eaux, avec ses pattes submersibles et sa toile de tubulures qui la relie aux moindres vibrations du plancher, aux unités de traitement et de distribution autour d'elle. Tout en acier indien, conçue par des ingénieurs hollandais, norvégiens et anglais, des compagnies multinationales responsables de la plateforme, d'autres du forage, et d'autres de l'acheminement et de la distribution, des joint-ventures et des contrats d'exploitation avec des compagnies d'État, on ne pouvait pas être plus au faîte des possibilités humaines. Spécialisée dans l'arcoil, la branche la plus en pointe en matière de technologie. Gigantesque, destinée à recevoir le fruit de plusieurs forages, à pomper ce réservoir à elle toute seule, à devenir la tête de pont de la conquête dans ce coin de l'Arctique. Au sommet de la chaîne industrielle. C'était l'ours blanc des plateformes, un bijou. C'était censé marcher comme sur des roulettes. C'était ce que disait le commandant. Personne ne pensait mourir là un 31 octobre.

Lorsque le kick s'est présenté, plus fort encore que la dernière fois, par chance il n'y a pas eu de victime. C'était quelques jours après le changement d'heure. Le soleil ce jour-là s'est couché vers 15 heures, après s'être traîné pendant cinq ou six heures au-dessus de l'horizon. C'était une de ces journées de crépuscule comme sait en fabriquer l'Arctique à l'entrée dans l'hiver. Il avait commencé à neiger. Sur la houle de mer, le sorbet qui s'apprêtait à prendre était comme un océan de cendres.

Il y a eu une série de manques de chance, de probabilités minces qui se réalisent en chaîne, au-delà de tout contrôle.

Le kick s'est produit en début d'après-midi et, heureusement, les gars sur la plateforme ont tout de suite arrêté la vrille. Le train de tiges s'est retrouvé de travers, mais il n'y a pas eu de dégâts immédiats comme la première fois. Simplement on a encore hérité d'un forage à l'arrêt, d'une bonne fuite et d'un gros problème. Le commandant hurlait des ordres depuis la passerelle. Debout, accroché au bastingage kitsch qui décorait son poste d'amiral, face à la baie vitrée, il hurlait en russe et en anglais des ordres comme au temps des branle-bas de combat. Les hommes sortaient de leurs cabines et couraient aussitôt dans les coursives, les yeux encore collés, chassieux de sommeil. Juste le temps de faire leurs lacets et d'enfiler leur casque. Le risque, c'était que le puits tombe, se torde ou se vrille ou se casse, car on avait beau mettre les moteurs, Sigurd avait pris de la torsion. Il y en avait bien un autre, de risque, que ça remonte tout d'un coup par tous les tuyaux disponibles, que ça leur pète à la gueule, mais on ne voulait pas y penser.

On interrogea, le long des tubes, jusqu'aux arbres BOP plantés dans le sous-sol, leurs capacités à prévenir le blowout. Au cas où. Cette fois, ce n'était pas un test en usine. Un énorme bélier hydraulique était censé actionner des mâchoires de géant pour broyer net, au-dessus du puits de ciment, toutes les conduites qui pourraient laisser passer la moindre fuite. Et pendant un moment, on a cru que tout était encore sous contrôle. C'est là qu'on a commencé à ne pas avoir de chance.

Le commandant savait bien pourquoi.

À court de boue de forage, lorsque celui-ci avait repris, c'est lui qui avait ordonné qu'on la remplace par de l'eau de mer pompée directement sous la plate-forme. C'était une solution provisoire. Il n'en avait informé personne, surtout pas Noah, pour le voir débarquer et tout arrêter une fois de plus. Mais il n'y avait pas besoin d'avoir un doctorat de géologie pour se douter que l'eau de mer n'avait pas les mêmes qualités de densité et de viscosité que la boue de forage. Elle ne créait pas les mêmes pressions sur les fluides, ne faisait pas remonter les huiles de la même manière. En cas de problème, ce genre de bricolage pouvait se révéler catastrophique. Le commandant serra les dents. Il se dit qu'il n'avait pas de chance, que ça tombait mal. Il hurla des ordres à propos de la maintenance du BOP. Il fallait envoyer le robot au fond, le faire descendre le long de la tige. Les hommes s'affairaient en salle des machines pour maintenir au plus juste la puissance des turbines qui dirigeaient la plate-forme géante au milieu de la houle qui s'était levée avec le soleil.

À 14 heures, le robot a pu approcher et on a commencé à avoir des images du fond, enfin de ce qu'on pouvait en voir. Le train de tiges sortait de l'arbre avec une inclinaison dangereuse. Des fluides et du gaz s'échappaient en grappes de bulles brillantes. La pression devait être énorme là-dessous. Le commandant a hurlé dans son micro. Réveillez-le ! Secouez-le, bordel ! Il parlait du bureau de Londres. Si on condamnait le puits, il faudrait forer de nouveau, et cela ne pourrait pas se faire avant le prochain printemps. Sur ce timing non plus, on n'avait pas de chance.

L'ordre a mis un peu de temps à tomber. *Shutdown.* Si on ne peut pas faire autrement, on vous laisse juge, on vous fait confiance, démerdez-vous. En bas, dans la profondeur sombre et glacée de la mer, l'échappement de bulles était à présent continu et ressemblait à un jet de vapeur. Une cocotte-minute de la taille d'un volcan était en train de faire siffler sa soupape. *Shutdown. Shutdown*, rideau nom de Dieu !

On ne peut même pas l'accuser de l'avoir ordonné trop tard. Il a fait ce qu'il a pu. Seulement, on a manqué de chance, ce jour-là. En se désaxant suite au kick, le train de tiges était de biais dans l'arbre du fond. Il était légèrement remonté aussi, de sorte que les trois mâchoires censées broyer la colonne pour la refermer en la pliant sur elle-même se retrouvaient en face d'une jointure où deux tiges sont serties l'une dans l'autre. Une jointure. De biais. Trop gros diamètre, ça ne marche pas. Les vérins poussent de chaque côté mais les mâchoires ne mordent pas dans le tube, ne parviennent pas à l'attraper, à l'embrasser. Elles ne font que le malmener un peu plus.

Blya ! *Blya* ! *Blya* ! *Blya* ! *Blya* ! *Blya* ! *Blya* ! *Pizdec* ! Merde !

Les ingénieurs ont retrouvé le manuel constructeur du BOP. On a réactivé le robot au fond. Il doit y avoir un panneau sous-marin, là. Un système de secours pour activer le bélier directement. Le robot fait le tour de l'arbre. Une fois, puis deux. Il y a des gerbes de gaz et d'huile brûlante qui jaillissent en foisonnant du puits comme d'une fontaine, à présent. Une sorte de geyser sous-marin qui crache du brut et du méthane à plus de 100 degrés. Le robot ne trouve pas le panneau. Les schémas fournis par le constructeur du BOP sont incorrects. Ils correspondent peut-être à un autre modèle, ou c'est un prototype qui n'a jamais vu le jour. On perd un temps précieux. Ça ne ressemble pas du tout à un test en usine. Si on pouvait, on sentirait la peur.

On commence à transpirer, là-haut, dans les uniformes.

Il y a un système de secours. Une sécurité. Quand on déconnecte tout, quand la station tombe en rideau, il y a un système, sur batterie autonome, qui provoque la fermeture du puits. Le commandant regarde face à lui le soleil qui frôle la houle à l'horizon. Les floes étincelants, soulevés par les vagues, jettent des éclats de lumière brute comme des flaques de lave sur une mer de cendres toute prête à s'enflammer.

On essaie encore ça qui paraît une dernière chance, et rien ne se produit. Bon Dieu, rien ne se produit. Rien ne marche. C'est la journée de pas de chance. Le commandant a enlevé sa casquette. Il se passe les mains sur le crâne. Il est assis par terre sur la passerelle, face à la mer. Il ne comprend pas comment on peut jouer ainsi de malchance plusieurs fois de suite. Il se demande si c'est la loi des séries ou une sorte de malédiction divine, une histoire de karma peut-être, mais il doit bien y avoir un moyen de sortir de cet enfer, se dit-il, et puis la nouvelle tombe par la voix d'un de ses techniciens qui n'en mène pas large : pendant les réparations, il y a quelques semaines, la batterie a été déconnectée, et personne n'y a plus pensé ensuite. Il a dû y avoir une erreur de procédure, une toute petite erreur, peut-être seulement en bout de chaîne, un de ces salopards d'ouvriers mal payés qui n'a pas fait son boulot jusqu'au bout, ou l'ordre s'est perdu, ou personne ne savait ce que c'était que cette foutue batterie, mais c'est trop tard maintenant. La batterie qui était censée prendre le relais en cas de chute de tension, qui était censée forcer la fermeture, elle n'est pas branchée. Le commandant se frotte la tête comme s'il voulait y chercher des solutions avec les doigts, mais il n'y a plus rien à faire.

Il ordonne l'évacuation d'une voix blanche.

On court dans les coursives et sur les passerelles. Des lumières rouges au-dessus des portes indiquent un chemin de débâcle. Chacun rejoint d'abord son groupe, son canot, on fait l'appel. Les rafiots vont être largués directement depuis la plateforme dans la houle de vingt mètres qui vient en lécher les pieds comme un chien fourbe. Le commandant a perdu. Il recule, renonce, abandonne le navire. Il n'y a plus rien à faire. Plus aucun coup à tenter. Pas moyen d'aller de l'avant.

On était parti pour une grosse catastrophe naturelle, un truc peut-être irrécupérable, un merdier qui durerait des années, mais si on avait un peu de chance, rien qu'une fois, aujourd'hui, on pouvait encore sauver les hommes. Des larmes de rage coulent sur le visage crispé du commandant. En Russie, il ne faut pas revenir en arrière quand on s'aperçoit qu'on a fait une erreur, cela porte malheur. Le soleil est en train de plonger, on le voit presque à vue d'œil disparaître sous l'horizon, et c'est une mer de sang, bon Dieu, une mer de sang c'est la dernière image à laquelle il pense en pleurant.

C'est à ce moment que tout a explosé.

Le BOP a lâché, l'eau de mer n'a rien contenu du tout, et toute la colonne du puits rempli d'hydrocarbures est remontée avec une pression de dingue, à une vitesse fulgurante, a fait sauter toutes les vannes sur la plateforme et a pris feu au contact de l'oxygène de l'air en moins de temps qu'il n'en faut pour le lire ou même l'imaginer, se propageant plus vite que le son, embrasant en une énorme boule de feu toute la plateforme Sigurd et ses hommes dans leurs petits canots ou encore à leur poste, faisant éclater en une fois toutes les vitres, tordant toutes les structures, vidant l'air de tous les poumons et le remplaçant par du feu.

Feu et lumière. C'est comme ça que disent les militaires. On a entendu l'explosion depuis la côte.

Puis le soleil s'est couché.

33

31 octobre

Courir sous les balles, c'était un truc qu'ils savaient faire aussi, les chiens de l'Évêque, se séparant et se dispersant pour que les rafales soient obligées de choisir leur cible, détalant au ras du sol et tournant à la moindre occasion afin de créer des angles et des couverts, s'éparpillant parmi les allées de containers sans jamais se retourner, le goût du sang encore à la gueule. L'attaque n'avait duré que quelques minutes. Au premier étage de l'ancienne capitainerie, Dimitri et deux de ses lieutenants avaient fait cracher les armes automatiques qu'ils gardaient dans les tiroirs du bureau, et l'Évêque avait sifflé la fin du carnage. La meute était repartie ventre à terre, ne laissant derrière elle qu'une odeur de sang, de merde et de cordite. Knut avait déjà quitté les lieux, s'était coulé dans la brume et avait disparu.

C'était ce qu'il avait toujours fait.

De retour chez lui, il a passé les jours qui ont suivi à se préparer. Dimitri allait faire le lien. Les chiens, c'était une signature. Il allait réunir les hommes qui lui restaient et venir l'assiéger. La guerre était déclarée. Knut a nourri les chiens puis a libéré la plupart d'entre eux, les a encouragés à se disperser autour de l'église, dans les sous-bois d'aiguilles et de mousse de la forêt qui l'entourait. Il a lavé les chenils à grande eau, a balayé les litières et les reliefs de repas, jeté les vieux os et les autres déchets dans le lisier, au fond du grand trou qu'il avait creusé au bord de la route comme un fossé. Dans l'église, il a nettoyé les fientes des corbeaux sur les bancs, pleines de sureau rouge et de baies, à grands coups de seaux d'eau lancés de travers. Puis il a balayé le sol, chassé l'eau avec un grand balai de bois mort. Il a redressé les chaises tombées avec le temps, leurs dossiers cassés, les a entassées dans la travée centrale, a retourné les bancs, les empilant en quinconce jusqu'à former une sorte de barricade à mi-chemin de la nef, puis a entrepris de consolider la cloison de son appartement aménagé dans le chœur. Il a disposé ses fusils et les munitions sur la table de l'autel, un jerricane d'essence au pied de la barricade. Il a fait la vaisselle de plusieurs jours qui s'était empilée dans l'évier, jeté les boîtes de conserve ouvertes dont les restes finissaient de se dessécher et de noircir.

Il a rangé ses affaires sur l'étagère qui lui servait de table de nuit, au-dessus du lit de camp dans lequel il dormait, principalement des livres, *Sous l'étoile d'automne*, des boîtes de tabac, quelques objets qu'il a soulevés dans sa main pour les reconnaître et se les remémorer, une tasse à café en fer utilisée comme pot pour un lychnis de Suède rose vif, incongru et joyeux, la montre de son oncle qui ne marchait plus depuis longtemps, et une boîte en fer où reposaient, au milieu de cartes postales aux couleurs passées et de quelques photos, deux médailles au ruban rayé, témoins du temps où il avait appris à tuer dans d'autres montagnes, à la frontière de territoires tribaux pachtounes. C'étaient des objets au statut indécis, entre la brocante et le souvenir, qu'il n'a pas mis de côté pour les emporter, simplement rangés là sur l'étagère, dépoussiérés, à leur place, comme on met ses affaires en ordre avant un long voyage. Dans l'armoire il a pris pull, chaussettes, réchaud, lampe, gourde, de la corde, un piolet d'escalade, fourré tout ça dans un sac à dos. À sa ceinture, il a glissé dans un fourreau de cuir son couteau de chasse et, sur le côté opposé, dans un holster qui se clipse en coque de nylon tissé, le Colt 1911 élégant à la crosse plaquée de bois vernis, dont il a d'abord fait jouer la culasse et l'éjection du chargeur, par réflexe, dans un claquement sec et une odeur de graisse un peu rance.

Il s'assoit sur son lit et observe la pièce. Le rangement, le ménage, cela ressemble aux choses qu'on fait avant de se suicider et dans un sens, c'est un peu ce qu'il a fait. Dimitri va revenir, avec tout ce qu'il aura trouvé en ville de malfrats et d'hommes de main et toute l'artillerie que l'argent peut acheter. Et même si ce n'est pas le cas, la police finira par lui mettre la main dessus, et il n'acceptera jamais de les suivre en prison. Il est fatigué. Il dort mal depuis le meurtre des deux imbéciles, ses cauchemars le ramènent à d'autres temps qu'il croyait avoir oubliés depuis qu'il vit ici. Ses yeux rougis cherchent dans la pièce une raison d'en finir comme ça. Qu'est-ce qui lui a pris ? Il se tord les doigts. Le soleil rasant, dès le début d'après-midi, frappe à travers les vitraux blancs et les carreaux manquants de la façade comme un rayon qui vient découper la poussière, dans l'air, en pans de lumière solides. On dirait que les murs de bois vont s'enflammer. Baïkal est venue se coucher à ses pieds. Elle l'a regardé un moment, et puis a posé son museau entre ses pattes croisées devant elle, comme il ne lui répondait pas.

Il ne saurait pas bien lui-même dire quand les choses ont commencé à mal tourner. Il n'a pas réfléchi. Il n'a pas réfléchi et les choses se sont enchaînées. Pourtant ce n'est pas rien de tuer des hommes, de déclencher une guerre en allant massacrer la bande de Dimitri comme il l'a fait. La plupart des gens en seraient bien incapables, pour eux c'est le genre d'action qui semble nécessiter une préméditation longue et déterminée, c'est ce qu'on entend à la télévision, c'est ce qu'on voit dans les films, mais les gens se trompent. Celui qui a appris à tuer a simplement retrouvé des instincts profondément enfouis en nous, des instincts de loup et d'animal, de meute, le goût de la vengeance extrême et de la violence gratuite, on a rouvert en lui, au fond de son esprit, la petite trappe qui donne sur les abysses, on l'a laissé se reconnecter avec des millions d'années de courses, de halètements, de cris de rage et d'odeurs de peur, de goût du sang et de joie de mordre. C'est ce qu'on a fait de lui. C'est ce qu'on avait fait de nombreux soldats depuis une vingtaine d'années, embauchés au conflit, payés à la tâche sur des contrats privés, sans structure d'accompagnement, sans soutien ni pendant ni après, sans même le récit qui rassure de l'avoir fait pour la patrie, sans le regard, sans les autres, seuls au fond des abysses, à se démener avec leurs cauchemars. C'est ce qu'on a fait de lui, Knut, mais ce n'est même pas sûr que ce soit le début de l'histoire. Les montagnes d'Afghanistan, deux fois, à convoyer des gens, ouvrir des passages, prendre des villages qui, dans ces passes, sont autant de places fortes. Cela semblait une bonne idée pour faire une carrière courte, prendre du galon. Deux médailles. Et puis plus rien ici, quand il a été de retour. Pas de boulot, plus de vieux copains, tout le monde avait fait des études, rêvait d'une vie sans histoire, de randonnées suréquipées et d'intérieurs design, d'appétit norvégien et de confort suédois. Et il n'en était plus capable. Alors il est reparti, en Irak, en Syrie. Des milices chrétiennes recrutaient des instructeurs qui ne pouvaient pas être des militaires occidentaux tout à fait conventionnels. Il y avait des Suisses, des Français, des Serbes, des Jordaniens, des Libanais, des Syriens. Des villes qui brûlent. Des enfants qui tiennent des kalachnikovs. Leur groupe a compté jusqu'à cinq cents hommes. Certaines opérations étaient appuyées par des drones américains, puis l'aviation russe a pris les choses en main. Un déluge de feu s'est abattu sur le désert, et Knut est rentré. Il a aménagé l'église. N'a pas repris contact avec les gens d'ici. Des cauchemars se sont ajoutés aux cauchemars. Il a trouvé ses chiens, à la frontière finlandaise, côté sibérien, chez un vieil ami devenu colonel.

Il caresse vigoureusement la tête de Baïkal. Goûte un peu de calme, de complicité. Il a failli s'en sortir grâce à eux, se racheter une conduite. Combien de temps faut-il encore à Dimitri ? Il sent que c'est pour aujourd'hui. La fête des morts. La lumière baisse rapidement depuis 14 heures. Ça n'arrange rien. Allez, viens.

Il attelle Baïkal, Belka et quatre autres chiens à son traîneau, derrière l'église. Il n'y a pas encore une couche suffisante de neige à cette altitude, mais le traîneau glisse aussi sur les aiguilles de pin de la forêt. Un peu plus haut, on peut bifurquer vers le glacier, où le traîneau sera un avantage décisif. Il faudra sortir du couvert des arbres, mais la vitesse lui permettra de rester hors de portée. Il connaît la montagne, les crevasses, les ravins, les falaises par cœur. Il espère leur tendre un piège. Ils ne devraient pas tarder. Dimitri essaiera de profiter des dernières lueurs du jour.

Le bruit des voitures l'avertit. Ils ne cherchaient pas à faire dans la discrétion. Peu après le crissement des pneus sur la terre sèche et les pierres de la cour, il y eut deux explosions coup sur coup, la lumière, le bruit et les aboiements des chiens lui indiquèrent qu'ils venaient de faire sauter les granges à la roquette. Il se tassa derrière la barricade qu'il avait dressée au milieu de la travée centrale. La lourde porte de bois à double battant explosa à son tour. Un vent chaud s'engouffra dans l'église alors que ce qui restait du chambranle barbu d'esquilles et d'éclats de bois prenait feu. Ils n'y allaient pas de main morte. À travers les chaises empilées, les dossiers des bancs, à travers les flammèches et le chambranle où pendaient encore des planches, Knut chercha au bout de son viseur le buste de celui qui tenait sur son épaule le tube à présent vide et fumant du lance-roquettes, et le tua en pressant la détente, sans trembler. Les balles de son fusil étaient du genre à faire en sortant de l'autre côté du corps un trou grand comme une assiette. Il roula par terre sur lui-même, gagna l'autre côté de la barricade. Dehors, les hommes commençaient déjà à courir en direction de l'église, armés de fusils à pompe, de fusils-mitrailleurs et de pistolets, il en compta une douzaine pendant qu'il en abattait deux autres. Changeant une nouvelle fois de poste de tir, alors qu'ils arrivaient sur le seuil, il fit basculer le jerricane d'essence et y mit le feu, puis il recula, accroupi, en tenant son fusil dans ses bras, vers sa deuxième ligne de défense à l'entrée du chœur. Il pouvait entendre Dimitri qu'il ne connaissait pas beugler des ordres en russe à l'extérieur. Les hommes entraient dans la nef en tirant un peu au hasard sur le mur de feu qui venait lécher les voûtes.

Il en avait tué peut-être la moitié lorsqu'il finit par sortir et grimpa sur le traîneau. L'église en sacrifierait bien encore quelques-uns en s'effondrant en flammes sur ceux qui continuaient à fouiller la bâtisse en espérant le trouver. Il aurait quelques minutes d'avance.

Il parvint au seuil du glacier vers 15 h 30, alors que le soleil plongeait silencieusement dans une mer grise, sous un horizon de sang. Il pouvait entendre dans la forêt les Russes qui étaient sur ses traces et le suivraient désormais jusqu'au bout du monde. Il ne savait pas trop s'il se battait dans l'espoir de leur survivre ou seulement pour les emporter dans son enfer. C'est difficile de tuer des gens par espoir.

Le plus simple c'est de ne penser à rien. Il le sait : il peut faire confiance à ses réflexes. Dans les abysses, au fond de son cerveau, la meute prend le relais. Il fait claquer sa langue contre son palais et les chiens l'emportent sur la mer de glace. Les autres suivent, trop tard pour le rattraper, trop tard même pour espérer le tirer comme un lapin, ils n'ont pas son talent pour ça, et ils avancent, derrière lui, à découvert, condamnés à le suivre.

Dans la passe des Dents de Troll, il abrite le traîneau derrière les rochers, détache les chiens. Il fait nuit. On est quelques jours après le changement d'heure, c'est la veille de la Toussaint – la fête des morts, c'est de circonstance. Il fait nuit, alors qu'il n'est même pas 16 heures. Sur le glacier il distingue encore les silhouettes de ses poursuivants qui sont comme des marionnettes d'ombre légèrement tremblantes, il les voit mais ne parvient plus à les coller dans son viseur, manque sa cible plusieurs fois. Certains décrivent une large courbe pour le contourner. Le piège qu'il a tendu est en train de se retourner contre lui parce que le soleil s'est couché trop tôt.

Il observe. Sent le vent frais qui souffle à cette altitude, balaye la neige, érode les rochers. Belka le pousse du museau. Et maintenant, quoi ? Il ferme les yeux, écoute la montagne. On entend un rapace, plus loin, pousser le genre de cri strident qui fait fuir les rats. À l'ouest, le soleil a disparu au fil de l'horizon chauffé au rouge. Bientôt ce sera la nuit noire. En bas, dans le fjord, la ville est allumée, comme tous les jours, la ville nouvelle surtout. Dans le vieux bourg qui monte en étages à flanc de montagne, le cimetière et ses centaines de bougies font un halo jaune léger comme au bord d'une allumette.

Knut pose le fusil qui ne lui sert plus à rien et sort son Colt, l'arme en actionnant la culasse et vérifie que la balle est bien dans la chambre. Pousse le cran de sûreté. Il parle à l'oreille de Belka qui se met à grogner. Tous les chiens se mettent à grogner. Ils ont senti quelque chose.

Et soudain, sur la mer à présent noire, plus épaisse et plus sombre que la nuit qui vient, une décharge lumineuse, une explosion dont le son ne parvient que quelques secondes plus tard, sèche comme un claquement. Et alors qu'il est encore à se demander de quoi il s'agit, les chiens s'agitent autour de lui sans qu'il réussisse à les faire taire, ils grognent, ils aboient, ils hurlent en cambrant la gorge, le museau levé vers le ciel, à la manière des loups. Knut est obligé de ranger son arme et de les attraper l'un après l'autre par le collier, de leur parler, de les rassurer, et même alors ça ne marche pas. Ils sont comme fous. Les Russes se rapprochent. Il peut les entendre jurer en marchant.

Le sol se met à trembler. Des rochers tombent non loin dans la passe. Knut s'accroupit. Il tient fermement Belka et Baïkal par le collier. Regarde en direction des Russes, sur la mer de glace, lorsque tout à coup, le sol s'ouvre entre lui et ses poursuivants. C'est la montagne entière qui tremble et se soulève. Il tombe. Roule dans la neige, Belka enlacée contre lui, jappant comme un chiot apeuré. Les chiens s'enfuient, détalent dans tous les sens. Deux d'entre eux se jettent dans le vide sous ses yeux. Peut-être qu'ils croient qu'ils vont se rattraper ou peut-être que la terre s'ouvre sous leurs pattes, ils sautent comme s'ils allaient éviter quelque chose et ils disparaissent dans le vide, dans un cri aigu et déchirant. Des pierres roulent encore et le sol n'en finit plus de se secouer, de s'ébrouer en trépidations discontinues, pendant des minutes qui paraissent des heures. Un bruit immense, un roulement de tonnerre interminable, un bruit effroyable, plus fort que tout ce qu'il connaît, sature ses oreilles et le désoriente, l'empêche de penser à quoi que ce soit. L'Évêque enfouit sa tête dans la fourrure de Belka, qui s'agrippe à lui. Ils tombent. Ils roulent plus qu'ils ne tombent, ils sont roulés par la montagne comme des pierres qui dévalent. Il lâche, il est obligé de lâcher Belka et la perd aussitôt.

Les Russes ont disparu. La moitié du glacier a disparu. L'univers a sombré dans le chaos. Virant sur lui-même comme dans une avalanche et ne sachant plus trop où il en est de sa chute, la dernière chose que voit Knut en cherchant au loin des repères dans la nuit, ce sont les lumières de la ville qui s'éteignent comme si l'on venait de souffler une bougie.

34

31 octobre

On pense toujours que le plus difficile dans une ascension, c'est de se hisser jusqu'au sommet, les livres ou les films ne parlent que de ça, parce que c'est l'instant de la conquête et de l'exploit, la métaphore du progrès humain et de la domination de la nature, alors que tous les alpinistes vous diront que c'est de loin la descente qui représente le plus grand danger.

Anders avait été obligé d'improviser sa route, car la fracture du glacier avait créé de nombreuses crevasses qui l'empêchaient d'emprunter la voie qu'il connaissait. Il avait pris son temps et bivouaqué à l'abri de congères qui le protégeaient du vent, durant deux nuits magnifiques et déjà froides. Le soleil ne perçait plus que six heures par jour, et cela chutait d'une heure par semaine. À peine levé, il s'évertuait à réchauffer la terre, il ne grimpait plus assez haut, plus assez longtemps pour ça. Il restait suspendu, trop bas, comme si l'horizon s'était incliné, comme si la montagne et le monde s'étaient penchés, avaient glissé un peu, s'étaient cassé la gueule. Il flottait dans le ciel, bêtement empêché, à un tiers environ. Attendait de replonger dans son lit de glace. Anders marchait bien avant le jour et poursuivait après la nuit, dans cet espace de temps un peu étrange où le ciel est encore ou déjà bleu mais que le soleil se cache, là-bas, derrière l'horizon. C'était la saison des crépuscules et des lumières dorées qui filent en soulignant le ventre des nuages et s'écoulent au ras du sol entre les ombres allongées du monde.

Il avait relevé ses appareils de mesure, tant bien que mal, les sismographes et les stations météo, les appareils photo cachés dans des bornes étanches dont il fallait changer la batterie, enfin tous ceux qu'il avait pu retrouver de ce côté de la ligne de faille. Certains étaient endommagés, d'autres définitivement perdus, engloutis ou recouverts d'éboulis de neige. Le glacier avait été beaucoup plus touché encore qu'il ne l'avait d'abord pensé. Outre quelques vivres et les affaires de bivouac habituelles, le traîneau qu'il tirait derrière lui embarquait un glaciomètre qui mesurait la conductivité électromagnétique de la glace pour en déduire son épaisseur. À l'équerre de la faille, Anders avait pratiqué des relevés systématiques, reportés sur une carte, tous les 25 mètres, pendant une journée entière. Il avait pu tracer ainsi deux lignes légèrement rayonnantes à partir du centre apparent de la crevasse, qui fourniraient une assez bonne indication de la structure du glacier qui avait subi le décrochement et le glissement de terrain. Il était cependant suffisamment habitué à ces mesures pour savoir, sans attendre de rentrer les chiffres obtenus dans l'ordinateur de la station du Norsk Polarinstitutt, en ville, que les résultats qu'il était en train de collecter étaient alarmants. La glace, fracturée dans ses profondeurs et sapée par des rivières qui la creusaient de cavernes et de lits, ne mesurait plus parfois que quelques mètres d'épaisseur. Ce n'était plus qu'un gros fleuve gelé. Effrayant et catastrophique étaient les deux termes exacts qui lui venaient en tête, et le pire à vrai dire, c'est que tous ses instruments ne lui servaient à rien, ni son savoir, ni son expérience, le pire c'est que cela se voyait à l'œil nu. Anders sut qu'il avait eu raison lorsqu'il s'était emporté pendant la conférence qu'ils avaient donnée dix jours auparavant. Le mal était déjà fait. La catastrophe n'avait pas encore eu lieu, mais c'était tout comme. Le pire n'était qu'à venir. L'impuissance, voilà ce qui était effrayant.

Brisé et concassé comme un pack de banquise en train de prendre et de former des crêtes sous la pression de l'hiver, le glacier ressemblait à une mer démontée par l'orage, dressant des murs de glace, les jetant les uns contre les autres comme des vagues dont la violence silencieuse et figée était plus impressionnante encore que la pire des tempêtes. Pendant l'ascension, pourtant lente et pénible, à s'arrêter sans cesse pour soulever son traîneau, lui faire passer une congère, un trou, Anders n'en avait pas pris totalement la mesure. Il pestait, transpirait et soufflait comme un bœuf quand la terre est gelée ou que le soc est trop lourd. Il s'escrimait et grimpait parfois ces murets de crêtes ou d'éboulis à quatre pattes, laissant aller la corde et tirant le traîneau une fois l'obstacle franchi, jusqu'au prochain. L'ascension, c'est mettre un pied devant l'autre et recommencer, trouver les passages les moins fatigants quand ça se corse, s'économiser, s'aider des mains ou du piolet, vaincre chaque obstacle à son tour, comme des milliers de petits sommets, continuer. Ce fut une fois en haut, avant de passer de l'autre côté, de contourner la ligne de faille par les rochers, lors du troisième jour dans la montagne, qu'Anders se retourna vraiment. Regarda en arrière le chemin qu'il faudrait redescendre. Ce fut seulement à ce moment, après avoir relevé les instruments et fait ce qu'il devait, ou ce qu'il pouvait faire, qu'il s'arrêta. Qu'il contempla, impuissant et serein, l'embrassant tout entière des yeux, l'étendue du désastre. Stupéfait. Il demeura de longues minutes à observer les failles, les lézardes et les lignes compliquées qu'elles dessinaient dans la glace blanche, concentriques et sinueuses, telle une toile d'araignée folle, il les détailla comme un dessin abstrait, une géométrie impossible, contre nature, sans rien en penser.

Il sut aussi que c'était sans doute une bêtise d'être venu là.

Devant la mer de glace à ses pieds, en proie à la tempête, dans le soleil déjà couchant de l'Arctique et ses saisons de crépuscule, Anders eut un mauvais pressentiment. La lumière rasante jetait des flammes sur la moindre arête et lançait des ombres à l'assaut des gouffres. Elle était si vive, la lumière, et plongeait si vite vers l'horizon, qu'on eût dit que le glacier, en proie à une vie grouillante et silencieuse, comme une charogne, s'animait et soulevait sa vieille croûte, son enveloppe énorme et fragile, au gré d'un souffle ou d'une houle venue des profondeurs.

Ce n'était que la caresse mélancolique d'un des derniers soleils de l'année, mais il donnait à ce spectacle l'image de l'imminence du désastre. Un sentiment de fin du monde.

Des nuages sombres s'accumulent à l'est, plus avant dans les terres, où les montagnes serpentent tel un dragon qui sommeille. Là, jusqu'à l'horizon, les crêtes de pierre noire vacillent dans la fumée légère des neiges qui les bordent, balayées par des vents glacés. On dirait que tout se réveille, ce soir. C'est ce qu'Anders se dit, et c'est l'impression que ça fait. Dans la vallée, du côté du couchant, la ville, à l'embouchure du fjord, est déjà illuminée. On distingue le petit cimetière sur la pente où des centaines de bougies sont allumées sur les tombes, dans leurs lanternes miniatures. Comme cela paraît loin. Une fatigue immense s'abat sur ses épaules. Il lui semble qu'il ne va pas réussir à redescendre. La descente, c'est le plus difficile.

Il regarde dans le vague le glacier qui s'apaise et se fige, le soleil disparu, la ville qui scintille. Il regarde au loin l'océan dont l'horizon blanchit. Il regarde dans le vague les glaces fracturées de crevasses et de murs qui s'étendent à ses pieds. Ce pourrait être un dernier soir. Ce n'est pas un mauvais endroit pour contempler la fin, se dit-il. En haut, on se sent toujours un peu invulnérable. Il pense qu'il pourrait sortir son carnet, se mettre à écrire une sorte de chant de fin du monde. Il raconterait un peu sa vie aussi, sa vie d'ici et ses voyages, les amis, les collègues, comme la gentille Silje avec qui ça n'est jamais allé plus loin, il raconterait un peu sa vie de solitude sans amertume, il parlerait, dans son carnet, de son silence dans les mots, qui l'accompagne depuis si longtemps comme une prière, ce serait un chant à la beauté du monde, on pense toujours à parler des choses quand elles disparaissent, il parlerait un peu de lui. Qui lui en voudrait, de parler un peu de lui ?

Il repense à Noah. Son vieil ami savait ce qui se passait dans la montagne, ce qu'il allait trouver là-haut. Il l'avait compris avant lui, mais il voulait qu'il le découvre à son tour, parce qu'il pourrait alerter, à travers l'institut ou les journaux, il pourrait attirer l'attention de quelqu'un. Noah, coincé par ses responsabilités et son gros salaire. Noah, l'air de ne pas y toucher. Le maître du jeu. Anders repense à leurs bonnes années.

Quand ils avaient commencé à jouer tous ensemble à ces jeux de rôle rapportés par Noah de ses vacances en Suède chez sa tante, cela avait déclenché une vraie mode au lycée. Par attrait pour le secret, la rareté et tout ce qui sent le soufre, les copains venaient les voir et les suppliaient d'animer une partie, ou de leur montrer comment faire, de leur dire où l'on pouvait se procurer ces jeux, ce qui était évidemment impossible dans une petite ville comme ici. Certains se moquaient d'eux et de leur univers de fantasy, mais la plupart se méfiaient de leur allure de vampire efféminé, des livres de Baudelaire, de Dagerman ou d'Hamsun glissés dans les poches plaquées de leur loden, ou de ce mystérieux Lovecraft qu'ils adoraient comme une divinité païenne, parce que c'étaient eux, dans ces années-là, qui plaisaient aux filles. Ils lisaient beaucoup, et cela leur donnait, à un âge où tout le monde vit à peu près les mêmes déconvenues amoureuses transformées en découvertes musicales, une avance, une richesse, une sorte de personnalité. On voyait bien qu'il y avait dans leurs discussions, qui mélangeaient sans cesse réalité et fiction, une liberté à prendre, à saisir. L'occasion d'inventer des mondes, de vivre des légendes. Lire et jouer, et vivre plus que les autres, échapper à leur quotidien de petite ville de bord de mer, lire et jouer, et vivre c'était tout un. À la question qu'est-ce que vous faites samedi, ils étaient capables de répondre : nous allons traverser une forêt sombre et maudite qui fut jadis la mère des forêts, et dont l'arbre-graine dépérit peu à peu, en proie à une magie malfaisante. On peut se moquer rétrospectivement. N'empêche, c'était tellement mieux que tout ce que proposaient la vie de famille et la télévision.

Même leurs dés étranges étaient une promesse de liberté. Qui joue sa vie sur un coup de dés ? C'est pourtant ce qu'ils faisaient sans cesse. C'était l'époque aussi qui voulait ça.

Le monde autour d'eux était chaotique. On commençait à parler de l'apocalypse. À l'époque ou quelques années plus tôt, pendant leur enfance dans les années 1980, c'était la perspective d'un hiver nucléaire à l'occasion d'une guerre mondiale qui inspirait les discours des oiseaux de malheur. Cela n'avait pas l'air si loin, ni tout à fait impossible. Anders lisait les *Watchmen* en anglais. C'était Noah qui avait dégotté la bédé, encore une fois.

Comme elles paraissent loin, ces peurs.

Anders regarde dans le vague le glacier à ses pieds en train de plonger dans la nuit. La fin du monde, comme cela paraît proche, à présent. Il lui semble voir de minuscules silhouettes qui s'agitent, mais ce doivent être des ombres. Dans le lointain, il perçoit, malgré le vent, des aboiements de chiens, peut-être des loups. Et comme une réponse à sa mélancolie, un craquement sinistre se fait entendre soudain, plus bas.

35

31 octobre

Personne n'aurait pu prévoir ce qui allait se produire ce jour-là. Les enfants étaient partis chez leur oncle Magnus. Enfin, à les entendre, c'était plutôt chez leurs cousins qui organisaient une fête ce week-end-là, et Anå, qui n'avait plus tout à fait le courage de dire non et de s'opposer seule à son fils aîné, lui avait seulement dit : D'accord, mais tu emmènes ton petit frère. Il avait râlé évidemment, parce qu'il savait bien que non seulement il faudrait s'occuper du petit, mais qu'en plus celui-ci rapporterait la moindre de ses actions à leur mère. Jørn jura, cracha par terre, leva solennellement la main : Je cafterai pas. Il fit mine de pleurer, et le marché entre les deux frères fut finalement conclu.

Anå s'en foutait un peu. Elle ne pouvait le leur dire comme ça, alors elle fit semblant, mais elle n'attendait ni rapport d'espionnage, ni baby-sitting responsable : elle voulait juste avoir la paix. S'en défaire le temps d'un week-end, alors que l'adolescence rendait les choses compliquées. Demander à son frère à elle de les ramener le dimanche soir, d'en profiter pour parler au grand, essayer de l'adoucir. Souffler un peu, c'est ce qu'elle voulait.

Prendre un bain, par exemple. Appeler des copines pour se plaindre, d'autres pour rigoler. Sortir. Se changer les idées tant qu'il faisait jour, peut-être se faire un cadeau en ville, une plante grasse à mettre dans la cuisine pour rendre l'hiver plus gai. Ou alors passer un week-end au chalet, dans la montagne, pour la dernière fois de la saison. Dans quinze jours on ne verrait plus le soleil durant deux mois. Les marins-pêcheurs n'avaient plus parlé de ces galettes de pétrole prises dans les filets pélagiques. Peut-être que les choses allaient s'arranger, finalement.

Elle hésite. Elle imagine. Elle n'en prend pas si souvent, des bains, trois ou quatre fois par an, quand elle est vraiment fatiguée, fourbue par une marche en montagne plus sportive que prévu, ou lorsqu'elle a besoin de faire le point, d'arrêter le cours du temps. Elle le prend bouillant, et jusqu'à ce que l'eau soit froide. Il ne peut plus rien arriver. Rien ne peut interrompre ce moment où il ne se passe rien. Elle est seule avec son corps. Pose la tête au bord de la baignoire sur la tablette de bois qui la prolonge, la nuque dans la cambrure émaillée, le dos qui plonge et les jambes au fond, les bras hors de l'eau pour continuer à manipuler les objets qu'elle a disposés autour d'elle, livres, magazines, un petit poste de radio, pas de téléphone. Un crachouillis de voix aériennes sur de la musique folk. Elle ferme parfois les yeux. Se détend, fait basculer sa nuque, à droite, à gauche. Éprouve des sensations de roulis, des mouvements ralentis dans la vapeur d'eau qui rend la respiration lourde. Elle se redresse, s'ébroue, secoue la torpeur et l'engourdissement, s'allonge de nouveau, dépose les pieds sur les rebords de chaque côté hors de l'eau, pour faire tomber un peu la température.

Anå sourit en regardant la ligne de démarcation nette entre la peau rougie sous l'eau et blanche en dehors. Sur ses jambes. Ses chevilles telles des chaussettes. Sur sa poitrine où cela lui dessine un drôle de soutien-gorge. Anå bombe le torse et s'amuse à faire sortir ses seins de l'eau, elle les repousse l'un contre l'autre en collant ses mains contre ses côtes pour leur donner une forme un peu plus ronde. Joue. Les presse comme dans un corset. Les soupèse dans ses mains en coupe. Les regarde flotter sans poids, le dos cambré pour bien les avoir sous les yeux, les contemplant, qui se gonflent et s'arrondissent et remontent sur sa cage thoracique, plus fiers, plus jeunes soudain, redressant le dos et jouant ainsi à leur tendre la peau en jetant les épaules en arrière, souriant de ces idées qui lui viennent et se touchant à présent les bras, le cou, les cuisses et replongeant dans l'eau brûlante, les cheveux mouillés, la tête reposant sur le rebord de la baignoire et le corps comme amarré légèrement à ce seul point d'attache, juste au-dessus des cervicales, flottant libre dans l'eau où ses mains ont plongé, le caressant, comme des mains étrangères, les yeux fermés, soupirant, le bassin ondulant lentement, la bouche entrouverte, retenant son souffle et puis l'accélérant, son souffle court et chaud dans la vapeur d'eau.

Et comme elle a pensé à lui, elle l'appelle.

L'invite à déjeuner – elle n'a pas les enfants. Elle annule sa copine, celle pour se changer les idées, a peut-être trouvé mieux, elle lui dit ça en riant. Elle va quand même faire un tour en ville, s'achète un cardigan suédois minimaliste et écolo, tricoté dans une laine mérinos si fine que ses mailles sont presque transparentes, comme une gaze. Selon les plis et la lumière, au-dessus de son chemisier noir largement décolleté, la couleur oscille entre le cramoisi et le rouge foncé de Bourgogne, et jette sur sa gorge des reflets orangés de forêt. Elle achète aussi des tranches de viande séchée de renne et du pain noir, du fromage de chèvre brunost, elle met au frais une bouteille de vin blanc allemand. Elle se coiffe et se maquille un tout petit peu, parce qu'elle ne sait pas faire plus, un trait de noir sur les paupières et un fard doré qui éclaire ses yeux noirs. Elle enfile une jupe qu'elle n'a pas mise depuis longtemps, une jupe noire, courte, fermée par de gros boutons colorés, qu'elle porte avec des collants presque opaques et des bottes de cuir marron, entre alezan et tabac, qui s'arrêtent, coupées net, sous le genou qui s'en échappe et la cuisse, calice. Elle est prête.

Elle le sait.

Quand il sonne, elle se regarde dans le petit miroir rond du couloir avant de lui ouvrir, elle ajuste son décolleté en tirant le tissu aux coins des épaules, et baisse un peu le visage, se jette un regard coulé de ses yeux noirs brillants. Elle ouvre.

Ça se passe en un battement de cils. Il la regarde dans l'encadrement de la porte et il lui sourit. Ses yeux ont à peine marqué l'arrêt, peut-être une fraction de seconde, peut-être qu'ils se sont élargis très légèrement, c'était à peine perceptible mais elle l'a vue, subrepticement, sa surprise, elle sait exactement ce qu'il pense, qu'il est en train de la trouver jolie et que ça l'étonne lui-même, qu'il est en train de la trouver jolie comme la première fois, ou au contraire : comme s'il venait de la rencontrer.

Elle l'entraîne à l'intérieur d'un geste familier, le prenant par le bras, le débarrasse de son paquet de sablés à la cannelle acheté sur le chemin, lui propose un café dans la cuisine, il est encore tôt. C'est samedi. Il n'arrivera rien. Ils causent. Ils font passer un peu de temps. Ils en ont si peu. Ils l'ont ratée, leur vie ensemble, ils le savent tous les deux. D'ailleurs il n'est pas question de la rattraper. Les meilleures années ne reviennent pas comme le printemps. Le temps perdu ne revient plus. Inutile d'en parler.

Il essaie à un moment. Il est comme ces hommes qui pensent que les choses sont simples, alors il essaie, mais même lui, il n'y parvient pas. Elle voit bien qu'il cherche à en parler, et pour dire quoi, une bêtise sans doute, qu'il est désolé alors qu'il ne l'a pas été pendant tout ce temps, dix-huit ans. La dernière fois qu'ils se sont vus, c'était un jour comme aujourd'hui. Cela faisait quelques années que ça durait, mais on aurait pu dire aussi que ça traînait, ils se retrouvaient l'été, le reste du temps elle l'attendait plus ou moins. L'hiver, c'est fait pour ça. Il commence plusieurs phrases qu'il ne finit pas, il dit, Tu sais, Anå, et elle l'interrompt. Elle lui parle d'un vol de grues cendrées qui est passé au-dessus du fjord, en retard de quelques semaines sur la migration, c'est à cause du réchauffement.

Ils causent, comme deux vieux amis un samedi. Ils parlent de son séjour ici, des quelques semaines qu'il va encore passer en ville avant de repartir. La plate-forme a été remise en état, elle marche à plein régime.

Ils parlent de son frère, de l'entreprise, des enfants en week-end là-bas, au bord de la mer, dans cette espèce de villa californienne à la baie vitrée panoramique que Magnus a fait construire au sud de la ville, posée sur une petite falaise, avec un sentier qui descend en escalier vers la plage. Ils parlent du chalet qu'ils ont toujours, qu'ils ont gardé là-haut, à la limite du glacier, surplombant la vallée et le fjord, le chalet où ils allaient presque tous les week-ends à partir de mars, quand il y avait assez de jour pour s'y rendre et encore assez de nuit pour assister aux aurores boréales, rideaux ondoyants de lumière, signaux de rêves d'un univers lointain, danses des fées, portails magiques menant vers d'autres mondes, fenêtres du ciel. Pourquoi ils n'iraient pas ?

L'après-midi sera courte. Le soleil couché vers 15 heures. Pourquoi ils n'iraient pas maintenant? C'est Anå qui lance ça, et pendant quelques secondes il la regarde sans rien dire, sans bouger les lèvres, sans cligner des yeux, la mâchoire légèrement décrochée, stupéfait comme si Méduse venait de détacher ses cheveux de serpents devant lui, à tel point qu'elle se demande si elle n'a pas été un peu trop rapide pour lui. On dirait un bug, dans ces jeux vidéo où le personnage finit par buter obstinément sur un bord de la carte.

Il faudrait être dans sa tête pour savoir ce qui s'y bouscule. Ou dans son cœur. Les souvenirs du chalet, de leurs jeux et de leur jeunesse, sur les bords de la crête, une fois passé le col entre les rochers qu'ils appelaient les Crocs du Dragon, Wyrmfangs, les souvenirs du chalet et de leurs nuits d'été sans fin, de leurs corps qui se cherchaient des yeux, de la bouche, des mains, de leurs corps qui n'avaient qu'une idée en tête, bon Dieu, tous les souvenirs, c'est fou, qui étaient restés dans ce mot, chalet, derrière sa porte de bois et ses petites fenêtres. C'est dans la tête ou dans le cœur, les souvenirs, ou seulement dans les mots peut-être. Dans les mots qui sont à la fois des choses et leur image, les mots qui sortent de notre bouche comme des formules magiques et qui sont à la fois des choses et leur souvenir toujours enfui déjà.

Il lui sourit et ses yeux brillent, et bien sûr on va y aller, tant pis pour ce qui pourra arriver ensuite. Il lui sourit comme on boucle sa ceinture la première fois qu'on part en voyage, à 18 ans. Et peut-être qu'il est en train de retomber amoureux, merde, ce serait ça, le miracle, retomber amoureux d'elle, sans réserve, lui confier sa vie, on verra bien ce qu'elle en fait, au moins jusqu'à demain.

Là-haut, entre la brume et les nuages. Au-dessus du soleil si bas sur l'horizon. Ils ont laissé la voiture sous le col, là où la route s'arrête en un petit parking de trois ou quatre places au bord de la forêt, ont gravi à pied le reste du sentier, débouché dans la passe, au pied des pans inclinés des montagnes de glace, dans la lumière oblique du soleil se couchant dans l'Arctique, éclairant le bateau renversé du toit, et ils se sont embrassés là.

Puis ils ouvrent la porte à la volée, bousculent les chaises, posent leurs sacs de provisions sur la table en bois, allument le poêle qui se met à ronfler comme un troll, ils rient, se touchent les mains, les cheveux quand ils s'embrassent, ils sortent deux verres du placard et la vodka au poivre, la rose, qu'elle laisse toujours dans le compartiment freezer du frigo-bar. Et ils s'embrassent et s'embrassent encore et se pressent l'un contre l'autre, de tout leur corps, et leurs mains, leurs doigts se glissent dans leur col, entre les boutons de leur chemise et contre leur ventre, s'immiscent entre la peau et la ceinture, dans le creux du dos, au centre jusqu'à l'os, de vertèbre en vertèbre, pendant que les cuisses se frottent, les mains descendant et remontant et se pinçant la chair des épaules et des hanches, fouillant sous les cheveux qui bouclent sur sa nuque, cherchant à tâtons, roulant des yeux, l'occasion de marcher, d'aller vers la chambre sans se déprendre, tels des siamois emmêlés par trop de peau, trop d'endroits où leurs corps s'abouchent et se baisent.

Ils basculent sur le lit et elle ferme les yeux. Ils ont tellement changé. Avides, adolescents, ils sont devenus goulus.

Il lèche ses seins, leurs aréoles sombres et sa poitrine entière et son ventre et suce ses tétons qui durcissent, et elle peut sentir ses mains qui la caressent et remontent entre ses cuisses et poussent ses fesses contre son sexe à lui encore dans son pantalon, contre ses collants, sa culotte qu'il frotte en y appliquant la main, sa paume contre le pubis et ses doigts qui glissent, cependant lui léchant les seins, remuant son nez froid comme la truffe d'un chien, plongeant vers son ventre, collants, culotte retirés à la hâte, plongeant vers son centre et l'ouvrant de la langue, rose et noir comme un oursin, la goûtant et s'emplissant d'elle et la léchant comme un trésor salé, non plus avidement, mais goulûment comme si l'on pouvait s'y perdre, dans cette drôle de caverne, Anå les yeux fermés jusqu'à ce qu'il n'y ait plus dans la montagne que le bruit du vent contre les vitres, sifflant dans les pierres du toit, le bruit du vent et de leurs respirations rapides.

Cette fois elle ne lui dira pas je t'aime.

Elle ne lui demandera pas de rester. Les hommes comme lui sont capables de tout promettre par faiblesse, en croyant que c'est par amour. Il l'a déjà fait. Elle ne lui demandera pas de rester.

Elle ne lui dira pas que sa vie a souvent manqué de joie. Qu'elle aurait pu être plus heureuse, sûrement. C'est peut-être vrai pour lui aussi, et tant pis pour cette vie.

Elle ne lui dira pas que cet enfant qui porte son nom, c'est le sien.

Cette fois, elle ne tentera rien.

Juste s'enflammer, dans la lumière d'un crépuscule sans fin.

Et soudain, c'est le monde qui se dérobe.

36

Ragnarök

À quelques pas de vous gît le cadavre calciné de Reginn, votre vieux complice, recroquevillé sur lui-même, les membres tordus et noircis, les chairs rongées à vif. Les mailles légères de sa cotte, à moitié fondues, sont incrustées dans les plaies ouvertes de sa peau. Aux endroits que couvraient ses épaulières et son baudrier, son corps n'est plus qu'un amalgame de peau carbonisée, de métal et de cuir brûlé. Son visage, crispé comme un masque grotesque dans une expression de douleur, est effrayant. Il flotte autour de vous une odeur de poils et de cochon grillés, et vous mettez quelques secondes à vous rendre compte que c'est lui, c'est son cadavre qui diffuse partout cette odeur âcre et répugnante qui vous soulève le cœur.

Le dragon repose sur le flanc, la gueule ouverte, fumante encore comme si le brasier, dans son ventre, allait continuer de couver jusqu'à le réduire entièrement en cendres. On en voit la couleur de lave rougeoyer à travers sa peau épaisse et éclairer depuis l'intérieur ses écailles luisantes. Devant son cadavre, tout juste à portée de ses crocs, gît Brynhildr, fille d'Odin, qui avait renoncé à son immortalité pour vous suivre dans votre quête.

Vous vous approchez d'elle.

Le cuir lacéré de son armure déchirée, mise en pièces par les griffes du monstre, laisse voir sur sa peau blanche de larges plaies que le sang ourle et souligne comme autant de sourires ironiques de la mort. Son bouclier a éclaté. N'en restent que des débris fumants accrochés à son bras. Son casque a sauté, volé à plusieurs mètres d'elle, sous le choc de l'impact. Ses cheveux rouges, épars, cachent les traits de son visage. Elle ne tient plus son épée, tombée à ses côtés. Vous vous agenouillez. Vous pleurez à gros sanglots. Vous ne savez même pas comment vous avez commencé à pleurer, mais voilà votre visage baigné des larmes qui coulent sur vos joues, vous ne saviez pas qu'il y en avait tant. Vous secouez le buste et la tête, vous vous balancez d'avant en arrière comme pour vous bercer, et ne sortent de votre gosier que des hoquets déchirés, une plainte profonde, inarticulée, sans cesse interrompue, des hoquets de désespoir et d'amour. À l'intérieur de vous, il y a des réserves insoupçonnées de larmes qui se déversent sur vos joues comme si une digue avait lâché, qui aurait retenu tous les pleurs de votre vie et toute la tristesse du monde, vous reniflez bruyamment car votre nez s'est mis à couler lui aussi instantanément, et le simple fait d'essayer de penser à quoi que soit, de sortir d'une quelconque façon de la pure douleur qui vous a envahi, vous vrille le crâne comme si on avait cloué vos sourcils à votre front.

Vous vous balancez d'avant en arrière, c'est tout ce que vous arrivez à faire et ça ne calme rien du tout, vous vous frappez la poitrine, vous attrapez vos cheveux par poignées et comprimez vos tempes pour tenter de stopper ce mal à l'intérieur, mais rien n'y fait. Pendant de longues minutes ou peut-être des heures, les répits ne sont que de brefs instants pendant lesquels, ayant oublié de respirer, vous vous retrouvez sans voix, sans sanglots, les poumons vidés, surpris, et vous êtes là, comme extatique, immobile, avant de vous fracasser de nouveau et de jeter soudain tout votre esprit et votre corps contre la douleur comme contre un mur.

C'est infini, la douleur. Ça ne guérit que par épuisement.

Vous caressez ses cheveux. Vous écartez les mèches de son visage et votre cœur bondit dans votre poitrine comme s'il pouvait en sortir. Ses yeux grands ouverts vous contemplent sans vous voir, ses yeux noirs comme des puits sans fond, comme la nuit, vides à présent, sans expression, sans lumière de laque, sans étoiles. Vous les fermez en vous penchant sur elle, tirant les paupières avec vos pouces pendant que vos mains, appuyées aux pommettes, plongent dans ses cheveux rouges. C'est encore chaud. Vous pressez sa chère tête contre votre poitrine, vous la serrez sur votre cœur, vous balançant d'avant en arrière comme pour la bercer, comme si la mort n'était qu'un rêve, et vous pleurez de plus belle, en criant à présent, en levant la tête comme un loup et en laissant sortir de vous cette plainte du fond de la gorge et du fond des âges, dont vous ne reconnaissez pas la voix. C'est ce cri qu'ont tous les animaux blessés, trahis, délaissés, ce grand cri d'impuissance et de misère profonde, qui monte des créatures depuis les premiers pas du monde, vers le ciel de ténèbres muettes. C'est un cri à se déchirer le cœur et la voix. Il traîne. Mouillé, il gargouille, il s'éraille et s'étrangle, il se noie, et quand on croit qu'il est mort, il remonte des tréfonds, il revient, il enfle, souffle, il vibre et tremble, et il éclate de nouveau.

C'est un cauchemar. On ne peut pas en sortir.

Vous soulevez son corps et avancez le long du wyrm, jusqu'à atteindre, partant du dos de la bête et de ses omoplates saillantes, les longues mains griffues, disproportionnées, qui soutiennent ses ailes de cuir souple déployées à terre à côté d'elle, et vous grimpez dessus, Brynhildr dans vos bras, vous escaladez l'aile et l'épaule du monstre d'un pas hésitant, vous équilibrant en pliant les genoux pour ne pas tomber. Vous déposez son corps là, entre les ailes, sous la nuque longue de serpent, sur les écailles chaudes qui vont bientôt se consumer, emportées par le feu qui couve à l'intérieur des entrailles du dragon. Vous courez chercher son épée que vous placez entre ses mains, sur son corps droit et raide de guerrière. Puis vous allez puiser de l'huile enflammée dans les bassins de pierre de la caverne, et vous la déversez sur le monstre, sur ses flancs, sur sa queue hérissée de pointes, dans sa gueule ouverte, pour hâter le bûcher funèbre. Vous grimpez sur un promontoire au bord de la caverne pour la voir encore, alors que les flammes s'élèvent dans la carapace du monstre comme un incendie dans une cathédrale.

Vous cherchez des paroles de prières dans vos souvenirs, mais vous n'en connaissez pas. Les larmes qui coulent sur vos joues à présent sont des pleurs de rage, de colère. De révolte. Vous lui en voulez. Odin, le voyageur et le mendiant, le borgne qui laissa son œil à la Völva, il y a longtemps, pour connaître l'avenir des mondes, n'est-il pas le roi des dieux en Asgard ? Ne peut-il rendre son immortalité à la walkyrie, sa servante ? La préserver de la mort ?

« Il la garde près de lui, désormais. Son prochain combat n'est pas loin. » C'est le changelin qui a parlé, apparu à vos côtés sans que vous l'ayez entendu s'approcher, comme d'habitude. Il ne vous regarde même pas, les yeux baissés vers le brasier qui illumine la caverne, et Brynhildr en son centre, encore intacte, sa peau claire, ses cheveux rouges qui se confondent avec les écailles. Son corps est entouré de flammes de toutes parts. Son épée brille comme si elle sortait de la forge. On entend les os de la bête émettre des craquements sinistres et produire des gerbes d'étincelles. Frodor tend doucement la main vers vous, sans détourner le regard.

« Il faut que tu me rendes l'anneau. » Et sans doute vous pourriez le faire, là, tout de suite et sans y penser, vous pourriez, il suffirait de le prendre, coincé dans votre ceinture, de le laisser tomber dans sa main. Mais la brutalité de la question, à ce moment précis, alors que vous rendez un dernier hommage à la guerrière, vous heurte. Quelque chose en vous se braque.

C'est peut-être de la colère. Toute cette impuissance et cette rage que vous avez en vous et que vous ne savez pas diriger. Vous froncez les sourcils. Tournez lentement la tête vers lui.

« Ne fais pas ça, Sigurd.

— La Völva l'avait pourtant prévu, n'est-ce pas ?

— Tu ne te souviens donc de rien ? L'anneau est maudit. Forgé par Fáfnir lui-même, avant que sa cupidité ne le transforme en ce monstre que tu viens d'abattre. »

Et, peu à peu, les souvenirs vous reviennent en mémoire. La prophétie. Le dragon n'est que le gardien d'un monstre bien plus terrifiant.

« Fenrir. » Vous murmurez son nom maudit dans un souffle.

« Oui. Le loup, fils de Loki et de la géante, Fenrir qui avala la main de Tyr et fut enchaîné au plus profond de la plus profonde montagne par la ruse des dieux de l'Asgard, retenu par des liens magiques. Fenrir qui marchera avec les géants au jour du Ragnarök, contre les Ases.

— Ses mâchoires ouvertes toucheront la terre et le ciel, et il avancera en crachant du feu par la gueule, par les naseaux et par les yeux.

— Il avalera le soleil. Il tuera Odin, ton père. Toutes les armées des neuf mondes périront dans cette bataille.

— Il est dit aussi que les walkyries qui reposent aux côtés de mon père se lèveront pour le dernier combat.

— Ne fais pas ça, Sigurd.

— Si je libère le loup, elle revivra.

— Elle revivra pour mourir.

— Mais nous mourrons ensemble. C'était cela, la prophétie, n'est-ce pas ?

— Alors, fou de douleur et d'amertume, il libérera le loup Fenrir de sa prison sous la montagne, et cet événement marquera le début du Ragnarök. Le crépuscule des dieux. Oui, c'est cela, la prophétie.

— Temps des tempêtes, temps des loups, avant que le monde ne s'effondre. Personne n'épargnera personne.

— Je t'en conjure, Sigurd. »

Frodor regarde la lame de votre épée qui vient de s'enfoncer sans bruit dans son flanc. Des flots de sang coulent sur son fil et il lève vers vous ses larges yeux d'enfant triste. En bas, dans la caverne, le bûcher qui a emporté les ailes gagne le dos d'écailles et se rapproche de la walkyrie.

Tout au fond, au plus noir des ténèbres et de la peur, vous savez qu'il est là et qu'il vous attend. Vous allez libérer le loup. L'avaleur, le fléau. Heimdall, sur le pont d'Asgard, soufflera dans son cor, trois fois. Le géant Surt embrasera la terre. Jörmungand soulèvera la mer. Ce sera la fin du monde.

Lorsque vous dénouez doucement le ruban coulissant qui l'emprisonne par enchantement, le loup siffle de plaisir. Il vous observe par en dessous, incrédule, la gueule presque au sol, entre ses pattes. Dans ses yeux monte lentement une lueur de braise qui se ranime. Sa voix profonde et grave éclate dans votre tête.

« Ainsi donc, c'est toi, Sigurd, fils d'Odin. Il n'y avait qu'un homme, à la fin, pour précipiter ce monde dans la ruine. Les géants ne le pouvaient pas, et les Ases n'auraient pas été assez fous. Même Loki ne l'a pas fait. Tout le monde va mourir, tu le sais, n'est-ce pas ?

— Le monde est mort avec Brynhildr.

— Ainsi soit-il. »

Le loup Fenrir se déploie. Un peu malhabile à se redresser au début, il soulève d'abord sa tête et pousse sur ses pattes de devant, creusant son dos entre ses omoplates, puis arc-boutant ses reins sur ses pattes arrière, et l'on dirait une métamorphose, pendant qu'il s'étire et s'élève ainsi vers le plafond de la caverne, on dirait qu'il grandit à mesure qu'il s'élève, jusqu'à une taille démesurée, jusqu'à remplir presque entièrement l'espace de la voûte immense. Alors il baisse les yeux sur vous, ses yeux de feu qui brillent intensément, d'une joie mauvaise. Il ouvre une gueule démesurée. Il vous dévore et ce n'est qu'une question de secondes, vous le savez, pour que vous la retrouviez. C'est la fin du monde et ce sera votre dernier combat.

Allez au chapitre 38.

37

Climax (2)

Dans le bestiaire en danger d'extinction de ses carnets écrits à la main, il y avait aussi des animaux fantastiques.

Pendant des siècles on a cru que ces cornes, qui se vendaient dans toutes les cours d'Europe à un prix bien supérieur à celui de l'or, appartenaient à des licornes. Des voyageurs, des aventuriers, des marins danois, des marchands hollandais, des tisserands belges racontent cette légende. On la grave et on la tisse en tapisserie pour Anne de Bretagne. On en fait des coupes pour y boire des remèdes magiques. On les encadre, ouvragées, suspendues comme des sabres, des signes de puissance et de spiritualité. Certains saints en ont fait leurs bâtons de pèlerin, dit-on, exposés dans les chapelles comme des reliques. Qui pouvait imaginer ce poisson sans l'avoir vu de ses yeux ? Sa corne unique pouvait mesurer jusqu'à 3 mètres de long. C'était une dent. Une dent qui poussait au travers de la lèvre, dans sa bouche ronde, au milieu de sa tête ronde, une dent torsadée pour pousser bien droit, longue et fine et fragile, parcourue de millions de nerfs capables de mesurer la pression de l'eau, sa teneur en sel, sa température, une dent pour s'orienter et savoir où chasser, où fuir quand l'hiver vient, et quand retourner frayer près de la banquise, au milieu des bancs de poissons gras. Y goûter l'été, en compagnie de son bébé, le nourrissant en l'allaitant, comme nous, dans des eaux assez riches et pures pour gagner vite de quoi passer l'hiver. *Monodon monoceros.* Un poisson migrateur et son antenne pour ne pas se faire surprendre par la glace et mourir piégé.

Le narval était sensible aux pollutions pétrolières et chimiques, à la pêche des poissons de l'Arctique, ceux qui finissaient en bâtonnet, au réchauffement de l'océan qui affectait sa salinité et le désorientait. Aux changements qui perturbaient les autres espèces et les bancs qu'il ne trouvait plus pour se nourrir. Il était sensible à nous. À toutes nos catastrophes, alors que nous, nous ne l'avions presque pas vu. Nous croyions que c'était une licorne.

Il y en avait d'autres, des gros mammifères marins. Même une baleine, qu'on ne trouvait que dans ces eaux, *Balaena mysticetus*, la baleine boréale, baleine arctique ou baleine du Groenland. C'était la plus grosse, après la baleine bleue. Et c'était, de loin, celle qui connaissait la longévité la plus extraordinaire. Elle pouvait vivre plus de deux cents ans. Des caractéristiques particulièrement stables de son génome empêchaient son vieillissement et la prolifération des cancers. Elle ne faisait que nager et chanter. Elle chantait en continu, 24 heures sur 24, pendant cinq mois de l'année, ce qui lui valait d'être appelée par les marins le canari des mers. Elle aussi était menacée par le trafic maritime et la pollution. Les baleines franches en faisaient déjà les frais, qui s'aventuraient au nord, dans les eaux froides, et se nourrissaient exclusivement de *Calanus finmarchicus*, celui qui remplaçait peu à peu le *hyperboreus* en Arctique. On n'en comptait plus que 400 individus. Rien. Un village. Une mort sur deux était due à une rencontre avec un bateau. Elle s'appelait *Eubalaena glacialis*.

Pas de cachalot blanc, pas de Moby Dick. Ça n'existe pas. Mais on trouvait des bélugas dont le nom, de *beloye*, signifie blanc en russe et qu'on appelait aussi baleines blanches. C'était un cousin de la licorne, issu de la même branche, *monoceros*. Son nom savant, *Delphinapterus leucas*, suggère plutôt quelque chose comme « dauphin blanc sans ailes » car, comme le narval et certaines autres baleines, il ne possédait pas de nageoire dorsale, ce qui lui permettait de passer son temps sous la banquise, à respirer dans des poches d'air. Parfois il venait la percuter pour la briser aux endroits les plus fragiles, qu'il repérait grâce à son puissant sonar. On voyait des groupes de bélugas, comme des tribus, filer au ras de l'eau et sauter dans les vagues en riant. On les voyait plonger au milieu des bancs argentés des morues. Ils se frayaient sous la glace des chemins improbables qui retrouvaient toujours la surface. Ils étaient joueurs. Sociaux. Doués de parole et musiciens.

Ursus maritimus s'approchait parfois des couches fines de glace de mer sous lesquelles un béluga était prisonnier. La traversant d'un coup formidable de son énorme patte, il assommait l'animal et le traînait sur la banquise pour le dévorer. Mais la disparition de la banquise due au réchauffement climatique, la pollution due à l'exploitation minière et au trafic maritime, le bruit des moteurs qui perturbait les sonars et désorientait les bélugas, les accidents avec des bateaux de plus en plus fréquents dans ces eaux, tout les menaçait, même eux, nombreux et paisibles.

L'ours mangeait surtout des phoques, *Pusa hispida*, dont l'habitat était la banquise en train de fondre. Ils se réfugiaient sous la glace, dans des poches d'air qui leur faisaient des cavernes naturelles, des tanières où ils pouvaient élever leurs petits et les protéger durant tout l'hiver, tant qu'il y en avait. Ils mangeaient des poissons. Des morues arctiques, eux aussi. Décidément *Arctogadus*, qui migrait toujours plus au nord pour trouver dans l'eau glacée le plancton de mai qui nourrirait ses œufs, était au centre de l'écosystème, du réseau trophique court et synchronisé de l'Arctique. *Odobenus rosmarus* en mangeait également, il était tellement énorme et robuste qu'il n'avait pas besoin de se cacher. Les morses et leurs défenses ne craignaient que les ours, seuls capables de les étreindre et de lutter avec eux sous l'eau. Mais eux aussi vivaient sur la banquise. C'était leur milieu. Leur rythme. Quand elle a commencé à fondre, c'est tout un monde qui s'est mis à rétrécir comme une peau de chagrin.

Les copépodes et les morues qui s'en nourrissaient étaient peu à peu remplacés par des espèces boréales venues de l'Atlantique Nord. Les oiseaux les suivaient, contraints de migrer sur des distances toujours plus grandes. *Fratercula artctica*, le petit frère de l'Arctique, le petit moine, le macareux pêcheur de morues, avec sa tête de perroquet et ses pieds palmés, son air étonné, vif, son ventre rond, voyait déjà sa population diminuer. Le mergule nain, amateur de copépodes, *Alle alle*, le plus petit des alcidés, boule de poils et de plumes noires et blanches, toute ronde, s'envolait de son nid dans les falaises de l'île aux Ours à la fin de l'été, de plus en plus chétif sous l'œil des goélands. Même la mouette ivoire, *Pagophila eburnea*, charognarde immaculée des bords du pack, qui suivait les ours dans leur chasse, devait se contenter de plus en plus souvent de leurs maigres déjections.

Sur le continent le tableau n'était pas plus gai. *Calidris bairdii*, un bécasseau qui se gavait d'insectes sur les rivages, observait de loin la toundra se transformer en un champ de ruines nauséabond où *Nyctea scandiaca*, le harfang des neiges, trouvait de moins en moins de lemmings à se mettre sous le bec. C'était le cas aussi de *Vulpes lagopus*, le renard bleu qui n'était plus chassé pour sa fourrure mais qui était confronté à la concurrence de plus en plus vive du renard roux commun. Même *Ovibos moschatus*, le bœuf musqué qui ressemblait à l'ancêtre d'une vache écossaise, souffrait de la toxicité du pergélisol libérant son méthane. Les grands rennes dont les troupeaux nomades avaient forgé le mode de vie des Samis depuis toujours n'avaient plus rien à manger certaines années où la glace de regel, due aux pluies de plus en plus abondantes sous ces latitudes, formait une pellicule plus difficile à gratter que la neige. Il s'appelait *Rangifer. Rangifer tarandus.* Il avait côtoyé les mammouths il y a très longtemps, leur avait survécu. Avec ses bois recouverts de velours et ses 180 kilos, ses yeux qui viraient au bleu profond en hiver, comme les yeux des bébés, il venait de faire son entrée sur la liste des espèces menacées, catégorie « Vulnérable ».

Au-delà du cercle polaire, au-delà du Nord, glissant, coulant sur la terre, s'élargissant en descendant vers l'équateur comme un nappage sur un gâteau, un peu partout les catastrophes naturelles, les événements climatiques extrêmes se multipliaient. Typhons, tempêtes, vagues de canicule et de sécheresse dont le stress qu'elles provoquaient faisait mourir des forêts entières quelques années plus tard, ouragans, pluies diluviennes, montée des eaux menaçant îles et côtes, glissements de terrain, incendies incontrôlables engloutissant des millions d'hectares de forêts et de savanes abritant des espèces parfois déjà en danger, un peu partout le réchauffement virait au dérèglement et à la panique. Le chaos climatique devenait suffisamment sérieux pour inquiéter les Bourses. Les réassureurs, les immenses compagnies qui assuraient les assurances, refusaient désormais de courir toute une série de risques environnementaux redoutés. Plus de villas de milliardaires trop près des côtes de Floride. Les événements incontrôlables coûtaient 10 à 20 % du PIB mondial tous les ans. La température à Paris ou à Londres était cotée à l'Euronext.

Les mêmes modèles mathématiques étudiaient la complexité du climat et les variations folles de la finance.

Le problème, ce n'était plus de savoir comment les choses se répartissaient gentiment en fonction de l'écart type et en moyenne. Les statistiques ne prévoyaient plus rien. À la trappe Bernouilli et son idée qu'à grande échelle, dans les « grands nombres », tout s'équilibre. Oubliées, la limite centrale, la courbe de Gauss. Le problème, c'était de savoir ce qui se passait dans les extrêmes, quand les courbes s'affolaient, quand se produisaient les krachs. De calculer la probabilité d'apparition d'une catastrophe ravageuse. On n'espérait plus le climax qui verrait la succession écologique revenir à l'équilibre. On attendait le climax en termes de récit, en narratologie où il désigne le point culminant de la fiction. Le boss de fin de niveau. L'apothéose. L'accomplissement du destin.

On attendait la fin du monde.

C'est Mandelbrot qui avait ouvert la voie. En économie, un hasard sauvage était à l'œuvre. Les événements extrêmes, totalement imprévisibles, étaient prépondérants. Bill Gates entrait dans un bar de chômeurs. Le salaire moyen venait d'être multiplié par un million. Mais les lois de distribution des valeurs extrêmes dépendaient d'un indice très difficile à fixer. Des problèmes d'interpolations restaient irrésolus. Certains phénomènes pouvaient être interdépendants en moyenne, mais pas dans leurs valeurs extrêmes, et la connaissance de la variabilité moyenne devenait inutile pour les comprendre. Les krachs boursiers, les tsunamis. On vivait sur un tas de sable à l'état critique.

Le climax. Le moment où tout bascule.

On connaissait les lois de la physique. Elles étaient vraies. Démontrables, observables, reproductibles. Mais sur le tas de sable à l'état critique, le prochain grain qui tombait pouvait tout faire s'écrouler, ou simplement venir augmenter le tas, personne ne pouvait le dire, personne ne pouvait le prévoir.

Le grain de sable, c'était l'avenir. Le coup de dés.

Et plus le hasard était grand dans l'équation, plus la probabilité qu'un événement se produisît se rapprochait de 0 ou 1. On ne savait pas quoi, mais cela pouvait arriver à tout moment. L'événement extrême. Le climax. La fin du monde.

On l'attendait depuis si longtemps. On y avait mis tant d'énergie.

Lorsque le glacier s'est décroché, qu'il s'est effondré dans le fjord en entraînant une partie de la montagne avec lui, il a soulevé une vague immense, comme lorsqu'on glisse en rentrant dans sa baignoire et que tout déborde, une vague de plus de cinquante mètres de haut qui s'est mise à remonter la langue de mer comme un tsunami à l'envers. Elle a tout balayé. La ville moderne et le port ont été submergés. Les immeubles déchirés comme des ballots de paille dans la tempête. Les voitures, les bateaux, les gravats, les poteaux, les toitures, les maisons, projetés les uns contre les autres, carambolés et pulvérisés en quelques secondes. À des kilomètres de là, l'onde de choc qui s'était déjà propagée par le sol avait provoqué l'explosion de la plateforme pétrolière Sigurd, soufflée dans un crépuscule de feu comme une grosse boîte d'allumettes, avec tous ses hommes d'équipage.

Puis ce fut la nuit.

38

The End

C'est le chapitre que tout le monde redoutait dans les livres dont vous êtes le héros, mais cela finissait cependant souvent ainsi. Il fallait revenir en arrière, noter les numéros, griffonner des plans, comprendre ce qu'on avait mal fait, essayer d'autres chemins. Lancer d'autres dés. Celui-là, on le marquait d'une croix. Le court paragraphe se terminait toujours par la même formule, lapidaire :

Vous êtes mort.

III

« In the day of Doom
He shall deathless stand
Who death tasted
And dies no more,
The serpent-slayer,
Seed of Odin :
Not all shall end,
Nor Earth perish. »

J. R. R. TOLKIEN,
The Legend of Sigurd and Gudrún

« Là, au jour du Destin,
Se tiendra immortel,
Qui goûta à la mort
Et de mort fut guéri,
Meurtrier du dragon
Et descendant d'Odin,
Ne finira pas tout,
Terre ne périra. »

Trad. Christine Laferrière
(Christian Bourgois éditeur)

39

Yggdrasil

Et merde ! Ça devait finir comme ça.

Vous ouvrez les yeux tout doucement. Précautionneusement, parce qu'il vous semble que vous allez réussir à les ouvrir mais que le reste de votre corps est pour le moment parfaitement immobile et incapable du moindre mouvement. Raide comme la mort. Vous êtes allongé sur le dos et, lorsque vous ouvrez les yeux, d'abord vous ne voyez rien : c'est la nuit, le noir complet. Vous ne voyez qu'avec peine la différence avec l'instant d'avant où ils étaient fermés, et cela vous effraie. Ce n'est pas habituel.

Vous n'essayez pas de remuer les membres parce que vous avez peur de ne pas y parvenir. D'autre part, le silence est total autour de vous. Il vous semble que serait folie la moindre tentative, la plus petite action, tout ce qui viendrait rompre cette sorte d'harmonie où il ne se passe enfin plus rien. Vous espérez seulement que vos yeux vont s'habituer à l'obscurité. Ou que vos oreilles vont entendre un bruit qui évoquerait encore le monde réel. Ce serait tout à fait rassurant. Un bon début.

Vous tâchez de penser. De vous souvenir de ce qui est arrivé, au moins des bribes, comme des indices pour comprendre ce que vous faites là. D'ailleurs où êtes-vous ? Cela devrait être à votre portée. Le simple fait de pouvoir faire l'effort de vous souvenir, ou même d'envisager de le faire, le simple fait de penser que vous pourriez vous souvenir de quoi que ce soit est la preuve que vous êtes bien là, vivant. Dans votre situation, voilà qui est déjà beaucoup.

Étrangement, le premier mot qui vous vient en tête est Yggdrasil.

Les mots, quand on les prononce, on ne sait pas si ce sont des souvenirs ou de l'imagination.

Dans les anciennes légendes, Yggdrasil est l'Arbre-monde, c'est l'arbre qui relie les mondes dans ses branches, tous les mondes, ceux des dieux, Ases et Vanes, des elfes clairs ou sombres, et des hommes vivants et morts, du feu, de la brume et des géants. Il plonge ses racines en Nilfheim, le royaume de brume, en Asgard, le pays des dieux Ases, et en Jötunheim qui abrite les géants. Il pousse, tel un frêne aux dimensions cosmiques, à travers Midgard, le royaume des hommes, la Terre du Milieu. Les Nornes, tisseuses des destins des hommes et des dieux, l'arrosent d'une eau puisée à la source de toute sagesse, dans le puits d'Urd. Il est la structure de l'Univers, des neuf mondes qui habitent sa ramure, il est son architecture. Il est ce qui permet aux contraires de se rencontrer et de se combattre, sans s'annihiler. Il est la guerre éternelle. La vie.

Pourquoi diable est-ce la première chose qui vous vient en tête ? Vous vous souvenez d'une sorte d'avalanche ou de tremblement de terre. D'un bruit infernal à vous faire éclater les tympans. La montagne, la montagne s'ouvrait et se brisait en éclats de roches, glace volatilisée, poudroiement de neige dispersée par le vent, nuages de diamants clairs scintillant dans la nuit, l'horizon encore sanglant sous la voûte d'un bleu sombre. Vous vous souvenez qu'à la fin du monde, le loup Fenrir se défait de ses chaînes sous la montagne. C'est comme une éruption. Vous connaissez ces légendes. À moins qu'elles ne soient de lointains souvenirs. Comment faire la différence ?

Il vous semble que vous les avez déjà vécues, il y a longtemps.

Vous êtes Sigurd le paladin, piégé par ses propres mensonges, maudit par tout l'or du Rhin, vainqueur de Fáfnir changé en dragon et de bien d'autres monstres, qui a laissé Brynhildr comme une Belle au bois dormant au-delà d'un cercle de feu, qui l'a délaissée malgré lui, charmé par le philtre d'oubli de Gudrún et de ses frères avides. Vous êtes le traître qui l'a séduite sous l'apparence d'un autre et puis abandonnée. Maudit, puis trahi à son tour. Brûlé vif avec elle, pour expier votre faute.

Vous êtes Sigurd. Sigurd ou Siegfried, c'est pareil. Graine d'Odin. Maître de l'anneau maudit des Nibelungen. Héros. Traître au genre humain, vous êtes celui qui, par désespoir, a libéré le fléau du monde, Fenrir. Un drôle de héros. C'est maintenant que vous apercevez la fin de l'histoire. Le crépuscule des dieux.

Le loup rallie les géants. Surtr embrase le monde. Des incendies gigantesques dévastent les forêts du Nord. La taïga s'enflamme. En Sibérie, au Canada, en Norvège. Les Terres du Milieu sont en feu. Les troupeaux de rennes détalent, désorientés. Le loup avale le soleil. Des inondations sur toute la planète submergent sous des pluies diluviennes les terres cultivées, et la famine se répand à la surface de la terre. La vermine pullule et ravage les maigres récoltes. Les eaux polluées des rivières et des nappes souterraines empoisonnent ceux qui les boivent. Des armées se forment et des guerres éclatent. Les walkyries conduisent au festin des dieux les combattants qui les honorent. Les hommes périssent les premiers.

Les dieux eux-mêmes, alors, marchent au-devant de leur destin. Odin, roi en Asgard, Odin qu'on nomme aussi Barbe grise ou le Vagabond, dont l'œil crevé témoigne de la sagesse acquise à ce prix, et dont la lance, Gungnir, frappe comme l'éclair, Odin le dieu-loup et le dieu-corbeau meurt en luttant contre Fenrir. Thor lui-même, empoisonné par le grand dragon Jörmungand, s'écroule à quelques pas du cadavre du monstre qu'il vient d'abattre. C'est un carnage, une apocalypse. C'est la fin du monde. Il vous semble bien que c'est arrivé.

Mais quand ? Vous fouillez votre mémoire. Vous êtes confus, désorienté. Les ténèbres n'aident pas. Le silence est si pesant qu'il vous semble que vos oreilles bourdonnent.

Il y a une suite aux légendes du Ragnarök, à la fin du monde telle qu'elle est racontée dans de vieux textes achetés en Islande par un évêque curieux au Xe siècle. À la fin, Baldr, revenu des enfers de Hel, venge Odin son père et tue le loup. Il rentre en Asgard. Il y aura de nouveau des moissons. L'arbre a tenu bon.

Yggdrasil.

Ses racines démesurées plongent à travers Midgard. Dans le bois de Hóddmímir où elles s'enfoncent dans le sol, à l'endroit où elles enserrent une source fraîche sortie de la bouche d'un géant, une femme et un homme ont trouvé refuge. Il s'agit de la dernière femme et du dernier homme. Líf et Lífþrasir sont nus et se relèvent après la tempête qui a balayé la Terre du Milieu, comme un couple originel.

Comment pouvez-vous connaître ce qui arrive après ?

Vous secouez la tête. En le faisant, vous prenez conscience que vous êtes capable encore de bouger, et vous entreprenez de remuer les doigts d'une main, puis de l'autre, vous pliez les bras. Vous ne voyez pas vos mains dans la nuit qui vous entoure, mais vous les portez à votre tête et sentez, sous la pulpe de vos doigts, la peau souple de votre visage, votre nez, vos paupières, vos lèvres. Vous remuez les jambes à leur tour, pliez les genoux, ramenez les pieds plus près de vous. Vous êtes dans un lit. Vous pouvez toucher les draps de coton. Votre corps nu.

Vous pouvez sentir le froid passer sur votre peau comme un souffle.

Où diable êtes-vous ? Dans la cabane de la Völva perdue dans la passe au-dessus du glacier, entre les Wyrmfangs ? Il vous semble que vous connaissez cet endroit. L'antre de la sorcière, de la voyante qu'Odin était venu interroger, la femme qui savait, qui lui fit voir l'avenir des mondes et le sien, vers lequel il marcha pourtant sans ciller.

Vous-même, n'êtes-vous pas venu ici, il y a longtemps ? Vous vouliez connaître l'avenir, n'est-ce pas ? Vous brûliez d'être un héros, d'accomplir des exploits dignes d'un récit. Vous étiez jeune alors, on l'est toujours dans ses souvenirs. Vous vouliez un destin à votre mesure. Est-on libre si la liberté consiste à accomplir sa destinée ? Quelle était la vôtre ? Vous vouliez sortir du lot, séduire, peut-être que vous vouliez seulement être aimé.

Qu'avez-vous fait ?

Vous redressez le buste en poussant sur vos mains enfoncées dans les draps.

Vous êtes Noah.

Des années plus tard qui sont passées comme des siècles, la cabane est devenue un chalet, dans la passe des Crocs du Dragon, sous les pics des Trois Sœurs, près des Dents de Troll, au même endroit.

Vos yeux commencent à s'habituer à ne rien voir. Il fait noir parce que les fenêtres sont obstruées, sûrement par la neige, ça ne peut pas être juste la nuit. Vous tâtez le parquet au pied du lit, vérifiez que la pesanteur ne vous joue pas des tours. Comme ça, dans le noir, on n'en sait rien, de ce qui est en haut, en bas, et vous mettez timidement un pied par terre hors du lit, vous roulez doucement et vous retrouvez à quatre pattes, sur le sol de bois, vous êtes nu, il fait froid.

Vous cherchez à tâtons le mur, il doit bien y avoir un mur de ce côté du lit bordel, ça commence à vous agacer parce que vous êtes encore un peu confus et que vous ne vous souvenez pas bien de la fin du monde, seulement que vous l'avez pensé. C'est la fin du monde. Cette phrase est passée dans votre esprit au moment où tout a disparu dans un grand bruit. Quel âge avez-vous ? Vous êtes déjà venu ici, dans le chalet. Bien sûr. Mais les choses vous semblent un peu indistinctes, ou emmêlées.

Est-ce que vous êtes mort ?

Est-ce qu'on peut avoir froid ? Putain, c'est l'angoisse, vous vous dites, à poil pour l'éternité dans des ténèbres épaisses, à avoir froid comme en hiver, coincé dans un éclat de mémoire, ce chalet, c'est cela n'est-ce pas, vous êtes coincé dans une espèce de souvenir ? Et pourquoi là ? Pourquoi pas chez vous ? Putain de bordel. Ça fait si longtemps que vous êtes parti, nom de Dieu, c'est comme s'il n'y en avait plus, de chez-vous. C'est peut-être pour ça que vous vous retrouvez là.

Vous rampez sur des choses molles, des tissus que vous froissez dans vos mains. Une paire de godasses qui claquent sur le parquet quand vous rentrez dedans. Un livre aux coins pointus. Vous avancez centimètre par centimètre jusqu'au mur et vous vous collez à lui ensuite pour le longer jusqu'à ce que vous atteigniez le chambranle d'une porte et, promenant la main le long, au bord et un peu plus loin sur le mur, vous finissez par trouver l'interrupteur qui ne marche pas, évidemment. Mais vous commencez à deviner où vous êtes et, retournant sur vos pas toujours en rampant le long du mur, vous vous cognez bientôt à une table de nuit légère et renversée à côté de laquelle vous retrouvez à tâtons un paquet de cigarettes et votre briquet. Et tout vous revient avec la vue de la flamme nue qui vous aveugle, le lit, les murs de lambris et les poutres noires, tout.

Le chalet, la chambre, Anå, cette drôle d'après-midi, tout vous revient alors que vous vous regardez, vous y prenant à plusieurs fois pour ne pas vous brûler parce que le briquet chauffe, alors que vous inspectez vos mains, tendons et veines, les ongles trop courts, vos bras plus vieux aux muscles plus longs qu'avant, la peau fripée aux coudes et sous les bras, vos jambes, vos cuisses pelées, toutes pâles, et votre sexe qui pend comme un oiseau mort au milieu de son nid de poils dont quelques-uns sont blancs déjà. Éclairée depuis l'intérieur, la fenêtre devient blanche, bouchée par la neige comme s'il en était tombé deux mètres en quelques instants. Un des carreaux est cassé et un peu de neige est rentrée. Il en reste dans le coin, une petite montagne au milieu d'une flaque. Vous vous souvenez de tout mais ça ne sert pas à grand-chose pour comprendre ce qui s'est passé. Il n'a pas pu neiger deux mètres en dix minutes. Dans la chambre, presque tout est renversé. Les étagères ont déversé tout ce qui s'y trouvait : bibelots, livres, photos dans des cadres dont le verre s'est brisé à terre. Les tables de nuit sont renversées. Le lit lui-même vous semble bizarrement incliné, comme s'il boitait. En regardant mieux vous vous apercevez qu'un de ses pieds a cédé. Vous allumez une grosse bougie odorante qui vous fournit une lumière plus continue, quoique vacillante.

Elle est là. Vous pourriez vous mettre à chialer comme un gosse.

De reconnaissance. D'amour. C'est comme la tristesse, l'amour, ça déborde, ça vous ravit sans prévenir et ça vous déborde comme une vague.

Elle est là. Anå, son corps nu soyeux et blanc sur les draps gris. Ses cheveux noirs et raides de Samie ou d'Inuit dont les reflets tirent sur le rouge, ses pommettes rondes et son visage fin, son nez pointu, sa bouche, mon Dieu, sa bouche dont les lèvres corail se fendillent en millions de nervures, comme une feuille de frêne à l'automne, sur son visage de neige, car elle a toujours ce teint comme d'une faïence, partout sur son corps, sur sa poitrine et sur ses cuisses, ce rose si léger dans le blanc de sa peau, comme un glacis de peinture ancienne ou une goutte de sang tombée dans du lait.

Elle est là comme si c'était évident, comme si vous y étiez destinés. Comme si vous vous étiez trompé de chemin, toutes ces années, comme si vous rentriez chez vous. Son sexe de fourrure est blotti comme un animal entre ses jambes. Ses cheveux cachent en partie son visage. Elle s'est redressée elle aussi et vous observe sans bruit, elle sourit timidement, elle a sans doute peur comme vous. Qu'est-ce qui s'est passé ? Elle vous demande ça mais elle sait bien que vous n'en savez pas plus qu'elle. Vous vous rapprochez, vous grimpez sur le lit et vous vous asseyez, le dos au mur, à côté d'elle, vous glissez un bras derrière sa nuque et vous venez embrasser son épaule. Un tremblement de terre, peut-être ? Vous pensez à la plateforme.

Dans le chalet tout est renversé et un pan de mur à l'arrière, du côté de la cuisine, est en partie défoncé. Il y a de la neige qui fond doucement et une flaque qui s'agrandit, sombre, sur le bois, depuis le coin du mur. Il a dû y avoir une avalanche, cela expliquerait le bruit, et puis le choc. Vous le dites sans y croire vraiment. Le chalet est à l'écart des couloirs. Ce serait préférable mais, bien sûr, le plus probable, c'est le pire. Il faut dégager la porte.

Ça va vous prendre deux heures, à la pelle et en vous gelant les mains. Les téléphones ne captent pas. Aucun réseau, rien. Comme si vous étiez les derniers êtres vivants.

Yggdrasil.

Le plus difficile, dans l'escalade, c'est la descente. C'est le plus dangereux, le plus impressionnant aussi. Au cinéma on voit toujours les types qui montent, qui sont en route vers le sommet, il y en a toujours un dans le lot qui n'est pourtant pas un alpiniste, il est comme le spectateur et les autres l'encouragent : Ne regarde pas en bas, ils disent. Et comment vont-ils redescendre sans regarder en bas ? Vous avez peur, et vous avez sans doute raison.

Il fait nuit, mais le ciel est toujours bleu à l'ouest. Un immense dégradé s'étale, du bleu blanchi du ciel juste au-dessus de l'horizon encore orangé, qui va se colorant peu à peu, se chargeant, la couleur de plus en plus soutenue, bleu turquoise, bleu myosotis, bleu de mer, bleu pétrole et bleu roi, bleu d'uniforme de marine, bleu nuit déjà teinté de noir, et ce n'est plus une couleur qui s'assombrit en montant, mais tout l'espace avec elle qui s'approfondit des abysses où s'allument les étoiles. La couleur du ciel au couchant, quand monte la nuit, baisse le jour, la couleur changeante du ciel, ce n'est pas une couleur, c'est du temps qui passe. La montagne est grise, elle tranche sur la mer. Assez claire encore pour qu'on la voie. Elle est à vos pieds. Enfin, elle était là. Ce qui en reste, c'est autre chose.

Vous êtes Anders.

À genoux dans la neige, à contempler le désastre. C'est ce que vous avez toujours fait.

Des avalanches continuent de rouler çà et là sur les pentes des sommets alentour dans un bruit d'écroulement lointain, comme si ce n'était qu'un écho de ce qui vient d'avoir lieu sous vos yeux. D'ailleurs vous n'avez pas compris tout de suite ce qui se passait. Les oreilles saturées, comme bouchées par un bruit solide, votre corps s'est figé de longues minutes, incapable même de fuir ou de chercher à se protéger, les yeux écarquillés remplis de larmes, les lèvres retroussées sur les dents sans pouvoir crier, et vous êtes demeuré là, debout, comme si votre immobilité était une sorte de pouvoir magique, comme si elle allait pouvoir retenir le temps ou les choses. Mais la montagne a explosé quand même.

Des blocs de rochers se sont volatilisés comme si on les avait dynamités pour creuser un tunnel, réduits en poudre, en projections de pierres et de terre dans une série de déflagrations qui ressemblaient à un bombardement, en chaîne et se suivant les unes les autres, à droite à la lisière de la forêt, et tout de suite après plus haut de l'autre côté, en bordure de la crête de congères, et puis au milieu du glacier, avec des gerbes de neige tels des panaches de fumée blanche envoyés contre le ciel sombre, des geysers fantastiques, la glace explosant dans des scintillements poudrés de diamants bruts, de plus en plus proches et rapides et répétés, et peu à peu c'était toute la montagne ou toute la vallée glaciaire du moins qui était en train de sauter comme un champ de mines, jusqu'à ce que le bruit de fond s'amplifie, le bruit terrifiant de la montagne elle-même en train de gronder dans ses profondeurs comme un dragon qui se réveille, un bruit souterrain qui gagnait la surface et prenait les dimensions du paysage entier que vous aviez sous les yeux, faisait trembler le sol comme une eau frémissante, et bientôt ce furent des chutes de pierres autour de vous et, les plaques de glace de plusieurs mètres d'épaisseur commençant à glisser, des avalanches qui se déclenchaient et ravinaient les versants, à leur tour accompagnées d'un bruit de grondement, de roulement étouffé, comme en écho.

Vous avez fini par tomber, les genoux plantés dans la neige. Vous ne pouviez pas détourner le regard. La montagne a basculé presque au ralenti, ce n'était pas vrai bien sûr mais c'étaient les dimensions formidables de la catastrophe qui donnaient cette impression de ralenti, peut-être votre propre immobilité aussi, vos sens affûtés par l'adrénaline qui venait d'arriver massivement dans votre cerveau et submergeait vos synapses en train de clignoter comme des orages de haute altitude. La montagne craquait. Elle a basculé dans le vide, dans la nuit. Elle s'est détachée dans un craquement monumental et sinistre fait de millions de crépitements et d'explosions simultanés, comme le final d'un monstrueux feu d'artifice. Elle a glissé. Elle est partie derrière un dernier écran de poudre scintillante. Il n'y a plus eu que la nuit.

Le silence qui a suivi était aussi assourdissant que le vacarme de sa chute.

La montagne avait disparu.

Vous avez regardé au loin, vers la mer, vers la ville, mais ses lumières se sont éteintes comme si on avait soufflé une bougie. La ville n'était plus là. Il n'y avait plus jusqu'à l'horizon que le noir de la terre et de la mer confondus, sous un ciel encore bleu en train de s'épaissir, de tomber tel un rideau de théâtre qu'on aurait descendu à la fin du monde comme à celle d'une comédie, un vieux rideau troué d'étoiles.

Vous vous relevez. La descente, c'est le plus difficile. Il va falloir couper en biais, tenter de rejoindre la forêt d'épinettes et de pins noirs. Devant vous, c'est trop incertain. Vous allez tomber sur une falaise, ou dans une faille. Devant vous il n'y a que la mort.

Vous pitonnez pour franchir le premier passage où les rochers dégringolés ont formé une ravine dans la paroi elle-même, une sorte de couloir vertical, et vous vous demandez ce qui va faire tenir votre plaquette et votre broche en forme de vis enfoncée dans une fissure de la pierre, dans cet univers où des pans entiers de montagne peuvent se briser comme des biscottes.

Les passages se succèdent et, dans un sens, heureusement que vous n'y voyez pas loin. Chaque obstacle en son temps. Chaque paroi, sans trop savoir jusqu'où elle descend, s'il y a un plancher plus bas ou un autre ravin, s'il y aura des corniches où se reposer, se suspendre, s'il y aura assez de corde, s'il y aura un fond à cet enfer fracturé. Vous vous enfoncez dans les ténèbres.

Vous redoublez de précautions. De toute façon, rien ne vous attend. Personne, surtout. Vous pensez à vos collègues, Silje et Jan. Peut-être que Silje est repartie à Tromsø ce week-end. Vous allez prendre la nuit à descendre, et ce serait une chance qu'il y ait encore votre voiture en bordure de la piste. Vous avez fourré des rations et le réchaud à alcool dans votre sac à dos, les chaussons d'escalade, la corde, vous avez abandonné le traîneau là-haut parce qu'il n'aurait fait que rendre la descente plus délicate encore. Sur votre front, la lampe éclaire un faisceau à quelques mètres devant vous. La nuit gagne, la nuit s'épaissit. Vous êtes seul dans le chaos du monde, et vous n'y voyez qu'à quelques mètres. C'est une image assez désespérante, mais assez réaliste de votre condition, en général.

Vous ne pouvez vous empêcher de vous poser la question. Est-ce que vous auriez pu empêcher ça ? Vous savez qu'on n'aurait pas pu l'éviter, qu'il n'y avait rien à faire. Et même avec tous vos relevés, on ne vous aurait pas cru. Les glaces qui s'amenuisent, même les couches anciennes, le glacier qui fond, qui disparaît, le problème est là, sur la table, depuis des décennies. On ne vous aurait pas cru. Ou pire, on vous aurait cru. On vous aurait dit : Et alors ? C'est comme ça qu'on en est arrivé là. Ce n'est même pas de la faute des gens. Comment voulez-vous qu'ils abandonnent leur maison, leur boulot ? Vous-même, vous ne l'auriez peut-être pas fait. On sait qu'on va mourir et, chez la plupart des gens, qu'est-ce que ça change ?

Il règne à présent sur la neige un silence total, même en s'approchant de la forêt. C'est comme si la nature, tous les oiseaux, en fait, s'étaient tus. Tout à l'heure, vous avez vu des silhouettes de ce côté. Entendu des chiens. Il y a peut-être d'autres survivants.

Vous vous figez. Dans le cône de lumière de votre frontale, vous n'en croyez pas vos yeux, – merde, ça ne va pas finir comme ça – juste devant, à la lisière de la forêt, dans la flaque de lumière blanche en face de vous, c'est un loup, un grand loup gris, babines retroussées, crocs saillants. Il grogne et vous regarde par en dessous, de ses yeux jaunes.

Vous plongez votre main dans les poils épais de sa fourrure, derrière la tête, et vous refermez le poing sur sa nuque comme on se retient à la crinière d'un cheval au galop lorsqu'on en a lâché les rênes. Et en effet vous sentez les 30 kilos de muscles prêts à s'élancer, hésitant à s'ébrouer pour s'arracher à votre étreinte qui n'y résisterait sans doute pas. Vous le savez et elle aussi, mais vous la retenez, plutôt elle vous laisse la retenir, à vrai dire il aurait suffi de poser la main derrière ses oreilles pointues. C'est elle qui vous a sorti de là. Elle a creusé, dégagé la neige, elle a trouvé le fond, le haut, le bas, elle vous a tiré par la manche, par le pantalon, elle vous a sorti par la ceinture de votre parka, jusqu'à ce que vous soyez capable de respirer, de gratter la neige à votre tour, elle vous a sauvés tous les deux.

Vous la retenez parce que vous reconnaissez le type qui s'approche avec sa lampe frontale et son blouson rouge vif de guide de montagne. Et même si ce n'est pas celui auquel vous pensez, ça ne peut pas être un Russe, et il n'est pas armé. Les Russes, ils sont là-dessous maintenant.

Vous êtes Knut.

Adolescent, vous étiez déjà le vilain petit canard. Vous étiez élevé par votre oncle et, au village, l'absence de vos parents était un bon point de départ aux rumeurs les plus dingues. Vous n'étiez pas le plus grand ni le plus costaud de la bande, malgré votre année de retard, vous ne saviez pas jouer de la musique comme tout le monde, vous n'étiez pas bon en maths, ni en hockey, et même pas vraiment un mauvais garçon. Un peu tordu peut-être. On disait volontiers que vous étiez tordu, cela n'a pas beaucoup changé. Vous

vous roulez une cigarette. Vous en proposez une à l'homme qui vous fait face. Il n'en veut pas.

Noah. Dans le fond c'est Noah qui vous a imposé dans le groupe, ce truc de jeux de rôle qui foutait la trouille aux parents, à l'époque. Ça vous allait bien, à vous. L'autre s'appelle Anders, ça vous revient. C'est lui, la doudoune rouge et l'air perdu, avec sa loupiote. Il connaît la montagne et il a des cordes.

Vous vous mettez en route tous les deux en direction du chalet des Olsen. C'est le seul endroit où vous pouvez espérer trouver une ligne téléphonique, si ça sert encore à quelque chose. Belka trottine derrière vous. Elle ne grogne plus. Vous ne lui parlez pas des Russes, à l'autre.

Ça ne vous déplaît pas tant que ça, l'idée que tout vient de tomber brutalement dans le fjord. En y réfléchissant bien, toutes vos emmerdes viennent de sombrer avec ce monde. C'est reposant aussi, la fin. Pour un peu, vous regretteriez d'avoir mis le feu à l'église. Il va falloir retrouver les chiens dans la forêt. Ils ont assez d'instinct pour s'en sortir, mais ce serait mieux, quand même, de reformer la meute. Vous les aimez. Vous ne demandiez rien d'autre : qu'on vous foute la paix, qu'on vous laisse tranquille dans la forêt, avec vos chiens croisés de loups, vos chiens d'ours de Carélie et vos laïkas. Pour ce qu'ils vous ont apporté, les hommes et leur société, des guerres perdues d'avance et des ordres à la con, des morts pour un traité, pour du fric, pour s'acheter quoi au juste ? Ça fait tellement longtemps que vous vivez avec presque rien.

Ado, vous portiez les fringues que votre oncle achetait dans des friperies, des trucs qui faisaient un peu rural, même à la campagne, des pantalons de travail et des parkas trop larges aux couleurs délavées, des chaussures de marche, des gros pull-overs, les siens probablement, vous n'y faisiez pas trop attention. Le problème, c'était les autres. Sauf eux, c'est vrai, Noah, Anders, Magnus et sa sœur, sauf ce petit groupe qui vivait de récits et d'imagination. C'étaient bien les seuls à avoir été sympas dans ce temps-là, et c'était peut-être la meilleure période de votre vie, jusqu'à récemment, quand vous avez repris l'église de l'oncle, que vous êtes revenu.

La solitude, dans la nature, ce n'est pas pareil. Dans la nature, on n'est jamais seul. On fait partie de quelque chose de plus grand, qui nous oblige à vivre à son rythme et selon ses lois. Dans la nature, on a pour soi la beauté du monde. Et puis vous avez vos chiens. La forêt. La neige et le froid, les courses en traîneau, la chasse aux élans. Il y a la brume sur l'eau presque tout l'hiver. La glace qu'il faut casser chaque matin pour se raser et se faire une toilette rapide, dans le bac en ciment qui servait de bénitier. Vous avez appris à lire dans la forme des nuages et les coups de vent, dans les phases de la lune et dans sa couleur. Dans les premières neiges. Les voiles des aurores boréales. Et finalement dans la lumière du soleil qui vient couper dans les bois des rayons solides. Ce n'est pas rien, la beauté du monde.

Vous avez confectionné pour Belka une sorte de nacelle avec votre parka, les deux manches nouées retenues par une corde qui vous permet de la descendre le long des parois effondrées, des murs que vous rencontrez sur le chemin du chalet. Il ne veut toujours pas de cigarette.

Il a l'air éprouvé. Seul. Plus fatigué que vous en définitive. Il croit que c'est de la faute des hommes. Il parle du réchauffement, du glacier qui fond depuis des années, qui s'écoule, qui s'échappe. Et maintenant. Maintenant, on paye.

Vous, vous trouvez que la terre ne s'en sort pas si mal.

Vous avancez avec peine jusqu'au chalet parce qu'une avalanche a apporté jusque-là deux bons mètres de neige fraîche dans laquelle il est très difficile de progresser, il faut la contourner au maximum, c'est comme un fleuve où vous pourriez vous noyer, mais ce n'est pas si loin et il y a malgré tout des morceaux de glace et de neige plus compacte. Vous attaquez de biais. Du chalet on ne voit que la toiture, il a été complètement englouti par l'avalanche.

Quand vous y arrivez, vous voyez pourtant que quelqu'un a creusé une tranchée devant la porte, peut-être en partant d'elle, quelqu'un qui serait sorti de là il n'y a pas si longtemps. D'autres survivants. Peut-être les gamins d'Anå, dit Anders. Elle a gardé le chalet.

Vous allez vous y reposer un peu, reprendre des forces. Faire manger Belka si vous trouvez des conserves à l'intérieur. Le chalet de la passe des Crocs du Dragon. Ça vous revient maintenant. Le dragon sous la montagne, l'or des rois, le chalet qui était la tanière de la Völva qui vous racontait l'histoire. C'était beau comme aujourd'hui, alors que le soleil va bientôt se lever derrière vous, de l'autre côté de la forêt. Le grand frêne, à son orée, se dresse encore là avec sa forme et ses couleurs de flamme. Comment on l'appelait, déjà ? Vous l'observez frémir dans le vent de l'aube, et le ciel qui blanchit derrière lui au-dessus des pins, qui rosit légèrement comme la joue d'une femme, la voûte entière qui s'éclaircit peu à peu de bleu, les étoiles qui s'éteignent une à une. Vous roulez une autre cigarette, pour lui.

Il tousse. Il est épuisé. Il tient sa cigarette entre le pouce et l'index, comme pour ne pas se brûler, et vous passe la bouteille de vodka au poivre qu'il tenait dans son autre main, trouvée entamée dans la chambre. Vous êtes devant le chalet, face au frêne orangé, face à l'aurore qui se lève et se baigne, nue et rose, dans un ciel de lait. Il est comme vous, il regarde – comment faire, c'est trop tard de toute façon pour le reste, alors comment ne pas trouver ça beau ?

Yggdrasil. C'est le nom de l'arbre.

Puis les cris d'oiseaux reviennent avec l'aube. Les corbeaux, qui sont partout dans les montagnes. Ce matin il y a du Russe et du chien au petit déjeuner. Ils vont peut-être même descendre faire un tour en ville.

Ils sont malins, les corbeaux. Ils ont une très bonne mémoire.

Vous êtes l'un d'eux. Vous observez depuis la branche basse d'un pin noir et fantomatique, en bordure de la forêt sous la montagne, le paysage qui se révèle peu à peu dans la lumière blafarde. Le sommet est toujours là, mais devant vous c'est un trou gigantesque. Des falaises de plusieurs centaines de mètres de haut tombent de toute leur hauteur dans les eaux noires du fjord. Vous croassez, et d'autres répondent à vos cris. Ils sont demeurés dans la forêt toute la nuit. Ce sont les vôtres, ceux de votre clan, votre famille aussi, votre moitié. Cela fait presque dix ans que vous ne vous quittez pas, vous ne vous quitterez plus tous les deux, et vous avez eu pas mal d'enfants. Ils volent et vivent ensemble, les jeunes, ils jouent. Ils jouent parfois même avec d'autres animaux, à se toucher du bec ou de la patte et à s'enfuir à tire-d'aile, à se courir, à se voler après, à jouer à chat en somme, avec des chiens, des loups. Vous croassez pour vous rassembler, vous compter, répartir les rôles de la journée. Il y a eu des blessés cette nuit, surpris dans leur sommeil, un qui va mourir ce matin, l'aile cassée, et vous vous rassemblez pour l'aider à remonter dans son arbre. Vous vous y mettez à plusieurs, toute une bande, une douzaine venus des arbres alentour, à crier en chœur pour l'encourager, à le pousser de la tête, du bout des ailes, le soulever de terre, et cela fait un boucan incroyable qui remplit l'air froid du matin dans ce coin de forêt où il n'y a que vous, des insectes et des petits rongeurs.

Des hommes sont venus, il y a eu pas mal de passage depuis hier. Des hommes et des chiens, poursuivis par d'autres qui tiraient des coups de fusil, et vous vous êtes envolés avec ce bruit de claquement d'ailes, de clapotement assourdissant, d'applaudissements, lorsque soudain tout ce coin de forêt s'est soulevé en même temps, comme répondant à un signal. Puis il y a eu ce couple et ceux-là sont partis au milieu de la nuit, après l'avalanche qui a bien failli emporter leur maison de bois. À présent, il n'y a plus que ces deux-là, accompagnés d'une odeur de fumée. Ils vous regardent faire, ne bougent pas. Des sons sortent parfois de leur bouche, mais sans modulation, sans portée. Peut-être qu'ils parlent, pourtant c'est dur de croire qu'ils s'adressent vraiment à quelqu'un.

Les hommes, vous les évitez. Vous n'avez pas peur d'eux, vous sautillez à quelques mètres, mais vous les surveillez, vous ne les perdez pas de vue. Tant que vous êtes prêts à vous envoler, vous ne risquez rien. Vous les connaissez bien. Les hommes sont dangereux, mais c'est fou ce qu'ils laissent derrière eux.

Parfois vous descendez en ville lorsque l'hiver est trop rude, que les rongeurs se terrent sous les racines. Les choses vont être un peu plus compliquées pendant quelque temps, c'est sûr.

Vous faites un tour de reconnaissance, vous vous élancez dans l'air froid du petit matin qui glisse sur vos plumes, s'engouffre sous les rémiges, le long de votre corps et gonfle les plumes plus petites, le duvet qui vous tient chaud, et d'un coup d'aile vous virez plus haut, vous remontez, profitant d'un courant d'air ascendant, au-dessus de la pente caillouteuse vers la montagne cassée, l'à-pic de falaise où déjà d'autres oiseaux s'aventurent, des mouettes blanches et des petits rapaces qui nichent dans les hauteurs, et vous tournez un peu en croassant, moitié pour maintenir le lien avec votre groupe, moitié pour faire savoir aux autres passereaux que les corbeaux sont dans la place et qu'il va falloir partager. Vous vous laissez dériver en cercle, glisser sur l'air, sous le ciel qui blanchit, et surveillez de haut le paysage fracturé de l'ancien glacier, les rochers et la terre retournés comme un champ, et l'eau partout libérée qui ruisselle et s'insinue, s'étend en nappes et s'infiltre et cascade joyeusement dans le chaos de pierres, se jetant dans le fjord. De toute façon il n'y a jamais rien eu pour vous sur le glacier.

Il faudra passer l'hiver, s'enfoncer dans la forêt, redescendre un peu. Se contenter de glands, de racines. À la limite des neiges où l'on trouve les vastes étendues pierreuses et moussues de la toundra, sur les pentes des montagnes aux arbustes tordus par les vents, la chasse aux colonies de lemmings et de campagnols durera tout l'hiver, en compagnie des harfangs blancs et des labbes à longue queue, des belettes et des hermines que les renards chasseront à leur tour.

Puis le soleil reviendra hanter le ciel blanc, il y aura des crépuscules et des rivières de nouveau, des mousses qui fleuriront, de petits arbustes peuplés d'insectes et des rongeurs qui sortiront de leurs tunnels pour profiter du jour, il y aura le retour des grues blanches, des migrateurs de tous poils, des rennes dans les alpages, ce sera l'été.

Un nouvel été viendra.

Vous vous souvenez de l'été et vous croassez, descendant vers l'eau de nouveau tranquille, volant vers les champs et leurs musaraignes, vous rapprochant de la ville accrochée à la pente, les quelques maisons encore debout, au milieu d'un vaste marais d'eau de mer et de glaces dérivantes, semé d'icebergs.

Vous n'avez jamais vu ça.

Vous avez mis toute la nuit à traverser la forêt à pied. Lorsque vous en êtes sortie, que vous avez débouché là, sous la corniche d'où partait le téléphérique à présent décroché, au-dessus des premières maisons, en surplomb du fjord, vous n'en avez pas cru vos yeux.

Vous êtes Anå et la panique qui s'empare de vous tourne en boucle dans votre cerveau et vous serre la gorge. Où étaient-ils quand c'est arrivé ? Est-ce qu'ils sont saufs ? Vous vous en foutez un peu, des explications plus ou moins plausibles sur ce qui s'est passé. Ils devaient être chez Magnus, mais il est possible qu'ils soient d'abord allés en ville s'approvisionner en alcool, ou récupérer des copains pour les emmener avec eux. Votre téléphone ne capte rien. Le paysage que vous avez sous les yeux n'invite pas à la sérénité.

Le fjord s'étale comme une plaine fumante, bien au-delà de son lit naturel. Tout ce qui était au bord de l'eau, jusqu'aux premières pentes, a été submergé, emporté, détruit. Vous voyez, là où l'eau a reculé, des voitures ou des camions renversés, parfois fichés dans le mur ou le toit d'une maison à demi emportée, des poteaux électriques inclinés, tordus, d'autres manquants, les câbles se perdant, traînant dans l'eau glacée, des façades arrachées à des structures de poutres métalliques, laissant des immeubles éventrés, ouverts comme en coupe sur un plan d'architecture, leurs appartements saccagés, des toitures retournées comme des parapluies, et plus loin, dans le port, des bateaux échoués au milieu de piles de containers effondrées, comme un jeu de Lego renversé, des grues qui émergent d'un enchevêtrement de tôles et de poutres flottantes. Des panneaux, des enseignes, des pneus, des toiles et des carcasses flottant, tout ce qui est en plastique, tout ce qui est en bois dérive lentement au milieu des décombres. Il n'y a presque plus rien debout. Le pont qui conduisait à la ville moderne, au sud, pique du nez dans le fjord, câbles arrachés. La mer elle-même est totalement vide de navires.

Partout l'eau à présent étale et miroitante, comme un ciel à l'envers, charrie jusqu'au large une banquise lâche de floes et d'icebergs, et de morceaux de ville dérivant sans but.

La lumière crépusculaire de novembre, à l'aube, laisse des pans entiers du désastre dans l'ombre. En regardant de l'autre côté, vers le glacier, vous ne pouvez réprimer un cri de terreur en apercevant la montagne coupée, tranchée net, comme une carrière titanesque, exposant telle une blessure sa chair de roche nue, à vif, suintant de cascades, ses neiges, ses forêts, ses glaces dégringolées dans le fjord. Sur les pentes où les maisons de la vieille ville, en retrait, ont été touchées moins violemment, peut-être moins directement, il vous semble apercevoir de loin des gens grimpés sur leur toit, en train de se faire des signes, peut-être de se parler. Certains voisins ont dû survivre. Vous cherchez des yeux votre maison, vous scrutez le toit, le jardin ou ce que vous en distinguez, il n'y a pas de lumières, pas d'électricité, nulle part, mais vous essayez de vous figurer une présence. Rien. Vous paniquez. Vous savez que vous paniquez.

C'est difficile de discerner si vous vous sentez impuissante et incapable d'imaginer quoi que ce soit à cause de la panique, ou si vous paniquez justement parce que vous ne voyez pas du tout comment vous sortir de cette situation.

Vous progressez à travers des rues désertes. L'eau a déjà reflué dans le lit du fjord, mais il reste partout des flaques et de la boue. Certaines rues sont coupées comme par une rivière. Des îlots de maisons émergent de marécages. Partout les voitures sont renversées, les fenêtres brisées. Des morceaux de salons, des chaises, des tables en bois flottent dans les jardins inondés, comme s'ils avaient cherché à fuir. Vous avez cru voir des corps aussi, mais vous avez détourné la tête. Il y a tant de débris, de restes de batailles.

Vous entrez dans une maison en donnant dans la porte de l'épaule et de la hanche, en la poussant de toutes vos forces. Vous appelez pour savoir s'il y a quelqu'un, mais personne ne répond. Vous avancez dans le couloir, jusqu'au salon sur la droite dont le bow-window a été défoncé. Il y a encore de l'eau et de la boue au sol, partout. Personne ne répond. Vous redoutez un peu, vous ne savez trop quoi, si c'est de tomber sur quelqu'un, ou de tomber sur un mort, mais personne ne répond. Vous trouvez le téléphone fixe et votre cœur bat fort quand vous agrippez le combiné, le portez à votre oreille, mais rien, pas de tonalité. Votre cœur se serre.

Il faudrait une voiture, aller directement chez votre frère.

Mais le pont est coupé, vous dit-il. La route de l'intérieur aussi sans doute, celle qui faisait le tour du fjord et passait par le point de vue, là-haut, le panorama au bord du glacier qui n'existe plus. Noah est désolé. Vous l'engueulez parce qu'il est décourageant, qu'il ne s'implique pas assez, qu'il ne trouve pas de solution, et il baisse les yeux. Vous savez que c'est injuste, mais vous n'en avez vraiment rien à faire. Il y a des choses plus urgentes que la justice.

Et par la mer ? dit-il.

Vous volez un bateau, mais ce n'est plus vraiment du vol.

C'est un tout petit bateau à moteur, que vous sortez ensemble du hangar des Ericson à moitié effondré. Vous n'en avez pas conduit depuis des années, et vous voilà tous les deux dans l'eau glacée, au milieu des floes et des bourguignons, à naviguer dans cette espèce de soupe de gadoue et de frasil, à éviter les blocs plus larges et les icebergs, repoussant les plaques et les sarrasins à l'aide d'une perche, glissant lentement vers l'embouchure où vous apercevez, dans les nuages soudain plus sombres, un ciel d'eau à la lisière lâche des glaces.

Là, la mer sera plus haute et il n'y aura plus qu'à éviter les icebergs. Vous glisserez entre l'eau et la brume qui se lève avec le soleil. Dans la concentration à vous guider entre les glaces vous retrouverez un peu de confiance et d'espoir. Vous lui sourirez parce que, finalement, il est là.

Vous allez les retrouver.

Dans la maison de votre frère en cinémascope, face à l'Arctique et à la fin du monde. Vous allez les retrouver et, finalement, il sera là.

Vous serez dans le salon de la maison de Magnus, face à l'océan gris argent, aux nuages bas qui fileront comme du coton, transpercés par les rayons du soleil du Nord qui aura tout juste réussi à s'élever au-dessus d'eux. Vous observerez sa lumière oblique venir caresser les vagues et la plage en contrebas, dont le moindre rocher étirera son ombre comme une montagne miniature, les buissons aux branches décharnées comme des griffes étirées qui s'agitent au bout de bras tordus. Elle sera déjà jaune. Il sera 14 heures et, déjà, la lumière vous fera le coup du grand Nord, elle rasera la brume, elle soufflera comme un vent sur le miroitement incessant des vagues. Vous tiendrez dans vos mains jointes un verre de whisky plutôt bien tassé, dont la couleur de miel aura quelque chose de rassurant.

Il faudra réconforter les jeunes, les cousins, une demi-douzaine d'ados poussés comme des lianes qui s'étaient réunis pour le week-end, comme vous l'avez fait avant eux, il faudra en prendre soin, les associer aux décisions à venir, aller chercher du bois dans l'abri à l'écart de la maison, faire un grand feu dans la cheminée, trouver aussi de quoi s'éclairer, des bougies, des lampes, il faudra faire à manger pour tout le monde et parler, parler. Ils auront tous peur mais, vous le savez, les secours finiront par arriver. Il y aura d'autres survivants.

Et finalement il sera là, Noah, avec vous, après toutes ces années, comme si, d'une certaine manière, il n'était jamais vraiment parti. Avec son vieux blouson de cuir marron et ses lunettes à verres miroirs, sa mèche blanchie qui passe au-dessus en visière, il jouera les cow-boys, il s'occupera du feu, trop content d'être utile, et il racontera aux garçons comment, dans votre jeunesse, il avait réuni autour de vous un groupe de jeunes qui jouaient à des jeux de rôle, « autour de vous », il dira ça en vous souriant, il dira qu'il était copain avec votre frère mais que c'était un truc pour vous rencontrer, que vous étiez la plus jolie fille de toute la région. Et il expliquera de long en large en quoi ça consistait. Il ira fouiller sa mémoire et dénichera des vieux souvenirs de parties, des légendes scandinaves qu'on ne lit plus aux enfants à l'école. Même en Norvège les gamins d'aujourd'hui croient que Thor est un superhéros américain.

La nuit tombera tôt et il racontera la légende de Sigurd et de Brynhildr, du Ragnarök et de la renaissance après la fin du monde. Du couple qui s'était caché dans les racines de l'arbre Yggdrasil.

Ce monde méritait une deuxième chance.

Il dira ça en vous regardant dans les yeux, en vous souriant comme ces hommes qui pensent que les choses sont simples, et cette fois vous lui sourirez en retour.

Vous vous demanderez ce qu'il aura fallu de hasard, ou de destin, pour le retrouver finalement ce soir.

CLIMAX

Combien de chances ? Combien de chances combien de fois de suite, dans combien de combinaisons ? Combien de coups de dés ?

Il sera peut-être temps de jouer de nouveau. D'imaginer quelque chose, une suite, une simple question comme : que voulez-vous ?

Que voulez-vous faire ?

Que voulez-vous faire de ce cœur ?

Que voulez-vous faire de ce cœur qui bat ?

Que voulez-vous faire de ce cœur qui bat pour vous ?

Vous êtes vivante.

Vous êtes le coup de dés.

Note de l'auteur

Ce roman a été écrit en 2020.

En 2019, le GIEC publiait un rapport spécial sur l'Arctique et la cryosphère qui constatait leur vulnérabilité préoccupante et leur disparition programmée. Une sorte de fin du monde.

La même année, la Norvège, pays scandinave et schizophrène, inaugurait une plateforme pétrolière baptisée « Ragnarök ». En ancien norrois, cela signifie « accomplissement du destin des dieux », traduit en allemand par *Götterdämmerung*, « le crépuscule des dieux ». Nietzsche avait tiré de cette notion une réflexion dangereusement iconoclaste, Wagner un opéra particulièrement puissant, et Tolkien une réécriture poétique de la légende primitive, où Siegfried s'appelle encore Sigurd et inspire déjà les futurs exploits des Bilbo et autres Gandalf.

La fin du monde, après tout, c'est aussi un temps de légendes et c'est déjà ça. En Arctique, le compte à rebours est lancé. La banquise, à l'automne 2020, a encore battu son record de recul. Les glaciers fondent.

Les ours meurent. Ce n'est pas le crépuscule des dieux, c'est le nôtre. Bienvenue dans l'Anthropocène.

Je n'ai pas établi de hiérarchie entre les études scientifiques et les enquêtes historiques d'une part, les récits d'aventures et la fiction d'autre part, parce que je crois que ce que nous appelons l'imaginaire – l'imaginaire des légendes et des mythologies, mais aussi des jeux et des romans dont nous faisons nos vies – fait partie de la réalité des choses. La fiction façonne notre monde. Sans elle, tout cela serait irrémédiable. Sans elle, la banquise, ce ne serait jamais que de la glace.

Imprimé en France par CPI
en mai 2021

Cet ouvrage a été mis en page par IGS-CP
à L'Isle-d'Espagnac (16)

Dépôt légal : août 2021
N° d'édition : L.01ELJN000995.N001
N° d'impression : 163497